Winzersterben

Andreas Wagner ist Winzer, Historiker und Autor. Nach dem Studium der Geschichte, Politikwissenschaft und Bohemistik in Leipzig und an der Karlsuniversität in Prag hat er 2003 zusammen mit seinen beiden Brüdern das Familienweingut in der Nähe von Mainz übernommen. Von Andreas Wagner sind bislang sieben Kriminalromane, ein Roman und eine Kurzgeschichtensammlung erschienen. Andreas Wagner ist verheiratet und hat vier Kinder.

Dieses Buch ist ein Roman. Handlungen und Personen sind frei erfunden. Ähnlichkeiten mit lebenden oder toten Personen sind nicht gewollt und rein zufällig.

ANDREAS WAGNER

Winzersterben

EIN WEIN KRIMI

emons:

Bibliografische Information der Deutschen Nationalbibliothek
Die Deutsche Nationalbibliothek verzeichnet diese Publikation
in der Deutschen Nationalbibliografie; detaillierte bibliografische
Daten sind im Internet über http://dnb.d-nb.de abrufbar.

© Emons Verlag GmbH
Alle Rechte vorbehalten
Umschlagmotiv: Christian Wagner
Umschlaggestaltung: Tobias Doetsch
Gestaltung Innenteil: César Satz & Grafik GmbH, Köln
Lektorat: Marit Obsen
Druck und Bindung: CPI – Clausen & Bosse, Leck
Printed in Germany 2014
ISBN 978-3-95451-477-9
Ein Wein Krimi
Originalausgabe

Unser Newsletter informiert Sie
regelmäßig über Neues von emons:
Kostenlos bestellen unter
www.emons-verlag.de

Für Nina, Phillip, Hanna, Fabian und Justus

*Es geht alles vorüber, es geht alles vorbei,
auf jeden Dezember folgt wieder ein Mai.
Es geht alles vorüber, es geht alles vorbei,
doch zwei, die sich lieben, die bleiben sich treu.*

Lale Andersen

1

Das monotone Rattern des Traktors lullte ihn langsam ein. Der dichte Schleier, der sich wohltuend in seinem Kopf ausbreitete, begann, die quälenden Gedanken des Morgens zu betäuben. Noch ein paar Runden, und die weiche Taubheit würde alle Winkel seines Schädels erreicht haben. Dann brachen die guten, gedankenlosen Stunden an, in völliger Stumpfheit auf dem Fahrersitz. Heute sehnte er sie sich herbei. Runde um Runde, ohne die ergrauten Bilder, die sein Schädel beisteuerte. Von den meisten konnte er ohnehin nicht mehr sagen, ob sie der Vergangenheit entlehnt oder ein Produkt seiner irren Phantasie waren. Hinkende Kreuzungen aus beidem wahrscheinlich, die in seinem Kopf hässliche Scharmützel um die Hoheit ausfochten. Das Lärmen des Motors würde sie niederdrücken und in Schach halten.

    Sie hatten ihn hier rausgeschickt, weil sie nicht wussten, was das für ihn bedeutete. Seit er ihnen vor ein paar Jahren, als es an der Zeit gewesen war aufzuhören, den Weinberg gegeben hatte, mussten sie seine Anwesenheit und Mithilfe schweigend hinnehmen. Sie versuchten, sich ihr Missfallen darüber nicht anmerken zu lassen. An ihren Blicken war es dennoch abzulesen. Kaum feststellbare Muskelbewegungen in ihren Gesichtern, die er deutlich erkannte, mochten sie sich noch so viel Mühe geben. Er war alt, aber nicht blind. Sie ertrugen ihn, weil es sich so gehörte, wenn man die Weinberge bekommen hatte.

    Es war *sein* Weinberg, der seiner Eltern und Großeltern, und der einzige, der nach der großen Umlegung in den Sechzigern noch unverändert an der Stelle lag, wo er schon Jahrhunderte zuvor gewesen war. Sein ganzes Leben hatte er hier verbracht, am und im Weinberg, Jahr für Jahr, Monat für Monat durch die Jahreszeiten hindurch.

    Jetzt war sein letzter Herbst vorbei. Die Stöcke hatten sie schon vor ein paar Tagen knapp über dem Boden abgeschnitten, den alten rostigen Draht aufgerollt und die morschen Holzpfähle gezogen. Die Wurzeln waren herausgerissen und eingesammelt worden, bevor er heute Morgen angefangen hatte, mit dem Pflug seine Runden über die leer geräumte Fläche zu drehen. Die letzte Handlung, bevor sie den toten Weinberg dem Winter überließen. Aufgebrochener Boden, in den die Kälte fuhr, um die mächtigen Schollen, die er hinter sich zurückließ, zu sprengen. Erst das Frühjahr würde dem Stück Land wieder neues Leben einhauchen.

Der alte Kerner war getilgt, um den kalkigen Boden dem Riesling zurückzugeben, der selbst auch schon einmal auf dem gesamten Südhang hatte weichen müsse. Alle hatten sie in jenem Herbst gerodet und im Frühjahr darauf ihre neu zugeteilten größeren Parzellen mit dem bepflanzt, was gefragt war und reichlich Ernteertrag versprochen hatte. Die Morio, Bacchus, Müller-Thurgau und Faber der vergangenen Jahre waren jedoch alle längst schon wieder heraus. Sein Kerner war das letzte knorrige Relikt dieser Zeit, auf die sie heute alle voller Verachtung herabblickten.

Sein Weinberg war der letzte der alten Art. Zu schmale Gassen, Holz- statt Stahlpfähle und die falsche Rebsorte, die heute kaum noch einer wollte. Die anderen hatten schneller reagiert, vor zehn, fünfzehn Jahren schon. Er hatte sich nie trennen können von diesen Stöcken, die in jenem Frühjahr gepflanzt worden waren, dem Frühjahr, das sein Leben auf die Spur gelenkt hatte, auf der er seither stetig Kreise fuhr. Frühjahr, Sommer, Herbst und Winter. Immer die gleiche, von der Natur vorgegebene Abfolge, die ihm das Leiden erleichterte. Er rieb sich die Augen. Die Erinnerung war in sein Gedächtnis eingebrannt, und sie hing an diesem Stück Land, weil er in jenem Frühjahr fast ständig hier gewesen war.

Herabschießende Krähen rissen ihn aus seinen Gedanken. Gegen sie hatte der lärmende Motor keine Chance. Sie waren zu Dutzenden zur Stelle, wenn es im Herbst noch etwas zu holen gab. Aus den Augenwinkeln konnte er die Fetzen erkennen, auf die sie es abgesehen hatten. Die Reste einer Plane, die er bei einer seiner ersten Runden aus der Tiefe gerissen haben musste.

Ein ächzendes Stöhnen entfuhr seiner Brust, das auf halber Strecke vom Krach des Traktors zermalmt wurde. Noch bevor ein klarer Gedanke in seinem Schädel entstehen konnte, rannen ihm bereits die ersten Tränen über die rauen Wangen.

2

»Was macht denn der Ecke-Kurt im Wingert? Ich dachte, der wäre schon fertig mit der Weinlese.«
Günther Schlamp streckte sich in die Höhe und versuchte, dem Blick seiner Frau zu folgen, die in der Rebzeile neben ihm stand. Entdecken konnte er Kurt-Otto nicht. Das Laub war trotz der beginnenden Verfärbung der Blätter noch zu dicht, aber es war klar, wo er sich in etwa befinden musste. Wie er aussah, wusste er auch, also brauchte er ihn nicht noch zu mustern. Desinteressiert beugte er sich daher wieder nach vorne, um die nächste dunkle Traube in den Blick zu bekommen. »Keine Ahnung, was der macht. Scheint Langeweile zu haben«, sagte er. »Wahrscheinlich scheucht sie ihn daheim herum. Da flüchtet er eben lieber zwischen seine Rebstöcke. So hat er seine Ruhe.«

Insgeheim hoffte er, dass seine Frau den deutlichen Wink verstehen und ihn in Frieden lassen würde. Die Arbeit hier war schon schlimm genug. Da brauchte er nicht auch noch eine Unterhaltung darüber, was Kurt-Otto im Weinberg direkt neben ihnen gerade tat oder nicht tat. Schnell schnitt er die nächste Traube vom Stock. Er kratzte die eingetrockneten Beerchen vorsichtig mit der Spitze der Schere heraus und drehte dann die Traube, um auch die Rückseite zu begutachten. Sie war fast vollständig von einer pelzig weißen Schicht überzogen, von der ein dünner Sporenschleier aufstieg.

Mit einem Seufzen ließ er die verfaulte Traube neben den Eimer fallen. Mindestens ein Drittel Ausschuss. So teuer konnten sie den Spätburgunder aus diesem Weinberg gar nicht verkaufen, dass sich das wieder ausgleichen ließ. Sie waren einfach zu spät dran in diesem Jahr. Der Spätburgunder hätte schon letzte Woche weggemusst. Aber da waren die Bütten und Maischebehälter noch durch die früheren Sorten, den Portugieser und den Dornfelder, blockiert gewesen. Unter normalen Umständen wäre das kein Problem gewesen, weil der Spätburgunder immer ein bis zwei Wochen länger hängen blieb. Die Zeit benötigte er für eine brauchbare Reife. In guten Jahren konnte man bei mäßigem Behang und einer sauber entblätterten Traubenzone, die für ausreichende Belüftung und widerstandsfähige Schalen sorgte, sogar drei Wochen herauskitzeln. In diesem Jahr hatte nichts davon wirklich geholfen. Es war zu warm und zu feucht, schon seit Wochen. Die Trauben faulten schneller, als sie in der Lage waren, sie zu ernten. Und sie konnten ja nicht aus allem Rosé machen, auch wenn es bei der Fäulnis wahrscheinlich besser wäre.

Das waren die Kehrseiten des Wachstums der letzten Jahre. Seit sein Sohn in den Betrieb eingestiegen war, hatten sie jeden Weinberg dazugenommen, der zu kriegen gewesen war. Zu jedem Preis. Hauptsache, Wachstum. Der Betrieb musste schließlich zwei Familien ernähren und noch Geld für den Ausbau abwerfen. Reichlich Geld. »Dein Investitionsstau der letzten zwanzig Jahre bringt uns noch um«, hatte Markus ihm vorgeworfen. »Hättest du früher schon mal was in den Keller gesteckt, müssten wir jetzt nicht alles auf einmal machen.«

Was konnte er denn dafür, dass sich der Junge nie klar geäußert hatte? »Ich übernehme den Betrieb«, das war erst mit fünfunddreißig gekommen. Davor hatte er nie Interesse gezeigt. Studium, Staatsexamen und Schuldienst, bloß kein Winzer. Erst als es Krach in der Schule gegeben hatte, weil nicht mehr zu verheimlichen gewesen war, dass er eine seiner minderjährigen Schülerinnen geschwängert hatte – worauf sich noch ein paar mehr meldeten, die er angeblich begrapscht hatte –, schien er sich an den Weinbaubetrieb zu Hause erinnert zu haben. Ein Winzer aus Not, der sich erstaunlich schnell in die neue Materie eingearbeitet hatte. Wahrscheinlich lag es an Marta, seiner ehemaligen Schülerin, die jetzt seine Frau war und zusammen mit ihm bei ihnen auf dem Hof wohnte.

Er schnaufte und griff nach der nächsten Traube, die ihn Sporen staubend willkommen hieß.

»Die Renate ist heute Morgen mal wieder in einem Affenzahn hier vorbeigerannt, wie auf der Flucht. Wenn die so weitermacht, ist irgendwann mal gar nichts mehr an ihr dran. Abgerannt das letzte bisschen Fett.«

Er ließ auch die nächste Traube auf den Boden fallen und

durchsuchte den Rest des Stocks nach einer weitgehend gesunden. Da er wusste, was jetzt für ein Thema anstand, hatte er dieses kleine Erfolgserlebnis dringend nötig. Die rennende Renate, die als Lehrerin am Nieder-Olmer Gymnasium arbeitete und durch das ständige Laufen in ihrer Freizeit stetig drahtiger und weniger wurde, und ihr aus dem Leim gehender Kurt-Otto, der das zunahm, was sie ablief. Seine Frau schien die Aufregung darüber dringend zu brauchen, weil sie sich seit ihrer Hochzeit selbst langsam, aber stetig in Richtung Kurt-Otto entwickelt hatte.

»Wenn die in dem Tempo zwischen den Rebstöcken herumrennen würde, wären die schon im Juli mit der Weinlese fertig. Kurt-Otto hätte sicher nichts dagegen, der fängt ja wahrscheinlich jetzt schon an, den ersten Weinberg zu schneiden und zu biegen. Januar- und Februararbeiten im Oktober, damit alle, die den großen Feldweg entlangkommen, sehen, wie fleißig er ist. Kein Wunder bei den paar Weinbergen.«

»Aber schöne Parzellen hat er, viel Riesling und Grauen Burgunder im besten Alter und oben im Kalkstein den Spätburgunder. Und ganz so wenig, wie du jetzt wieder tust, ist das auch nicht. Immerhin ist der Ecke-Kurt schon zweiundsechzig. Nicht mehr sehr weit bis zur Rente.« Er sah sich prüfend um. Die anderen aus der Lesetruppe waren weit genug weg. Sie mussten ihn nicht unbedingt hören, das ging sie nichts an. »Und er hat keine Kinder, du wirst dich also schön zurückhalten.« Er flüsterte jetzt. »Die Weinberge können wir in zwei, drei Jahren noch gut gebrauchen.«

Erneut warf er einen verstohlenen Blick hinter sich in die Gasse. Niemand zu sehen, nur das Klappern der Scheren war entfernt zu erahnen, was in diesem Moment gut war. Gleichzeitig nervte es ihn aber auch, dass die beiden Frauen aus dem Dorf schon wieder so weit zurücklagen. Wahrscheinlich quatschten sie die ganze Zeit miteinander. Wenn sie dabei bloß ordentlich hinschauten. Der Spätburgunder in der Mistkaut musste heute fertig werden, damit sie morgen mit dem auf dem Hiberg anfangen konnten. Der sah nämlich genauso mies aus.

»Er hört uns schon nicht. Kannst ja morgens mit der Renate mitrennen, vielleicht sind dann die Chancen besser«, zischte sie ihm durch das bunte Reblaub entgegen.

Er reckte sich wieder in die Höhe und versuchte nun doch, den Ecke-Kurt in den Blick zu bekommen. Vielleicht war er näher an ihnen dran, als Hilde dachte. Dann könnte er ein paar Worte über die Reben hinweg mit ihm wechseln. Kritischer Jahrgang, viel zu tun, knapper Ertrag, schön steht dein Weinberg da. Ein wenig Lob erhielt die gute Nachbarschaft, zumal absehbar war, dass der Ecke-Kurt seinen Betrieb in naher Zukunft aufgeben und die Weinberge verpachten würde. Die Konkurrenz schlief nicht. Er selbst war ganz sicher nicht der Einzige, der zweiundsechzig plus drei rechnen konnte.

Dahinten, ganz auf der anderen Seite war er. Von unten quälte er sich die Zeile hinauf, blieb immer wieder kurz stehen. Er entfernte die kleinen Klammern, die die Drähte zusammen und die grünen Triebe dadurch aufrecht hielten. Eine der Vorarbeiten, die für den Rebschnitt im Frühjahr notwendig waren. Nichts, was eilte. Für das Einsammeln der Klammern hatte man den halben Winter mehr als genug Zeit. Wahrscheinlich war er wirklich vor Renate geflüchtet und schob sich lieber den Hang hinauf, als zu Hause gescheucht zu werden. Auch wenn das bei seinen Ausmaßen keine Freude war.

Am Ecke-Kurt war von allem reichlich, bloß keine Ecke. Rund war er, war sein Gesicht und war die Kugel, die er unter seiner ausgewaschenen blauen Latzhose vor sich herschob. Den Spitznamen Ecke-Kurt, den jeder im Dorf benutzte, wenn er selbst nicht dabeistand, hatte er nicht, weil er in seiner Jugend einmal eckig gewesen war oder an einer Ecke wohnte. Sein Fachwerkhof stand eingereiht an der Hauptstraße. Nein, der Ecke-Kurt hatte seinen Spitznamen seinem Ruf, um Ecken schauen und durch geschlossene Fenster hindurch hören zu können, zu verdanken. Was so natürlich nicht stimmte, ihn und seine Neugier aber treffend beschrieb.

Der Ecke-Kurt wusste alles, verbreitete auch das, was er nicht wusste, und war zufälligerweise immer dann zur Stelle, wenn es Neuigkeiten zu erfahren gab. Darauf schien er geradezu sehnsüchtig zu warten. Anders war es kaum zu erklären, dass er selbst in der Weinlesezeit schon am späteren Nachmittag auf dem Bürgersteig vor seinem Hof stand und jeden, der vorbeikam, in einen kaum enden wollenden Plausch verwickelte. Wer es allzu eilig hatte, den begleitete er ein Stück weit im Gespräch, um dann dort stehen zu bleiben, wo sich die Wege trennten. Dieses Verhalten führte dazu, dass man nie genau absehen konnte, wo man ihm begegnete. Der Gesprächsfluss trieb ihn bis zum Nachtessen quer durchs Dorf, und vom Zufall hing es ab, wo der runde Ecke-Kurt als Nächstes ans Ufer gespült wurde. Wer wichtige Dinge entlang der Hauptstraße zu besprechen hatte, schloss daher in weiser Voraussicht die Fenster, bevor er damit anfing.

Den Weinbaubetrieb machte Kurt-Otto weitgehend allein. Im Vergleich zu dem, was sie selbst mittlerweile bewirtschafteten, hatte Kurts Weingut fast Hobbygröße. Nett und überschaubar. Alte Schule und gerade so viel, dass es für ihn und seine laufende Renate reichte. Einen kleinen Teil der Ernte füllte er für seine wenigen Kunden auf Flaschen, einen Teil trank er selbst, und das, was übrig blieb, verkaufte er als Fassware an die Großkellerei. Da Kurt-Otto in ein paar Jahren aufhören würde, fanden sich am Nachmittag in letzter Zeit immer häufiger ansonsten stark beschäftigte Kollegen an seiner Seite ein. Die, die im Normalfall einen weiten Bogen um ihn machten, liefen ihm jetzt bereitwillig in die Arme, im festen Glauben, dass die zwanzig Minuten gut angelegt wären, wenn es erst einmal um die Verteilung seiner fünf Hektar Weinberge ging.

»Vielleicht rennst ja stattdessen du mal mit der Renate und machst die Weinberge klar. Ich kaufe dir auch eine passende Hose dazu.«

Noch während er das sagte, dachte er, dass es unter Umständen gut wäre, sich bereits vor Beendigung des Satzes wegzuducken. Doch schon im nächsten Moment war es zu spät dafür. Klatschend traf eine faulige Spätburgundertraube seine kahle Stirn und hüllte ihn in eine zarte Wolke weißen Sporenstaubs.

3

Der Regen hatte die Luft von allen anderen Gerüchen gereinigt. Er atmete tief ein, während er ging, und sog die Frische gierig auf. Nirgendwo sonst roch es im Herbst so wie hier in den Dörfern des Selztales. Der Geruch der Gärung lag über Essenheim und den anderen Ortschaften um Mainz. Aus den Kellern heraus zog er durch die Straßen und war selbst nach einem kräftigen Regen wie diesem schneller wieder da als all die anderen Gerüche. So hatte schon der Herbst seiner Kindheit gerochen und jeder weitere danach auch.
Eine Zeit lang hatte er befürchtet, dass es das bald nicht mehr geben würde, weil so viele Alte aufhörten. Immer weniger Höfe im Dorf, in denen noch Trauben gekeltert und Weine vergoren wurden. Die Jungen zog es mit ihren schicken Neubauten hinaus auf die grüne Wiese, wo reichlich Platz war und keine Nachbarn in Sichtweite. Die wenigen, die noch im alten Dorfkern ausharrten, wuchsen aber auch. Es gab mehr Weinberge und damit mehr Saft, der jetzt vor sich hin gor und diesen Herbstgeruch schuf, der dem neuen Jahrgang als Bote vorauseilte.
Er hielt kurz inne, um die Augen zu schließen und noch einmal tief durchzuatmen. Danach mussten sich seine Augen erst wieder an das Licht der Straßenlaternen gewöhnen, die helle Kreise auf das Pflaster warfen.
Den Weinberg hatte er gestern noch fertig aufgerissen, auch wenn es ihm schwergefallen war. Seine Hände hatten gezittert und sein Herz gehämmert, als ob es den lärmenden Traktormotor zu übertrumpfen suchte. Erst zu Hause hatte er wieder zu sich gefunden. Die wirren Gedanken langsam ausgebremst, betrachtet und geordnet. Es gab keine andere Möglichkeit, keine zweite Sicht der Dinge mehr. Alles lag seit gestern klar vor ihm.
Jetzt war es an ihm. An ihm allein, weil doch sonst keiner mehr da war.
Schnell schaute er sich nach allen Seiten um. Ganz bewusst und mit einem fragenden Gesichtsausdruck, den er vorhin noch

vor dem Spiegel kontrolliert hatte. Wer ihn in diesem Moment beobachtete, durch eine der vorgezogenen Gardinen in den angrenzenden Häusern oder aus dem Schatten einer Hausecke heraus, der musste glauben, er würde sich umsehen, weil er ein Geräusch gehört hatte. Schritte auf dem Pflaster, deren Hall die Stille im ausgestorbenen Dorf durchbrach. Aber es war niemand zu sehen.

Hinter den Fenstern der beiden Häuser, die er noch zu passieren hatte, brannte kein Licht. Alte Leute, deren Wohnzimmer zum Hinterhof und nicht nach vorne zur Straße hin lag. Konzentriert ging er weiter und zwang sich, nicht noch ein weiteres Mal den Kopf zu drehen. Sein Blick blieb nach unten gerichtet, den verspringenden Linien des gehauenen Pflasters folgend, bis er in die tiefe Dunkelheit abbog.

Das Hoftor stand immer offen. Jedes Mal, wenn er hier mit dem Traktor vorbeifuhr, egal zu welcher Tageszeit. Während der Weinlese auch nachts. Er verlangsamte seinen Schritt, doch die leicht gebeugte Körperhaltung behielt er bei, auch wenn sein Blick jetzt nicht mehr das Pflaster vermaß. Stattdessen suchten seine Augen den großen Innenhof ab. Die Seitengebäude, in denen sie ihre kleineren Maschinen unterstellten. Für den Rest hatten sie draußen eine Lagerhalle.

Ganz hinten in der Scheune brannte Licht. Dort stand die Kelter, zwei Gewölbekeller lagen unter der Erde. Als Kind war er öfter hier gewesen, mit seinem Vater beim Alten, hinten in der Scheune und auch im Haus, wenn sie die jährliche Pacht für ihre zwei kleinen Obstfelder zu zahlen hatten. Durch das Küchenfenster drang der schwache bläuliche Lichtschimmer einer Fliegenlampe.

Vorsichtig drückte er die Haustür auf. Der kalte Geruch von Gebratenem schlug ihm entgegen. Das Abendessen mit der Lesetruppe, bevor es im Kelterhaus weiterging bis tief in die Nacht. Seine Schritte auf dem verzierten Terrazzoboden waren nicht zu hören, er schlich lautlos an der breiten Eichentreppe mit den geschnitzten Weinblättern und Trauben vorbei und hielt kurz inne, um zu lauschen. Der Kühlschrank summte. Rechts ging es zur Küche. Der Türrahmen war eingefasst in dunkles Holz. Die gleichen Schnitzereien wie an der Treppe. Das wusste er, auch wenn er sie in diesem Licht nicht erkennen konnte. Als Kind hatte er die weichen Rundungen im harten Holz vorsichtig abgetastet. Trauben, Blätter, Ranken. Er wandte sich nach links. Langsam schob er die Tür zum Wohnzimmer auf. Das Flackern des Fernsehers tauchte den dunklen Raum in wechselndes, kaltes Licht. Kein Ton. Der Alte saß mit geschlossenen Augen in seinem Sessel. Seit seinem Schlaganfall vor fünf oder sechs Jahren hatte er ihn nicht mehr gesehen. Es hieß, dass er sich gut erholt habe, sich aber kaum noch bewegen könne. Dafür sei er im Kopf wieder ganz klar.

Er hatte sich kaum verändert seither. Alles an dem Mann im Sessel entsprach dem Bild, das in seiner Erinnerung gespeichert war. Der gleiche stolze Gesichtsausdruck, selbst im Schlaf. Sein Vater hatte immer mit gesenktem Kopf vor ihm gestanden. Nicht hier in der guten Stube, hierherein waren sie nie gebeten worden. Drüben in der Küche. Die Augen auf den Boden gerichtet, die Kappe in den Händen, mit matter Stimme, so war er dem Alten begegnet. Bitte schön, die Pacht für das abgelaufene Jahr. An jedem ersten November gegen Abend, nach getaner Arbeit. Danach einen selbst gebrannten Trester. Im Stehen. Dank und aufs nächste Jahr.

Das schwere Holz der Wohnzimmertür knarrte dumpf und kaum hörbar. Der Alte schlug die Augen auf und schmatzte.

»Du warst lange nicht hier.«

Er wartete darauf, dass sein Herz zu hämmern begann, die Hitze in ihm aufstieg und seine Hände zitterten. Doch nichts davon passierte. Einzig ein leiser Hauch kam aus seinem Mund und fand in der Stille den Weg bis in seine Ohren. Ganz ruhig blieb er. Ein einziger Tropfen rann eisig seinen Rücken hinab.

»Dein Vater war oft hier. Er ist ein und aus gegangen in diesem Haus. Als kleiner Junge kamst du noch mit. Dann nicht mehr. Ich habe geglaubt, du gehst mir aus dem Weg.« Der Alte sah ihn herausfordernd an.

»Was ist damals passiert?«

»Ich weiß nicht, was du meinst.«

»Im Frühjahr nach der Flurbereinigung, als wir alle neu gepflanzt haben im Teufelspfad.«

Der Gesichtsausdruck des Alten veränderte sich nicht. Seine fleckigen, knochigen Hände lagen reglos auf den Lehnen des Sessels. »Was willst du mit den alten Geschichten? Das ist alles lange vorbei.« Er hatte nur die Lippen bewegt, den Kopf vielleicht ein wenig. Eine sprechende, faltige Puppe, drapiert auf einem abgewetzten Sessel, im flackernden Licht des schweigenden Fernsehers. Das Zimmer roch nach Alter und Urin.

»Was hast du überhaupt damit zu tun? Das geht dich alles gar nichts an. Lass mich in Ruhe mit dem Kram.«

Er sah zwar, dass sich die Lippen des Alten weiter bewegten, der Mund auf- und zuging, hörte, dass Laute und Worte aus ihm kamen, aber er registrierte das alles nicht mehr. Langsam ging er ein paar Schritte auf ihn zu. Dann blieb er stehen, um das schwere bestickte Kissen zu greifen, das auf dem Sofa lag.

Es war jetzt still im Raum. Nur das Kissen knisterte kaum hörbar, als er es dem Alten aufs Gesicht drückte. Seine Augen suchten die fleckigen Hände. Dünne Pergamenthaut. Knochige Finger, die ruhig liegen blieben. Unter seinen eigenen Händen spürte er eine sachte Regung, gedämpft durch die dichte Schicht Federn. Ein leises Schnaufen.

Er wartete noch einen Moment, zählte stumm von zehn rückwärts. Dann nahm er den Druck von den aufgestickten Feldblumen. Klatschmohn und Kornblume. Das Kissen legte er behutsam zurück. Er hatte die Position ganz unbewusst gespeichert.

Das Gesicht des Alten zeigte keine Veränderung. Vielleicht waren die Augen ein klein wenig weiter offen, sein Mund auch. Ruhig wirkte er dennoch. Nicht panisch und krampfhaft verzerrt, erstaunt eher, mit geöffnetem Mund. Aber doch ganz entspannt und selig. Heimgeholt dorthin, von wo er einst gekommen war. Er bekreuzigte sich, weil ihn das Gefühl überkam, irgendetwas tun zu müssen. Dazu hauchte er ein kaum hörbares: »Ruhe in Frieden.«

Warum bloß hatte er davor solche Angst gehabt? Es war doch so einfach gewesen. Ein alter, hilfloser Mann, dem er das Sterben erleichtert hatte.

4

Er drehte das Rädchen in gleichmäßigem Tempo weiter. Ein feines Geräusch erklang, das seinen Ohren schmeichelte und seiner Stimmung an diesem Morgen den Weg in Richtung Zufriedenheit wies. Mit der letzten beherzten Drehung hob sich der Deckel der Dose wie von Geisterhand in die Höhe und gab den Geruch frei, der seiner Renate stets eine gezischte Unmutsbekundung entlockte: »Schappi für meine Reblaus«, begleitet von einem reichlich angewiderten Gesichtsausdruck.

Kurt-Otto Hattemer konnte es überhaupt nicht ausstehen, wenn seine Frau so über sein Frühstück sprach. Dosenbratwurst war seit seiner Kindheit seine erklärte Leibspeise zum Frühstück. Frisches Brot, Butter und darauf zwei kreisrunde dicke Scheiben mit etwas Gallert und weißem Fett, es gab nichts Besseres für einen guten Start in den Tag. Er atmete tief durch die Nase ein, um noch einmal den fleischig würzigen Geruch zu genießen, bevor sie zurückkam und ihm mit einer Mischung aus strafend und mitleidig im Blick einen Teil seiner Freude verdarb.

Einen Hund hatten sie nicht. Aber irgendwann hatte er doch mal den Geruch einer gerade geöffneten Futterdose in die Nase bekommen. Zu seinem Leidwesen hatte er sich – insgeheim natürlich – eingestehen müssen, dass eine gewisse geruchliche Übereinstimmung nicht von der Hand zu weisen war. Das musste aber an der Beschaffenheit des gleich gearteten Verpackungsmaterials liegen. An der Dose also, nicht am Inhalt.

Schnell schüttete er noch einen ordentlichen Schwung Kondensmilch in seine leere Kaffeetasse. Das Töpfchen stellte er zurück in den Kühlschrank und nahm stattdessen die 1,5er-H-Milch mit an den Frühstückstisch. Den Karton mit den aufgedruckten glücklich dreinschauenden gefleckten Kühen vor idyllischem Alpenpanorama postierte er so nahe an seiner Tasse, dass die Verbindung zwischen beiden selbst dem Blindesten auffallen musste. Dann goss er sich Kaffee ein und langte nach der ersten der drei frisch aufgeschnittenen Scheiben Brot.

Das Geräusch an der Haustür unterbrach ihn nicht in seinem konzentrierten Tun. Ohne Hast schnitt er sich noch ein zusätzliches Stück Butter ab. Die Zeit reichte aus, um sie unter der Bratwurst verschwinden zu lassen. Bei den weiteren Brotscheiben würde er sich unter ihrem mahnenden Blick eherne Zurückhaltung auferlegen müssen.

Mit erhitzten roten Backen kam Renate in die Küche. Eine Strähne ihrer dünnen Locken klebte quer über der Stirn. Der Rest stand wild in alle Richtungen. Das taten ihre Haare aber oft, auch wenn sie gerade nicht gelaufen war.

Zurzeit trug sie schön gedrehte Korkenzieher, doch nur so lange, bis sie wieder einmal der Meinung war, dass eine tief greifende Veränderung nottat, die sich in einer radikalen Kürzung der Haare und einem neuen Farbton niederschlug. Er blieb sich treu. Ein buschiger Schnurrbart auf der Oberlippe, der, ebenso wie sein Haupthaar, das er mutig quer legte, um die sich vergrößernde Lücke auf seinem Schädel zu schließen, in den letzten Jahren fast vollständig ergraut war.

Renate war einen guten Kopf kleiner als er und – optisch zumindest – nicht einmal eine halbe Portion von ihm. An dem Tag, an dem sich herausgestellt hatte, dass sie keine Kinder bekommen konnte, hatte sie mit dem Laufen angefangen. Jeden Tag vor dem Frühstück, im Sommer wie im Winter. Sie brauchte ihre zehn Kilometer durch die Weinberge und scherte sich nicht um die dummen Kommentare, die er über Umwege zu hören bekam: »Die Renn-ate macht ihrem Namen wieder alle Ehre.« »Die ist so schnell, weil sie immer vor der Arbeit daheim wegläuft.«

Nach einem kurzen Blick auf sein Gedeck machte sie sich an ihrem Schüsselchen zu schaffen. Ihr Frühstückstisch war seit Jahrzehnten zweigeteilt. »Das, was du da isst, ist Gift. Das werde ich dir doch nicht schon morgens zum Frühstück vor die Nase stellen.« Mit diesen Worten hatte sie damals das für ihn gekaufte Müslischüsselchen neben seiner Kaffeetasse begründet. Es hatte seinen Namen getragen, Kurt-Otto, und war bereits fertig befüllt gewesen mit dem, was sie zu dieser Tageszeit für angebracht hielt. Da Renate ihr Müsli abends mit lauwarmem Wasser einweichte und es über Nacht quellen ließ, hatte dieser Anblick – wie auch

der Gedanke an die zu erwartende Konsistenz – einen zarten, aber entschiedenen Brechreiz in ihm ausgelöst. Der zweigeteilte Frühstückstisch hatte sich als einzig gangbarer Kompromiss daher geradezu aufgedrängt.
»Willst du heute keine Kondensmilch in deinen Kaffee? Oder ist die schon wieder alle?« Sie sah ihn schmunzelnd an.
»Geht auch so.« Er hielt seinen Blick starr auf das Dosenbratwurstbrot gerichtet. Renate besaß die Fähigkeit, selbst kleinste Lügen an seinen Augen ablesen zu können.
»Nicht dass du mir die ganze dünne Milch wegtrinkst und ich mir mein Müsli nachher mit Dosenmilch anmachen muss.«
Er brummelte sich etwas in seinen Bart, was entfernt an ein »Noch genug drin« erinnerte.
»Soll ich dir gleich noch beim Keltern der Roten helfen? Ich habe erst zur dritten Stunde heute. Mein Geschichts-Leistungskurs ist auf Studienfahrt in Prag.« Sie hatte sich ihm gegenüber an den Tisch gesetzt und den ersten Löffel im Mund.
»Wäre super. Die beiden Wannen Spätburgunder sind durchgegoren. Sie werden zu hart und kantig, wenn sie noch länger auf der Maische liegen.«
Das Läuten der Kirchturmglocken ließ ihn verstummen. Kurt-Otto warf einen schnellen Blick auf seine Uhr und sah Renate fragend an.
»Wer ist gestorben?«
Sie zuckte mit den Schultern. »Wenn du das nicht weißt, weiß es wahrscheinlich noch nicht einmal der, für den die Glocken gerade geläutet werden.«
»Aber so früh morgens.«
»Kann sich doch jeder selbst wünschen, wann für ihn geläutet wird. Wird ein Winzer gewesen sein, der immer zeitig draußen war.« Sie bewegte langsam den Kopf hin und her und behielt ihn dabei amüsiert im Blick.
Die Quizshow zum Frühstück, mit seiner Renate als geschrumpfter Günther Jauch. Quellmüsli kauend. »Drei Joker haben Sie noch. Vielleicht wollen Sie jemanden anrufen: den Pfarrer, den Bestatter oder den Kirchendiener, der gerade läutet?« Die Freude an diesem Spielchen sprach aus ihren Augen.

»Wer?« Er starrte sie fragend an.
Sie erwiderte seinen Blick kauend. Genüsslich schob sie sich einen weiteren gehäuften Löffel Quellmüsli in den Mund. Sie sprach niemals mit vollem Mund und liebte es, ihn so auf die Folter zu spannen.
»Renate, wer?«
»Ich hab vorhin das Auto vom Schreiner beim August Schlamp vor der Tür stehen gesehen.«
Er sah sie mit deutlicher Missbilligung an. »Warum hast du mir das nicht schon früher gesagt?«
»Er hätte doch sonst was bei den Schlamps zu tun haben können. Muss ja nicht immer gleich ein Todesfall sein.«
»Der August.« Kurt-Otto hielt schnaufend inne. »Endlich ist er erlöst. War doch kein Leben mehr. Ein wacher Kopf in einem fast toten Körper.« Er biss ein großes Stück aus seinem Dosenbratwurstbrot und kaute nachdenklich vor sich hin.

Wenn er die Hühner und Hasen gefüttert hatte, würde er zum Günther gehen und kondolieren. Der Spätburgunder konnte auch bis heute Nachmittag oder morgen warten, sie hatten schließlich so viele Jahre nebeneinander in den Weinbergen gearbeitet.

5

Der letzte Schlag der Kirchturmglocken war verklungen. Jetzt traute er sich wieder, richtig durchzuatmen. Beim ersten Ton war er zusammengezuckt und hatte versucht, die Luft anzuhalten. Natürlich wusste er, dass das keinen Sinn machte. Es war eine spontane Reaktion seines Körpers gewesen. Vielleicht war auch sein Schädel irgendwie daran beteiligt, aber es lief dennoch ganz selbstständig ab. Mehr als eine halbe Minute lang hatte er starr, wie angewurzelt, in seinem Hof gestanden. Still lauschend, mit hämmerndem Herzen, unfähig, sich zu bewegen. Als ob ihm sein Körper demonstrieren wollte, dass die Erinnerung an den gestrigen Abend nicht in der guten Stube vom August zurückgeblieben war. Aber damit hatte er auch nicht wirklich gerechnet. Er *wollte* die Bilder in seinem Kopf behalten, den erstaunten Gesichtsausdruck über den letzten Hauch Leben hinaus, seine reglosen, knochigen Finger auf dem abgewetzten hellbraunen Cord der Armlehnen. Nicht die kleinste Bewegung hatten sie gezeigt. Selbst der Geruch, der im Raum gehangen hatte, war noch abrufbar. Auch jetzt hier draußen.

Die ganze Nacht hatte er in seinem dunklen Wohnzimmer gesessen, dessen Fenster zur Straße hinausgingen. Halb dämmernd, aber doch so wach, dass er einen Krankenwagen oder die Polizei gehört hätte. Es war aber alles still geblieben. Ein paar lärmende Jugendliche, die besoffen grölend vor seinem Haus stehen blieben, weil einer von ihnen an seine Wand pissen musste. Dabei hatte er blöde gegen die schwarze Fensterscheibe gestarrt, ohne erkennen zu können, dass er aus dem Sessel beobachtet wurde. Der Jüngste vom Chaussee-Heinrich, der mit den vielen Pickeln. Sein Alter würde ihn böse verdreschen, wenn er das mitbekam. Die lockere Hand lag in der Familie. Der Heinrich hatte sie früher auch oft zu spüren bekommen.

Kein Krankenwagen, keine Polizei, stattdessen das Totengeläut so früh am Morgen. Damit war klar, dass keiner etwas bemerkt hatte. Der Greis erlöst, friedlich eingeschlafen, und all diejenigen froh, die ihn hatten füttern und trockenlegen müssen. Wie lange konnte er so weitertöten, ohne dass es einer bemerkte? Gestern war es einfach gewesen, unentdeckt zu bleiben. Doch das ließ sich nicht unendlich oft wiederholen.

Er schüttelte den Kopf und setzte sich langsam wieder in Bewegung. Über ihm wehrte ein Bussard lautstark ein paar Krähen ab, die ihm wendig und aus unterschiedlichen Richtungen hinzustoßend die Lufthoheit streitig machten.

Beim Nächsten schon würden sie im Dorf den Zusammenhang herstellen können. Die Verbindung zwischen allen, die noch folgen würden. Doch sie vergaßen schnell. Und er hatte Zeit, mehr als genug sogar.

Langsam zog er das kleine Türchen im großen Scheunentor auf. Der letzte Anstrich war sein Geld nicht wert gewesen. Das hatte er schon gemerkt, als er den Farbeimer aufhebelte. Eine dünne Brühe, der man ansah, dass sie nicht lange halten würde. Billiger Schrott, den sie ihm für viel Geld aufgeschwatzt hatten. Wetterschutz, Grundierung, Farbe – alles in einem. Doch nach billigem Schrott sah es nach einem guten Jahr auch schon wieder aus. An etlichen Stellen löste sich der Anstrich blasig vom Holz.

Und wenn er von hinten anfing? Ihm war in diesem Moment schon klar, dass er nicht würde warten können, bis ausreichend Zeit verstrichen war.

6

»Es kam für uns alle überraschend.« Günther Schlamps Stimme drang nur dumpf an Kurt-Ottos Ohren. »Gestern Abend hat er noch mit uns gegessen und wollte ganz genau wissen, wie weit wir mit der Weinlese sind, welche Weinberge wir noch zu machen haben und wie die Trauben mit dem miesen Wetter zurechtkommen.«
Während er sprach, waren von Günther nur die Beine zu sehen. Mit seinem Oberkörper stand er in der geöffneten Kelter. Kurt-Otto nickte, obwohl er wusste, dass Günther es nicht sehen konnte.
Er war dann doch sofort nach dem Frühstück zu ihm aufgebrochen und hatte das Füttern der zehn Stallhasen und zwei Dutzend Hühner seiner Renate übertragen. Die fühlte sich dem Viehzeug aufgrund ihrer körnerreichen Ernährung sowieso viel verbundener als er selbst. Und gelaufen war sie ja heute schon. Es stand ihm einfach nicht gut zu Gesicht, wenn er nicht unter den Ersten war, die Augusts Sohn ihr Beileid aussprachen. Am Ende glaubten sie im Dorf noch, dass er dem Alten irgendetwas nachtrug. Doch da gab es ganz andere. Sie waren nur mal vor mehr als dreißig Jahren aneinandergeraten, weil sie beide am selben Weinberg interessiert gewesen waren, drüben in Ober-Olm. Damals hatte er kein gutes Haar am August gelassen, der ihn überbot, obwohl er und der Weinbergsbesitzer sich schon per Handschlag einig gewesen waren. Keine ganz saubere Aktion unter Kollegen. Aber so war er gewesen, der August, ohne Rücksicht auf Verluste, ganz dem eigenen Vorteil verpflichtet. Wenn es sich in dem Fall auch nicht ausgezahlt hatte.
Dass er die Fläche damals nicht bekommen hatte, empfand Kurt-Otto noch heute als Segen. Der Weinberg lag seit den frühen Achtzigern brach, weil ein Teil des Hangs abgerutscht und die Bearbeitung seither unmöglich war. Im Rückblick musste er dem August also sogar dankbar sein, dass der ihn damals nicht zum Zuge hatte kommen lassen.

»Eine Erlösung war es trotzdem für ihn.« Günther war aus der Kelter heraus. Sein Gesicht leuchtete rot verschmiert, Tresterreste hingen großflächig verteilt an seinem ausgewaschenen Küferkittel. Er trug sie fast ausschließlich, diese dunkelblauen groben Jacken mit den dünnen weißen Nadelstreifen, die man vorne zuknöpfte. Saubere neue, wenn er Kunden bediente, die alten während der Weinlese und im Keller. »Als Hilde ihn ins Bett schaffen wollte, war er tot. Einfach eingeschlafen. Und sie hat eine Last weniger. Die ganze Pflege seit dem Schlaganfall lag ja bei ihr.«

Günther suchte seinen Blick, und Kurt-Otto nickte mitfühlend. »Der Letzte der ganz Alten ist gegangen.« Etwas Besseres fiel ihm nicht ein.

»Da hast du recht. Was die alles erlebt haben. Alle Höhen und Tiefen des Weinbaus. Die Katastrophe mit der Reblaus, Jahrzehnte, in denen nicht sicher war, ob man die Plage überhaupt in den Griff bekommt. Vor allem, als im Zweiten Weltkrieg die Hilfskräfte und das Material zur Bekämpfung fehlten. Die Männer in Russland, und daheim ging der Rebbestand zugrunde. Nicht wenige haben um ihre Existenz gefürchtet. Die hatten die späten zwanziger Jahre noch in Erinnerung.«

»Hör mir auf. Wenn die Sprache darauf kam, hat mein Vater sofort mit dem Jammern angefangen. Mit der Niederlage von 1918 sind anscheinend viele miese Jahrgänge gekommen. Sauer und verfault, keine gute Kombination. Hat etlichen großen Betrieben, die davor reichlich verdient haben, das Genick gebrochen. In den letzten Jahrzehnten des 19. Jahrhunderts waren die Rheinweine ja teurer gehandelt worden als die aus dem Bordeaux. Damit war es dann aber erst mal vorbei.«

Günther stimmte dem nachdenklich nickend zu. »Hier bei uns im Selztal ging es ja noch, weil die Betriebe nicht allein auf den Weinbau setzten, sondern immer noch reichlich Ackerbau und Viehzucht als zweites Standbein betrieben. Wenn es mit dem Wein mal nicht so lief, reichte der Rest zum Überleben. Heute dagegen geben wir alle unsere Äcker auf, verpachten sie an die wenigen noch aktiven Ackerbauern und wollen die Spezialisierung. Dabei müssten wir aus der Vergangenheit eigentlich gelernt haben, welche Gefahren das birgt. Letztlich hängt aller Erfolg von den Launen der Natur ab. Der gute Jahrgang kommt nicht dann, wenn du das Geld brauchst.«

»Deswegen soll doch jeder gute Winzer über drei Jahrgänge verfügen: einen am Stock, einen im Keller und den dritten auf der Bank.«

»Das hat mein Vater auch immer gesagt.« Günther lächelte. »In den guten Jahren darf man die schlechten nicht vergessen, bei aller Euphorie, die dann herrscht, so wie jetzt auch wieder. Ich werde mir mit dem Pfarrer für die Beerdigung die alten Fotoalben durchsehen. Da kannst du die vielen Höhen und Tiefen noch einmal miterleben. Wir haben 1935 ein halbes Dutzend neuer Holzfässer bekommen.« Er trat etwas näher an Kurt-Otto heran und sprach gedämpft weiter. »Weil mit Hitler die Sonne kam und der Keller nicht mehr ausreichte. Das darfst du so nie sagen, aber es war die Realität. Mit den Nazis kamen die guten Jahrgänge.«

»Nicht für alle. Der jüdische Weinhändler Levi aus dem Nachbarhaus ist gerade noch rechtzeitig nach Argentinien. Ohne den soll früher kein Fass unser Dorf verlassen haben. Der hatte die besten Kontakte nach Mainz und Bingen, wo der große Handel mit den Weinen aus Rheinhessen abgewickelt wurde. Da haben die arischen Nachfolger von den guten Jahrgängen profitiert, bis im Krieg alles zusammengebrochen ist. Keine Arbeiter mehr, der Export am Boden und die Ungewissheit, wie das alles weitergehen soll.«

»Gut lief es erst danach wieder.« Günther fuhr sich mit seiner dunkelrot eingefärbten Rechten durch die wirr abstehenden Haare. »Die Jahre unmittelbar nach dem Krieg. Als für die Schnellen und Findigen alles möglich war.«

»Und dein Vater war ein ziemlich Schneller.« Kurt-Otto nickte anerkennend.

»Oh ja, wenn er davon erzählte, hatte er stets leuchtende Augen. ›Seine goldenen Jahre‹ hat er die Zeit immer genannt. Als der Wein teuer war und die Mainzer aus der Stadt zu uns aufs Land kamen. Im letzten Kriegswinter und in den beiden danach. Alles haben sie angeboten im Tausch gegen ein paar Kartoffeln oder einen Schinken. Die drei großen Ölbilder im Wohnzimmer stammen aus dieser Zeit und ein paar schwere Teppiche, die wir mittlerweile bei Frost zum Abdichten der Scheune nehmen. Das Katz-und-Maus-Spiel mit den Besatzungstruppen um jedes Stück Wein hat er besonders geliebt.«

»Der abgemauerte Keller, davon hat mein Vater auch immer erzählt. Von uns lag damals auch Wein bei euch. Hast du das gewusst?«

Günther sah sich kurz um und gab Kurt-Otto dann ein Zeichen, ihm zu folgen. Seine Gummistiefel quietschten, als er die Stufen der Kellertreppe hinuntereilte.

Kurt-Otto kannte den imponierenden Holzfasskeller der Schlamps. Ein Kreuzgewölbe, in dem die großen Holzfässer eng gereiht standen. Der aus gehauenen Kalksteinen gemauerte Nachweis der langen Weinbautradition, den Günther nur allzu gern vorzeigte.

»Dahinten ist das Türchen.« Er deutete auf einen schmalen offenen Durchgang, der in einen zweiten Kellerraum führte. »Da war der Wein drin. Drei Stückfässer und noch ein halbes. Gut viertausend Liter, versteckt vor der Beschlagnahme. Ein ganz ordentliches Startkapital für damalige Verhältnisse. Dein und mein Alter wussten es einzusetzen.« Sein Blick blieb an einem dunklen Holzfass direkt neben ihnen hängen. »Willst du?« Er sah Kurt-Otto fragend an und wartete erst gar nicht auf eine Antwort, da der dünne Gummischlauch schon bereitlag. »Ich muss ihn ohnehin probieren.«

Milchig weiß plätscherte es in zwei Weingläser.

»Das ist der Graue Burgunder aus dem Teufelspfad, oben am Kalksteinabbruch. Die alten Stöcke, die mein Vater damals gleich nach der Flurbereinigung gesetzt hat. Auf ihn!«

Kurt-Otto nahm das Glas entgegen. Sie stießen an und hielten im Gedenken an den Alten für einen Moment schweigend inne.

Günther hob sein Weinglas, den Blick auf den Inhalt gerichtet. »Spontan mit den eigenen Hefen vergoren. Ganz so, wie er es früher auch schon gemacht hat. Einfach abgewartet, nichts getan, den Saft im Holzfass sich selbst überlassen. Irgendwann muss er ja mit der Gärung anfangen. Ganz langsam zuerst, dann in der Hauptgärphase etwas stärker, um sich zum Ende hin wochenlang am letzten Rest Süße abzuarbeiten. Aber so entstehen die Aromen, die Kräuternoten, die die Charakteristik des Bodens zur Geltung bringen.« Er sah ihn auffordernd an, und Kurt-Otto nahm den ersten prüfenden Schluck.

»Schöne Süße hat er noch, viel Frucht dadurch und schon einen erkennbaren Schmelz. Typisch Grauer Burgunder, einfach weich.«

»So hast du ihn am liebsten, ich weiß. Du bist eben die Süßnase. Mir ist das noch zu viel. Ich brauche ihn trocken. Die Süße ist zwar Frucht, aber sie überlagert mir zu sehr das Eigenaroma und die Mineralität, die er nur da oben am Kalksteinabbruch bekommt. Ich warte lieber noch. Süß schmeichelt, trocken fordert.« Günther nickte sich selbst zu.

Beim Wein kamen sie seit zehn Jahren auf keinen gemeinsamen Nenner mehr. Seit Günthers Sohn im Betrieb war und das Regiment hier unten übernommen hatte. Anfangs hatte Günther sich noch gesträubt gegen all die neuen Ideen. »Der vertreibt mir meine Kundschaft mit dem knochentrockenen Zeug«, hatte es geheißen. Damals konnten ihm die Weine gar nicht süß und ölig genug sein. Feine Auslesen, süß schmeichelnd und nicht so bissig wie die harten Trockenen. Die Freude, wenn es für eine Beeren- oder Trockenbeerenauslese reichte. Das hatte sich dann bald geändert. Mittlerweile redete Günther schon wie sein Sohn. Als ob sie den Wein seit Jahrhunderten genau so angebaut hätten. Dabei war er früher der mit den meisten Flächen Huxelrebe, Ortega und Bacchus gewesen. Alles Sorten, mit denen man traumhafte Süße, aber keine Trockenen machen konnte. Drei Jahre hatte Markus gebraucht, um alle Weinberge zu roden, die sein Vater und Großvater in den Sechzigern und Siebzigern gepflanzt hatten, und die Reben durch Riesling, Grauen Burgunder und Spätburgunder zu ersetzen. Ein deutliches Zeichen, wer jetzt das Kommando gab, und Günther hatte sich gut angepasst, bis in die Wortwahl hinein. Wenn Kurt-Otto jetzt die Augen schloss, könnte er nicht mit Sicherheit sagen, wer gerade vor ihm stand, er oder sein Sohn.

In einer hitzigen Diskussion im letzten Sommer hatte Günther ihn sogar mal als »Dinosaurier der Siebziger« verunglimpft. Nur weil er an dessen hoch gelobtem Riesling die fehlende Süße kritisiert hatte. Die Jungen waren erfolgreich, das bestritt er ja gar nicht, aber sie machten Wein so kompliziert. Die leichten Süßen, die ihm die Kunden früher aus den Händen rissen, waren doch auch nicht schlecht. Weine, die Spaß machten, die man einfach so trinken konnte, ohne große Worte. Kurt-Otto spürte, wie ihm die Hitze in den Kopf stieg. Dieses Thema brachte ihn in kürzester Zeit auf Angriffstemperatur. *Natürlich* war er ein Dinosaurier aus den Siebzigern und wahrscheinlich der Einzige, der auf seiner überschaubaren Weinkarte mehr liebliche als trockene Weine stehen hatte. Aber warum sollte er sein ganzes Leben auf den Kopf stellen? Es gab sie nämlich noch, die, die seine Weine mochten, auch wenn sie mit ihm alt geworden waren und drohten, in den nächsten zehn Jahren restlos auszusterben. Zur Not trank er den Rest seiner Weine eben selbst.

»Komm mal.« Günther holte ihn aus seinen Gedanken und zog ihn mit sich auf die Rückseite des Fasses, das mit ein wenig Abstand zur Wand stand. Entschlossen drückte er ihn in die viel zu schmale Lücke zwischen Stückfass und schwarzer Kellerwand. Kurt-Otto hielt die Luft an und zog seinen Bauch ein, um nicht in dem schmalen Zwischenraum stecken zu bleiben.

Die neuen Bodenstrahler hinter den Fässern beleuchteten nicht nur die Bruchsteinwand, sondern auch eine kunstvolle Schnitzerei auf der Rückseite des Fasses. Sauber aus dem Holz herausgearbeitete Trauben, Reblaub und die Strahlen einer ungewöhnlich großen Sonne, in deren Mitte ein Hakenkreuz prangte. Alles umrahmt von einer kantigen Schrift: *Sieg Heil dem ersten Jahrgang des Tausendjährigen Reiches.*

»*Deshalb* wollte mein Vater den Keller abgemauert haben. Und nur deiner konnte so gut mauern und verputzen, dass es nicht auffiel. Er war zu geizig, das Fass einfach klein zu hauen und zu verbrennen, bevor sie kamen. Dass sie auf diese Weise auch eine ordentliche Menge Wein zur Seite schaffen konnten, war ihnen angeblich erst bei den Vorbereitungen bewusst geworden. Die Fässer durften ja nicht trocken liegen. Dann hätte man sie auch gleich verbrennen können. Zumindest hat er mir das immer so erzählt.« Günther grinste zufrieden in sich und seine Erinnerung hinein.

»Das war ein Spiel mit dem Feuer. Wäre man ihnen auf die Schliche gekommen, würden wir heute nicht hier unten auf ihr Wohl trinken.« Kurt-Otto drückte sich stöhnend aus der engen Lücke heraus. In sein geleertes Glas lief klarer Weißwein aus dem Nachbarfass, das Günther mit dem dünnen Schlauch angezapft hatte, während er zwischen Wand und Holzfass eingekeilt gewesen war.

»Eigentlich nichts für dich, aber probieren musst du ihn trotzdem. Mein letzter Riesling aus dem vergangenen Jahr. Im Holzfass vergoren, seither reift er auf einem Rest der Hefe. Knackige Säure, die jetzt so langsam weich wird. Luft durch das Holz und Geduld, mehr hat er nicht gebraucht. Da kann sogar ein Riesling richtig Schmelz entwickeln.«

Kurt-Otto nahm einen ordentlichen Schluck aus dem gut gefüllten Glas. Geräuschvoll schlürfend sog er Luft ein und kaute anerkennend auf Günthers derart angepriesenem Riesling herum. Seine Geschmacksnerven trafen auf eine zitronige Säure, die aber nur ganz dezent Geltung beanspruchte. Sahnig weiche Noten dominierten und hinterließen einen angenehm karamelligen Hauch, dem er durch ein zufriedenes Nicken Respekt zollte. »Ein feiner Tropfen.«

Den er sich durchaus auch mit einer leichten fruchtigen Süße gut vorstellen konnte. Auf eine solche Diskussion hatte er aber jetzt wirklich keine Lust. Sie passte auch nicht hierher, nicht zu einem Trauerbesuch.

»Unsere Väter hatten grenzenloses Vertrauen ineinander. Die hielten zusammen.« Günther bedachte ihn mit einem vielsagenden Blick. »Kurt-Otto, wenn du aufhörst in zwei, drei Jahren, dann gibst du uns doch deine Weinberge?«

7

Oktober 1964

Durch das lichter werdende Reblaub hatte er sie gut im Blick und war doch so weit verdeckt, dass die anderen ihn nicht sehen konnten. Zumindest fiel ihnen nicht auf, dass er bei jeder Bewegung nach ihr Ausschau hielt. Wie zufällig folgte sein Blick ihren Bewegungen. Sie half ihrer Mutter. Beide waren im Weinberg neben ihm damit beschäftigt, die abgeschnittenen Triebe aus dem Drahtrahmen herauszuziehen. Ein paar hundert Stöcke nur. Sie würden recht bald fertig sein und dann weiterziehen zur nächsten kleinen Parzelle, die gerodet und abgeräumt wurde.

Deshalb war diese Flurbereinigung so dringend notwendig. Auf den kleinen versprengten Flächen, dem Resultat jahrhundertelanger Erbteilung, war kaum wirtschaftlich zu arbeiten. Jeder, der den Flickenteppich kleinster Grundstücke hier im Teufelspfad sah, musste von der Notwendigkeit dieses Einschnitts überzeugt sein. Auch wenn es viel Arbeit und Geld kostete, bis hier wieder ordentliche Erträge heranwuchsen. Aber nur auf großen Flächen, die über befestigte Wege gut zu erreichen waren, würden sie als Winzer in Zukunft eine Chance haben, insbesondere auch gegen die Südländer, die mit ihren Weinen ins Land drängten. Das müsste eigentlich sogar der Johann Hattemer verstehen. Den hatten sie nur unter Zwang in das Umlegungsverfahren bekommen. Beim Harry Schmahl hatten gute Argumente ausgereicht, weil er nicht vom Misstrauen zerfressen war. Die Hattemers aber gefielen sich in der Rolle des letzten Mohikaners.

Zum Glück gab es den Zwang als äußerste Möglichkeit. Der Johann Hattemer hätte ansonsten die ganze Flurbereinigung zum Scheitern gebracht, zumal er seinen Sohn, den Kurt-Otto, so lange bequatscht hatte, bis der auch daran glaubte, dass sich alle gegen sie verschworen hätten und nur danach trachteten, ihnen die besten Lagen, die fruchtbarsten Böden, im Zuge der Neuverteilung der Grundstücke abzujagen. Aber so waren die Hattemers. Bloß nichts Neues wagen. »Das haben wir aber immer schon so gemacht.«

Es war ein Kommen und Gehen, den ganzen Vormittag schon. Das halbe Dorf schien unterwegs zu sein mit allem, was an Arbeitskräften verfügbar war. Daher auch sie, die ihrer Mutter half. Sie war sonst höchstens mal bei der Weinlese mit draußen. Sie machte eine Lehre in Bretzenheim. Das hatte er in Erfahrung gebracht. Was genau, wusste er nicht. Es war unklug, zu neugierig zu sein. Das fiel auf, und hinterher redete das ganze Dorf darüber. Die Mutter arbeitete die ganze Saison über beim Georg Holdenreich. Einen Vater gab es nicht, keine Ahnung, warum. Sicher wussten die anderen eine Antwort darauf. Weggelaufen vielleicht, im Krieg gefallen. Es ging ja auch keinen etwas an.

Ihre langen blonden Haare hatte sie unter einem bunt geblümten Kopftuch versteckt. Nur vorne über der Stirn hing eine Strähne heraus. Sie schwang bei jeder Bewegung mit. Das Kopftuch hatte ihr bestimmt die Mutter aufgezwungen. Es passte nämlich nicht zu ihren engen Schlaghosen und der rosa Bluse. Niemand sonst trug so etwas bei der Weinbergsarbeit. Auch nicht die anderen Mädchen in ihrem Alter, die in diesen Wochen mit ranmussten, um den ganzen Hang zu roden.

Die Männer schnitten die Triebe ab. Das Herausziehen des Rebholzes war Frauensache. Zuerst wurden die langen, holzigen Ranken in die Gassen gelegt, um sie dann später zu ordentlichen Bündeln zusammenzufassen, die mühsam den Hang hinuntergeschleppt werden mussten. Im Winter war man froh, wenn man mit dem getrockneten Rebholz den Herd in der Küche und den Ofen in der guten Stube anfeuern konnte. Die im Tagelohn bei den Winzern beschäftigten Männer und Frauen erhielten einen Teil der Rebbündel, mit denen sie über die kältesten Monate kamen. Die meisten beheizten ihre kleinen Hütten fast ausschließlich damit. Aber so viele von ihnen gab es gar nicht mehr. Die Plackerei bei jedem Wetter und das wenige, was es dafür gab – wer konnte, nahm Arbeit in Mainz an oder ging nach Rüsselsheim, zu Opel ans Band. Als Hilfsarbeiter bei den Winzern und Bauern blieben nur die Alten zurück, die man selbst in der Fabrik nicht mehr wollte, und die Frauen, die nach dem Krieg allein und nicht mobil genug waren. So wie ihre Mutter.

Am Klang der Stimme, dem gerollten R ganz hinten im Hals, konnte man noch gut hören, dass sie nicht von hier stammte. Irgendwo aus dem Osten, vertrieben und geflüchtet vor den Russen und dann hier im Dorf gelandet, ohne jemals angekommen zu sein. Weil nur dazugehörte, wer schon seit Generationen hier lebte und Besitz hatte.

Seine Augen suchten wieder das Rosa zwischen den grünen und gelben Blättern. Jetzt hatte sie zu ihm herübergeschaut. Ganz kurz nur, aber mit einem herausfordernden Grinsen, aus dem eines deutlich abzulesen war: Sie wusste genau, dass er sie beobachtete.

Er fühlte, wie ihm die Hitze glühend ins Gesicht schoss. Schnell schlug er die Augen nieder und machte sich mit der Zange an den Nägeln des nächsten Pfahls zu schaffen.

8

An seinen alten Fendt hatte er vorsorglich die Ladepritsche angehängt und zwei Kübel gut sichtbar darauf positioniert. Jetzt sah es so aus, als ob er noch mal kurz unterwegs war, und zwar mit einem offensichtlichen Ziel: seinem Garten am Ortsrand, gleich hinter den letzten Häusern des Neubaugebietes. Dorthin fuhr er im Herbst das Laub der Rosen aus seinem Innenhof, um es zwischen die Obstbäume zu streuen. Mirabellen, Zwetschgen, eine mächtige Süßkirsche und etliche Brombeerhecken. Nach der ersten Frostnacht waren die Blätter in Massen gefallen. Seit der Weinberg gerodet war und er vorgestern die Erde aufgerissen hatte, fuhr er täglich dort vorbei.

Die Kübel hinter ihm waren jetzt leer, denn er war heute Morgen schon einmal unterwegs gewesen, aber selbst aus den oberen Stockwerken der Häuser konnte keiner durch die Deckel hindurch in die Behälter sehen. Ausreichend Tarnung also für eine kleine Rundfahrt durch das Dorf, die er brauchte, um auf andere Gedanken zu kommen. Einmal durchlüften, den Wind im Gesicht und den Lärm in den Ohren, und zur Ruhe kommen, um eine klare Entscheidung zu treffen. Zu Hause raste alles in ihm, sein Herz, seine Gedanken, sein Blut in den Adern. Es war unmöglich, dort durchzuatmen. Er war ein Getriebener in den eigenen vier Wänden, einem Tiger gleich, der in seinem viel zu kleinen Gehege stumpf im Kreis lief.

Langsam steuerte er seinen Traktor in die schmale Seitenstraße. Der Motor mühte sich an der Steigung lautstark ab, und ein entgegenkommender Wagen zwang ihn anzuhalten.

Deswegen nutzte er diese Straße als Abkürzung nur selten. Die Höfe hier waren eng und verwinkelt, nirgends war genug Platz. Nicht der richtige Ort, um als Lohnunternehmer mit Mietgeräten und eigenem Fuhrpark erfolgreich zu sein. Gerd Trautmann, dem das hier angrenzende Gehöft gehörte, besaß und verlieh alles, was man an Maschinen im Weinbau über das Jahr brauchte. Mit seinen Gerätschaften war er für sämtliche Winzer in der Umgebung unterwegs. Doch was gerade nicht gebraucht wurde, benötigte Platz. Daher hatte er sich durch das Haus der Hasen-Marie, das er im vergangenen Jahr gekauft hatte, ein wenig mehr Raum für seine Maschinen und Geräte geschaffen. Er hatte es weggerissen und verfügte nun zumindest über eine kleine geschotterte Freifläche neben seinen alten Gebäuden, auf der er auch jetzt wieder zugange war.

Neben seinem neuen blauen Traubenvollernter, der während der letzten Wochen Tag und Nacht im Einsatz gewesen war, stand sein mittlerer Schlepper, der auch nicht mehr der Jüngste war. An ihm hing der breite Ackermulcher, mit dem er auf den gerodeten Flächen auch dickere Reste der Rebstöcke gut kleinbekam. Darunter ragten von den Knien abwärts Gerds Beine hervor. Er hätte ihn nicht gesehen, wenn er nicht zum Anhalten gezwungen worden wäre.

Vorsichtig ließ er die Kupplung seines alten Fendt kommen und quälte ihn hämmernd das letzte Stück der Steigung hinauf. Die meisten Gebäude in dieser engen Straße waren große Scheunen. Die dazugehörigen Wohnhäuser standen in der breiteren Parallelstraße. Deswegen störte sich auch niemand daran, wenn der Gerd während der Weinlese noch weit nach Mitternacht seinen Traubenvollernter mit dem Hochdruckreiniger sauber machte.

Manchmal war es doch gut, bloß mal so mit dem Traktor umherzufahren.

9

»Und wie geht es dem Günther?« Renate blickte nur kurz von der Zubereitung des Abendessens auf, als er in der Tür erschien, um sich dann wieder dem laut zischenden Inhalt der Pfanne zu widmen.

»Den Umständen entsprechend.« Er hatte aus gutem Grund die kürzestmögliche Antwort auf ihre Frage gewählt. Er wusste, dass sie wie das mühsame Krächzen eines kranken Hahnes im Endstadium seines Lebens auf dem Mist klang. Reichlich heiser und trocken.

Erneut sah Renate für einen Moment auf und zeigte ein belustigtes Grinsen. »Ist ja auch eher ungewöhnlich, dass ich dich um halb vier am Nachmittag im Bett vorfinde und nicht draußen auf der Straße.« Während sie sprach, war ihr Blick bereits wieder auf die Pfanne gerichtet, in der sie mit einem Holzschaber wild zugange war.

Ein noch breiteres Grinsen hätte er auch kaum verkraftet. Den ausgedehnten Mittagsschlaf hatte er bitter nötig gehabt. Günther Schlamp hatte ihm einen nach dem anderen eingeschenkt. Den ganzen Jahrgang hatte er probieren müssen, Fass für Fass, den gesamten Keller hindurch, ganz feine Sachen. Fast alle waren noch in der Gärung, milchig trüb und hatten reichlich Süße. So hatte er einfach nicht Nein sagen können und immer wieder gern nach dem Glas gegriffen.

Es war faszinierend, wie gut schon in diesem frühen Stadium die Unterschiede zwischen den einzelnen Lagen zu erkennen waren. Die Rieslinge vom Fuß des Hanges im Löß waren fast durchgegoren, ihr Aroma, zart zitronig, gut schmeckbar. Ein feines Säurespiel, das so ganz typisch für sie war, während die Rieslinge weiter oben im schweren Kalkmergel noch kantig und undifferenziert wirkten. Ein wenig süß, ein wenig sauer und weit von Harmonie entfernt. Trotzdem schimmerte bei angestrengtem Schmecken bereits ein Hauch der Intensität durch, die sie in einem halben Jahr zeigen würden.

Günthers Sohn Markus verstand es, die Eigenarten jedes einzelnen Rieslings zur Geltung zu bringen. Früher hatten sie alle Rieslinge zusammen gelesen und daraus einen halbtrockenen Kabinett gemacht, für den Günther immer viel Lob eingeheimst hatte. Die Abschaffung des Riesling Kabinett halbtrocken war eine der ersten Amtshandlungen seines Sohnes nach der Übernahme des Weingutes gewesen. »Ein alter Hut, dem keiner nachtrauern wird«, hatte Markus selbstbewusst behauptet. »Riesling muss trocken sein oder edelsüß und ölig, darf aber nicht wie Zitronenlimo schmecken.« Günther war damals fast in Tränen ausgebrochen, hatte sich aber trotzdem gefügt, weil er wusste, dass der Junge sonst weg gewesen wäre. Nach dem dritten Jahrgang war sein Widerstand vollständig gebrochen, und er hatte die dreißig Jahre davor komplett ausgeblendet, wie es schien.

Kurt-Otto räusperte sich. Aus gutem Grund bettete er sich nur in akuten Notfällen zum Mittagsschlaf. Hinterher ging es ihm meistens schlechter als zuvor.

Weil er irgendetwas tun musste, um nicht bescheuert in der Küche herumzustehen, fing er an, Teller und Besteck aus dem Wandschrank zu holen.

»Ist schon erledigt.« Renate lächelte mitfühlend, als würde sie reichlich Verständnis für seine Situation und seinen lädierten körperlichen Zustand aufbringen. »Du kannst den Grauen Burgunder aufmachen, den dir der Günther mitgegeben hat.« Sie hielt kurz inne, musterte ihn amüsiert. »Oder ist dir heute Abend nicht nach Wein?«

Er schüttelte stumm den Kopf und suchte nach einer Erinnerung daran, wie er mit einer Flasche in der Hand am späten Vormittag quer durchs Dorf gelaufen war. Und dann auch noch mit einer Flasche von Günther, dessen auffällige, schrille Etiketten aus größter Entfernung zu erkennen waren. Na prima. Die Kommentare konnte er sich ohne viel Phantasie ausmalen: »Der Ecke-Kurt kauft seinen Wein neuerdings beim Schlamp. Dem schmeckt wohl der eigene nicht mehr?«

»Der Günther hat mich gefragt, ob er meine Weinberge haben kann, in zwei Jahren.« Es klang schon besser und flüssiger, was da über seine Lippen den Weg nach draußen fand. Auch wenn er eine Unterhaltung über dieses Thema eigentlich gar nicht hatte

anfangen wollen. Sein Kopf war einfach noch zu sehr damit beschäftigt, die Erinnerungen an den heutigen Trauerbesuch zusammenzukramen und zeitlich in die richtige Abfolge zu bringen.
»Na, das ist doch bestens. Bei ihm sind sie bestimmt in guten Händen.«
Kurt-Otto sah sie entgeistert an. »Das ist nicht dein Ernst! Ich kann doch nicht einfach so aufhören, nur weil ich ein Jahr älter werde.«
Sie goss irgendetwas in die Pfanne. Laut zischend stieg reichlich Dampf in die Höhe.
»Aber dann bist du fünfundsechzig und hast lange genug bei Wind und Wetter draußen gearbeitet. Alle gehen in dem Alter in Ruhestand, nicht wenige viel früher. Der Günther ist schließlich auch Rentner.«
»Da siehst du es! Rentner im Unruhestand. Der ist noch voll mit dabei und jeden Tag draußen im Weinberg. Rentner ist er nur auf dem Papier, weil der Markus den Betrieb übernommen hat.«
»Aber wir haben nun mal keinen Sohn, der das weitermacht, also musst du dich mit dem Gedanken anfreunden, in zwei Jahren aufzuhören. Du willst doch nicht noch mit siebzig im Januar bei Schneeregen, Ostwind und Minusgraden oben auf dem Hiberg Reben schneiden.« Sie blickte kurz fragend in seine Richtung. Da von ihm keine Reaktion kam, fuhr sie fort: »Ich dachte, du kochst dann für mich, wenn ich nachmittags aus der Schule komme. Wir machen ausgedehnte Urlaubsreisen in den langen Sommerferien und den Herbstferien. Was hältst du von einem Wohnmobil? Meine Kollegin Anita hat eins. Was die von den Reisen erzählt, ist ein Traum.«
Kurt-Ottos Kopf kam nicht hinterher. Das war unfair. Er hing noch im Aufwachmodus fest, der ihn, bedingt durch den vielen Wein, nicht loslassen wollte, und sie forderte sinnvolle Antworten zu Themen ein, die er in den letzten Jahren recht erfolgreich schon im Anfangsstadium aus seinem Kopf verdrängt hatte. Das lag doch alles noch so weit entfernt. Er als einkaufender und kochender Rentner, der darauf wartete, dass seine jüngere Frau nach Hause kam: »Hallo Schatz, wie war dein Tag in der Schule?« Wochenlang

auf Reisen, unterwegs in einem engen Zimmerchen auf Rädern. Kein richtiges Bett für die Nacht, in unbekannter Umgebung, so weit weg von daheim. Er war am liebsten hier zu Hause. Da war alles da, was man brauchte. Außerdem war es für ihn unvorstellbar, wochenlang nicht mitzubekommen, was im Dorf passierte. Das wäre nie wieder aufzuholen. Ein dunkles Informationsloch von mehr als zwei Monaten, wenn man alle Ferien zusammenrechnete.

»Ich kann auch mit dir aufhören.« Sie zog die Pfanne vom Herd und machte sich damit auf den Weg zum Esstisch im Nebenraum. »Bringst du den Wein mit? Der Günther hat ja auf allen Flaschen Schraubverschluss, da brauchst du keinen Korkenzieher.«

Er zog die Flasche aus der Kühlschranktür und versuchte noch einmal angestrengt, sich an Details seines Heimweges zu erinnern. Wahrscheinlich war er die Hauptstraße entlanggewankt. Die Flasche in der Rechten, mit der Linken an den rauen Hauswänden Halt suchend. Gegen eins musste er sich auf den Weg gemacht haben, weil der Günther zum Mittagessen gerufen worden war. Um die Uhrzeit waren nur wenige auf den Straßen unterwegs, aber unbeobachtet kam man ganz sicher nicht von dort bis zu ihm. Und ein Zeuge reichte in der Regel aus. Bis zum Abend würde es im Dorf die Runde gemacht haben.

Er atmete stöhnend in sich hinein, als er im Esszimmer auf den Stuhl sank. Erst jetzt fiel ihm auf, dass sich Renate ganz besondere Mühe gegeben hatte. Alles fein gedeckt, das alte Porzellan seiner Großmutter mit dem Goldrand, poliertes Silberbesteck, die Stoffservietten mit dem Familienmonogramm und zwei lange Kerzen. Hochzeitstag vergessen? Er rieb sich die Augen. Nein, im Mai. Es war also Vorsicht geboten.

Er goss Günthers Grauen Burgunder in beide Gläser, obwohl er eigentlich viel lieber etwas Süßeres getrunken hätte, und erwartete das Unvermeidbare. Ganz still, in Schockstarre, die weiße Maus Auge in Auge mit der Schlange.

»Wir hätten mehr Zeit für uns.« Sie griff nach seinem Teller und schaufelte eine ordentliche Portion aus der Pfanne. Buntes Gemüse, nicht alles eindeutig bestimmbar, und ein paar kleine Fleischwürfel. Mit den Worten »Asiatisch aus dem Wok, mit einer leichten Schärfe durch das Chili, einem zarten Hauch Süße und ein wenig Säure, die von einem Schuss frischem Quittensaft kommt« stellte sie den Teller wieder vor ihn auf den Tisch. Aus ihren Augen sprach reichlich Stolz für die mutige Eigenkreation. »Wir treiben Sport zusammen. Du musst ja nicht gleich joggen gehen. Wir könnten auch langsam laufen.« Die letzten beiden Worte zog sie ganz bewusst und gut hörbar in die Länge.

Kurt-Otto sah sie aus weit aufgerissenen Augen an, während sein Hirn versuchte, aus den Einzelteilen ein farbiges Bild zu konstruieren. Er im bunten Trainingsanzug, mit klappernden Stöcken über die Asphaltwege der Weinberge »walkend«, während hinter den dichten Rebzeilen das Kichern der Kollegen deutlich zu hören war: »Schau an, der Ecke-Kurt rennt wieder seiner Renn-ate hinterher. Schnauft schlimmer als sein alter Fendt.«

Bloß nicht!

»Ich kann das doch nicht alles aufgeben.« Er stocherte nach ein paar Fleischwürfeln und schob sie zusammen mit einer Ecke Paprika und zwei dünnen Böhnchen in seinen Mund. »Wenn ich vielleicht ein paar Weinberge abgebe, die steilsten und den zugigen oben auf dem Hochplateau, dann kann ich den Rest doch leicht noch ein paar Jahre machen. Das tut mir gut. Ich brauche die Bewegung an der frischen Luft. Nur herumlaufen, ohne Beschäftigung, das kann ich nicht. Da fühle ich mich wie im Kurbetrieb, und krank bin ich nicht.« Er kaute und stutzte. Das Fleisch hatte eine sonderbare Konsistenz. Es quietschte zwischen seinen Zähnen. Ein Geräusch, das ihn an Günthers Gummistiefel von heute Morgen erinnerte. »Was ist das?« Er weigerte sich zu schlucken.

Mit vollem Mund hatte das eben eher nach »Waff iff daff?« geklungen.

Renate sah ihn leicht streng, aber doch verständnisvoll an. Ganz die Lehrerin, nach dem Motto: Es gibt keine dumme Fragen und keine dummen Antworten. Dumm bleibt, wer keine Fragen stellt.

»Tofu.« Sie lächelte milde. »Wir essen zu viel Fleisch. Das ist ungesund und passt überhaupt nicht mehr in unsere heutige Zeit. Es ist schädlich für uns und für die Umwelt.« Sie nickte sich mehrmals selbst zu, da eine Bestätigung seinerseits ausblieb. »Ich dachte, wir versuchen es mal zwei Wochen lang. Du wirst sehen, wie gut das tut. Ich habe schon alles vorbereitet. Du wirst dein Fleisch kaum vermissen. Es gibt *so* schmackhafte Alternativen.«

Er kaute angestrengt weiter auf Günthers quietschenden Gummistiefeln, die in seinem Mund in die Höhe und die Breite wuchsen, weil sich irgendetwas in seinem Rachen dagegen sträubte, alles hinunterzuschlucken. Resigniert schüttelte er den Kopf. Es war also mal wieder so weit. Daher der fein gedeckte Tisch, die Kerzen, das Silberbesteck. Einer ihrer wiederkehrenden Versuche, seine Ernährungsgewohnheiten auf den Kopf zu stellen. Er versuchte, die klein gekauten Gummifetzen mit einem ordentlichen Schluck Grauem Burgunder hinunterzuspülen.

Er hatte keine Ahnung, wie oft sie es schon probiert hatte. Zweimal pro Jahr befiel es sie mindestens. Aus dem Nichts, ohne Vorwarnung.

Erst die Körnerphase, alles selbst geschrotet und aus zähem, mehlig klebendem Vollkorn. Vollkornnudeln, Vollkornbratlinge. Selbst die Beilagen bestanden aus ewig gekochtem Getreide, das noch stundenlang zwischen den Zähnen hing und nie wieder herauswollte. Er war doch kein Feldhamster.

Dann die Gemüsewochen, alles ungebraten, nur gedünstet. Weil allzu heißes Braten angeblich der Gesundheit schaden würde: »Die große Hitze lässt gefährliche Verbindungen entstehen. Dünsten ist viel schonender und gesünder.« So ein Unsinn. Gekochtes Fleisch ging vielleicht einmal pro Woche. Als Rindfleisch mit Meerrettich am Sonntag. Das war ein Traditionsgericht. Aber einmal reichte. Und immerhin war das Fleisch, gekocht zwar, aber vom Tier, und nicht Brokkoli, Kohlrabi oder Möhrchen.

Im Frühjahr hatte er die Hühnerbrustphase durchmachen müssen. Nur ach so zartes und ganz mageres Fleisch. Dazu dünne Soßen ohne Sahne: »Die ruinieren uns den Kalorienspiegel. Wir wollen bewusst ein wenig auf Sparflamme leben, den Körper auszehren.« Sie hatte dabei ganz gezielt auf ihn und seinen Bauch gestarrt. Ausgezehrt hatte er sich gefühlt, schon am zweiten Tag, und mit dem Traktor eine kleine Einkaufstour zum Metzger im Nachbardorf unternommen. Dort hatte er einen Weinberg, die Metzgerei lag quasi auf dem Weg, es fiel also gar nicht auf. Dosenwurst war auch ohne Kühlung haltbar. Zumindest hatte ihm das der Metzger versprochen. In den frei geräumten Werkzeugkasten seines Weinbergsschleppers passten genau acht kleine Bratwurstdosen. Vier davon hatte er gegessen, bevor sie ihm auf die Schliche gekommen war: »Deine Zufriedenheit hat dich verraten, Kurt-Otto.« Sie hatte »Kurtotto« gesagt, ganz knapp und mit reichlich Schärfe in der Stimme.

Und jetzt kam also die Tofu-Phase.

»Renate, bitte!« Kurt-Otto war selbst überrascht über seinen unterwürfigen Tonfall. Flehentlich hatte das geklungen. »Nimm mir doch nicht das letzte Restchen Spaß am Leben.«

Sie sah ihn aus forschenden Augen an. »Was willst du mir jetzt damit sagen?« Demonstrativ schob sie sich einen Tofuwürfel in den Mund.

Er schüttelte resigniert den Kopf. Es gab Tage, an denen er gern im Bett geblieben wäre.

10

Januar 1965

Sie war bestimmt schon da. Hastig sah er sich in alle Richtungen um, während er sein Fahrrad in hohem Tempo über das grobe Kopfsteinpflaster des Feldweges steuerte. Es schepperte gefährlich. Er war viel zu schnell unterwegs, weil sein Vater ihn mal wieder nicht hatte gehen lassen wollen: »Die Schweine müssen noch gefüttert werden und die Pferde. Was musst du denn jetzt noch aus dem Haus? Es ist alles längst dunkel draußen.«
»Ich muss nachschauen, wie weit sie mit dem Schottern der Wege gekommen sind. Wahrscheinlich müssen wir Ende der Woche wieder Material beifahren.«
Vorsichtig bremste er und drehte noch einmal den Kopf in alle Richtungen. Eigentlich ein vollkommen sinnloses Unterfangen, da es eine tiefdunkle Nacht war. Und eisig kalt noch dazu. Wahrscheinlich würden die Straßenbauer aus diesem Grund morgen wieder nicht kommen. Wie die ganze Woche schon. Es stockte alles bei heftigem Frost. Aber wenigstens am Unterbau der Wege hätte man weiterarbeiten können.
Er stieg, dampfigen Atem ausstoßend, vom Fahrrad und hauchte leise, aber laut genug, um in dieser Stille gut gehört zu werden: »Bist du schon da?«
»Willst du mich erfrieren lassen?«
Sie war aus dem halb verfallenen Weinbergshäuschen herausgetreten und presste sich nun fest an ihn. An seiner heißen Wange fühlte er ihre eisig kalte Nasenspitze. Schnell drehte er den Kopf in Richtung Dorf und warf einen kontrollierenden Blick auf den dunklen Pflasterweg.
»Komm, wir gehen rein. Da sind wir geschützt. Es bläst ein zu kalter Wind hier draußen.« Er spürte ihren warmen Atem, bevor sie ihre Lippen fest auf seine presste. Mit etwas Nachdruck zwang sie ihre Zunge in seinen Mund. Für einen Moment schloss er seine Augen. Dann versuchte er, sie sachte, aber entschlossen in kleinen tippelnden Schritten in Richtung des Schutzhäuschens zu lenken. »Wir erfrieren hier draußen.«
Ihre Zunge brachte ihn erneut zum Schweigen, doch sie ließ sich

bereitwillig zur Rückseite des Weinbergshäuschens steuern, wo sich der schmale Eingang befand. Sein Fahrrad blieb im Gras liegen, viel zu nahe am Pflasterweg.

In dem engen Raum stand eine harte Holzbank, auf die er sie sachte drückte. Jetzt erst schlug sie ihre Augen wieder auf und löste sich von ihm. »Warum nimmst du mich nicht mal mit nach Hause?«

Er setzte sich neben sie und nahm sie fest in den Arm, um ihr nicht in die Augen sehen zu müssen. »Morgen hole ich dich nach der Arbeit in Bretzenheim mit dem neuen Opel Rekord ab. Der Vater hat ihn heute bekommen«, *flüsterte er in ihr Ohr.*

Er konnte ihre kalte Hand auf seinem Hinterkopf spüren.

11

Er war jetzt schon zum zweiten Mal wach geworden, weil sein Magen knurrte. Diesmal weigerte sich die Leere, Ruhe zu geben. So war an ein Einschlafen nicht zu denken. Nie und nimmer. Einen Wecker hatte er nicht am Bett, weil Renate ihn sowieso weckte, wenn das Gefühl des Laufen-Müssens sie befiel. Das war um kurz nach sechs. Er hatte also keine Ahnung, wie viel Uhr es jetzt war. Durch die engen Spalten des Rollladens im Schlafzimmer hindurch versuchte er sich an einer aussagekräftigen Bewertung der Helligkeit draußen. Zwei, vier, sechs? Keine Ahnung, und außerdem war es egal. Tofu hielt nun mal nicht lange vor.

Von dem quietschenden Fleischersatz war er gestern Abend schon nicht richtig satt geworden, also war es kein allzu großes Wunder, dass ihn sein Magen nun in der Nacht quälte. Er hatte allerdings den Eindruck, dass das Gefühl intensiver war als bei gewöhnlichem Hunger. Fast schon schmerzhaft zog es unter seiner Bauchdecke. Am Ende hatte ihm das Zeug vielleicht sogar den Magen verrenkt. Der war doch so etwas gar nicht gewöhnt, ein Nahrungsmittel, das für asiatische Mägen bestimmt war. Die ticken bestimmt ganz anders. Hier bei ihm brachte das jedenfalls alles durcheinander. Ein abrupter Wechsel der Nahrungszusammensetzung, ohne langsame Eingewöhnungsphase, so etwas konnte ja nicht gut sein. Das Resultat war auch jetzt wieder deutlich zu hören: ein grollendes Knurren, das durch die dicke Federbettdecke nur leicht gedämpft wurde.

Wieder spürte Kurt-Otto einen deutlichen Schmerz. Wenn sein Magen jetzt, in diesem Moment, durch die ungewohnte und vollkommen falsche Nahrungsaufnahme des gestrigen Abends in sich zusammenfiel, würde er unter Umständen am Morgen gar nichts mehr essen können. Dieser Gedanke ließ ihn erschaudern.

Keine ungefährliche Situation, in die sie ihn da mit ihren Essensexperimenten am lebenden Objekt immer wieder hineinmanövrierte. Er war ihr willenloses Versuchskaninchen. Eines konnte er sich vor allem in dieser Zeit des Jahres aber ganz sicher nicht leisten, und das war ein längerer Krankenhausaufenthalt. Er hatte schließlich noch ein paar tausend Kilo Rotweinmaische zu keltern. Renate half ihm schon mal dabei, aber allein würde sie das rein körperlich gar nicht hinbekommen. Er war nicht so technisch perfekt ausgestattet wie die meisten anderen. Die mussten nur einen Hebel betätigen, dann rutschte die vergorene Masse aus Schalen, Fruchtfleisch, Kernen und Wein hinab auf die Kelter. Bei ihm im Kelterhaus war alles zu niedrig. Daher passte keine zweite Ebene hinein, auf die man die Maischebütten oder andere brauchbare Behälter hätte stellen können. Die Wannen mussten mühsam leer geschaufelt werden.

Vorsichtig drehte er seinen Kopf zur Seite. Renate schnarchte gleichmäßig vor sich hin. In Zeitlupe schob er zuerst die Bettdecke in Richtung Bettmitte, um dann ebenso langsam und fast geräuschlos seine Beine über den Bettrand zu schieben. Der Lattenrost ächzte, während er sich in eine aufrechte Position brachte. Renate blieb reglos liegen. Sie hatte von jeher einen guten und tiefen Schlaf. Selbst sein heftigstes Schnarchen konnte ihr nicht die Nachtruhe rauben.

Er seufzte zufrieden und betrachtete sie noch einen Moment. Sie konnte so friedlich aussehen, wenn sie schlief.

Die nächsten beiden Wochen würden nicht einfach werden, das übliche Katz-und-Maus-Spiel hatte begonnen. In den Anfangsphasen ihrer Experimente legte sie einen ausgeprägten Ernährungsfundamentalismus an den Tag, der sie nicht davor zurückschrecken ließ, ihn umfänglich zu kontrollieren. Die Werkzeugkiste seines Weinbergsschleppers konnte daher nicht mehr als sicheres Versteck gelten.

Vorsichtig setzte er einen Fuß nach dem anderen auf die alten Holzdielen. Mit der Rechten strich er sein kariertes Nachthemd glatt. Sein Bauch fiel darunter kaum auf. Er machte sich jedoch weiter durch ungewöhnlich dumpfe Geräusche bemerkbar, die ihn zwangen, mit etwas mehr Tempo zur Tür zu schleichen, um seine ernsthaft gefährdete Gesundheit zu retten. Draußen zog er leise die Schlafzimmertür hinter sich zu und eilte mit schnellen Schritten die Treppenstufen hinunter und in Richtung Küche. Ohne das Licht anzumachen, kontrollierte er durch die schmalen

Ritzen im Rollladen zunächst die Fenster im Haus gegenüber. Die Küche lag zur Straße hin, und da es die Nachbarn gegenüber nicht für nötig hielten, Vorhänge oder einen anderweitigen Sichtschutz an den Fenstern anzubringen, warf er ganz gerne mal einen Blick auf deren Esstisch. Aus schützender Dunkelheit, versteht sich.

Drüben brannte noch kein Licht, weder in der Küche noch im Wohn- oder Schlafzimmer. Es musste demnach vor halb fünf sein.

Gegenüber saßen sie nämlich an den Werktagen schon ab vier Uhr dreißig am Frühstückstisch, weil er zur Arbeit bis nach Frankfurt fahren musste, während sie dann für die nächsten Stunden hinter ihrem riesigen Fernseher verschwand.

Es war vier Uhr fünfzehn. Die aufflackernde Stromsparbirne über dem Küchentisch ermöglichte eine genaue Zeitbestimmung.

Schwermütig und schwach hoffend zog Kurt-Otto die Kühlschranktür auf. Seelisch hatte er sich auf die zu erwartende Enttäuschung bereits eingestellt. Schließlich kannte er seine Renate nach vierunddreißig gemeinsamen Ehejahren in- und auswendig. Mit jedem wie ein Unwetter über ihn hereinbrechenden Ernährungsexperiment seiner Frau ging eine komplette Neubestückung des Kühlschrankes einher. Warum sollte es also ausgerechnet diesmal anders sein? Das wusste er, und doch suchte er stets die niederschmetternde Bestätigung. Auch jetzt wieder. Er beugte sich vor, um den Inhalt des Kühlschranks in Augenschein zu nehmen, und sackte seufzend ein ordentliches Stück in sich zusammen. Fein säuberlich aufgereiht und gruppiert standen ihm völlig unbekannte Verpackungen darin. Kräutertofu, Bärlauchtofu, veganer Brotaufstrich in verschiedenfarbigen kleinen Döschen, Räucherstreifen, die seinen Blick etwas länger gefangen nahmen, bis er feststellen musste, dass auch sie verdächtig nach Tofu aussahen. Gleiches galt für die kurzen, in Folie eingeschweißten Würstchen, die nur für den Bruchteil eines Augenblicks einen Hoffnungsschimmer in ihm aufglimmen ließen.

Vorsichtig, als ob von der Berührung allein eine Gefahr für Leib und Seele ausginge, schob er mit der Spitze seines Zeigefingers ein großes Glas marinierter Tofuwürfel zur Seite. Was er dahinter erblickte, ließ ihn innerlich frohlocken und jauchzen. Nicht die bevorzugte Sorte und nicht von seinem Lieblingsmetzger aus

Mainz-Finthen. Aber in Größe und Form das, was er gewohnt war. Die Dose hatte auch gestern schon an genau derselben Stelle gestanden. Renate musste sie also beim Entfernen der Altbestände des Kühlschrankes schlicht übersehen haben.

Sein Magen stimmte ein freudig klingendes Begrüßungsknurren an und trieb ihn zu erhöhtem Tempo.

Das Blitzen eines Blaulichtes ließ ihn schon nach den ersten entschlossenen Umdrehungen des Dosenöffners wieder innehalten. So viel Zeit musste sein. Er drückte sein Gesicht an die Scheibe, um trotz der Helligkeit hier drinnen durch den Rollladen hindurch sehen zu können, wo der Rettungswagen hinsteuerte. Aber das Fahrzeug war bereits außer Sicht. Nur der hektische Widerschein des Blaulichtes an der Hausfront gegenüber war noch zu erkennen. Er war auch noch zu sehen, als das zweite Blaulicht still heranraste.

Der Polizeiwagen wurde direkt vor seinem Küchenfenster langsamer. Irgendetwas musste passiert sein, und gar nicht weit entfernt von ihm. Die halb geöffnete Wurstdose hatte Kurt-Otto längst vergessen, als er mit hastigen Schritten nach oben eilte, um sich im Bad nur schnell seine Latzhose über das Nachthemd zu ziehen.

12

»Ach herrje, Gott hab ihn selig.«

Gerda schlug für einen kurzen Moment die Augenlider nieder, als sie des Anblicks gewahr wurde, um der besonderen Trauer in dieser Situation Rechnung zu tragen. Viel länger war das nicht möglich, weil sie noch ein Stück zurückzulegen hatte und es darüber hinaus einfach noch reichlich dunkel war. Mit zweiundachtzig war es nicht angeraten, über die eigenen Füße zu stolpern und sich hier vor den anderen auf dem Asphalt langzulegen.

Helga war schon da.

Gerda keuchte. Aber nur wegen der Anstrengung, die es ihr bereitete, die steile Straße in einem dem Anlass angemessenen, außergewöhnlichen Tempo hinaufzukommen. Helga war zwei Jahre älter als sie und nie ohne Rollator draußen. Aber dafür wohnte sie etwas näher und hatte nur bergab gemusst. Lange konnte sie also noch nicht hier stehen, der Krankenwagen und die Polizei waren ja selbst erst seit höchstens fünf Minuten da.

»Schlimm, schlimm.« Helga nickte zur Begrüßung ernst.

»Da wird nicht mehr viel zu machen sein.« Gerda räusperte sich und überlegte, ob das flaue Gefühl im Magen und der leichte Schwindel von dem vielen Blut kamen oder eine Folge der übermäßigen Anstrengung beim Spurt hierher darstellten. »Wird dir nicht schlecht? Ich merk das schon.« Sie lenkte den Blick auf ihre Stehplatznachbarin.

»Wir haben früher daheim geschlachtet.« Helga hielt ihre Augen weiter starr nach vorne gerichtet. Der Anblick des Nachbarn in der riesigen Blutlache schien ihr tatsächlich nichts auszumachen. Dabei stand der alte Traktor mit dem neuen großen Mulcher und dem Gerd Trautmann darunter nur ein paar Meter von ihnen entfernt. »Das war oft eine ganz schöne Sauerei.« Sie nickte mehrmals hintereinander, um das Gesagte damit zu unterstreichen.

Gerda musste schlucken, weil ihr just in diesem Moment bewusst wurde, dass sie gestern Abend hier vorbeigekommen war und der Gerd da schon genauso dagelegen hatte. Mit dem Oberkörper unter dem großen roten Mulcher, und nur seine Beine hatten herausgeschaut. Sie spürte, wie es ihr reichlich heiß um Brust und Kopf wurde, und schnappte hörbar hektisch nach Luft. Helga neben ihr schien das nicht aufzufallen. Ihre Freundin war weiterhin damit beschäftigt, jeden der unbeholfen wirkenden Handgriffe der Sanitäter genauestens zu beobachten. Der eine der beiden war inzwischen ebenfalls ein Stück weit unter dem schweren Gerät verschwunden, während der andere gebeugt und mit fragendem Blick danebenstand. Gerda vermied es hinzusehen.

Wenn der Gerd seit gestern Abend zehn Uhr so daliegt, überlegte sie – oder unter Umständen sogar noch viel länger, denn er hatte ja schon unter dem Mulcher gesteckt, *bevor* sie vorbeigekommen war –, dann war wohl wirklich nichts mehr zu machen, jede Mühe der Sanitäter wäre sinnlos.

Wieso war ihr das eigentlich nicht komisch vorgekommen? Sie schnaufte gegen ihr nagendes Gewissen an. Aber wie hätte es ihr auch komisch vorkommen sollen, der Gerd machte sich doch zu jeder Tages- und Nachtzeit an irgendeinem Gerät zu schaffen. Manchmal so lautstark, dass es ihr den Schlaf raubte.

Es war sicher besser, wenn sie ihre Beobachtung für sich behielt. Die Partie Rommé mit Helga und Sigrun gestern Abend war nämlich so ausgesprochen amüsant gewesen, dass sie nach dem dritten Likörchen vor Überschwang auch noch ein viertes und sogar fünftes getrunken hatte. Obwohl sie ein leicht beschwingtes Gefühl schon davor deutlich hatte ausmachen können. Das, was dem Gerd zugestoßen war, war wirklich schlimm, aber sie wollte dafür nicht noch die Schuld bekommen.

»Jetzt ist Ruhe in unserer Gasse«, sagte sie.

»Ja, der hat schon viel Krach gemacht.« Helga nickte zustimmend und senkte ihre Stimme. »Erst die Schreierei mit seiner Freundin.« Sie hielt kurz inne, um sich zu vergewissern, dass Gerda alles gut verstand. »Jahrelang ging das so, jede Nacht Lärm. Die konnte vielleicht schreien, spitz und grell, und er hat dann so ganz dunkel zurückgebrüllt. Als sie weg war, hat er mit den Maschinen angefangen. Ich dachte, jetzt kann ich wieder ordentlich schlafen, und dann fängt der an, nachts die Geräte sauber zu machen. Das musste ja mal so ausgehen.«

Gerda traute sich jetzt auch wieder, einen Blick auf das Geschehen vor sich zu werfen. Der Sanitäter war unter dem Mulcher hervorgekrochen. Da er und sein Kollege recht eindeutig gestikulierend mit den Polizisten zusammenstanden, war klar, dass ihr lärmender Nachbar seine letzte Ruhe gefunden hatte. Es war keine Eile mehr geboten, sondern schien nur noch darum zu gehen, wie man ihn da herausbekam. Spätestens wenn es so weit war, würde sie aber hier wegmüssen. Ihr Magen gab dafür eindeutige Signale, und ihre Vorstellungskraft reichte aus, um erahnen zu können, wie es um den Gerd dort unten stand. Sie wandte den Blick ab und entdeckte eine Gestalt, die hinter ihnen den Berg heraufgestapft kam.

»Guck da. Der Ecke-Kurt ist im Anmarsch. Hätte mich auch gewundert, wenn der das nicht mitbekommen hätte. Aber diesmal waren wir schneller da.« Gerda zeigte ein zufriedenes Lächeln, bei dem sie ganz auf Zurückhaltung bedacht den Mund zu behielt, weil sie in der Hektik vergessen hatte, ihr Gebiss anzuziehen.

»Dem hängt das Nachthemd an der Seite raus«, lamentierte Helga. »So sieht man aus, wenn einen die Angst treibt, etwas zu verpassen.« Sie schüttelte missbilligend den Kopf, richtete ihre Augen dann aber ruckartig wieder auf das Geschehen vor ihnen, da einer der beiden Polizisten auf den Traktor hinaufgeklettert war.

Gerda hielt sich die mittlerweile zitternde Hand vor die Augen. Durch einen Spalt zwischen den Fingern konnte sie dem Geschehen noch recht gut folgen. Sobald sich der Mulcher anhob, würde sie die Lücke schließen. Irgendetwas schien sie dann doch hier festzuhalten. Sie konnte nicht einfach weggehen, zumal der Kurt sie jetzt erreicht hatte.

»Der Zeitungsausträger hat ihn gefunden.« Helga begann ohne große Umschweife – und nicht ohne einen kleinen triumphierenden Unterton in der Stimme –, ihr Wissen an den Mann zu bringen. »Aber jede Rettung scheint zu spät zu kommen. Der Sanitäter war schon unter dem Gerät. Jetzt beratschlagen sie, wie sie ihn da rausbekommen.«

Kurt-Otto musste schlucken. Ein unangenehmer Geschmack drückte sich nach oben in seinen Mund. Das viele Blut, das den

Schotter dunkel, fast schwarz eingefärbt hatte, ließ ihn würgen. Das meiste war bereits versickert. Er konnte den Anblick dennoch nicht ertragen. Schnell ließ er den Blick zur Seite schweifen und suchte die Fläche um den großen, neuen Feldmulcher ab, ohne dass er wusste, mit welchem Ziel. Das flaue Gefühl in seinem Magen wuchs weiter, und er musste säuerlich aufstoßen.

Die beiden grauhaarigen Alten musterten ihn forschend. Er atmete schwer gegen die Übelkeit in seinem Magen an. Die kam vom Hunger, von nichts anderem. Schließlich war das nicht der erste Tote, den er zu Gesicht bekam. Sein Vater und wenig später auch seine Mutter waren daheim gestorben. Er war beide Male dabei gewesen, bis zum Ende und darüber hinaus. Hatte Totenwache gehalten. Und gut zehn Jahre war es her, dass er unten an der Selz einen jungen Mann aus seinem zerrissenen Fahrzeug herausgeholt hatte. Blutüberströmt. Auf der nassen Fahrbahn hatte der in der Senke, kurz vor der Brücke, die Kontrolle über den aufgemotzten GTI verloren und eine der Kopfweiden gestreift. Den Crash hatte er sogar überlebt, auch wenn es erst nicht danach ausgesehen hatte. Damals hatte er keine Übelkeit verspürt, schon gar nicht so heftig wie jetzt gerade, wo er, zum bloßen Zuschauen verdammt, nur dastand.

Da lag nichts. Kein Holzklotz, kein Stein, gar nichts. Warum nur hatte der Gerd den Mulcher nicht gesichert, bevor er unter das schwere Gerät gekrochen war?

»Mehr als sechshundert Kilo wiegt das Ding. Das kann man nicht überleben, wenn es auf einen fällt.«

Die beiden Alten stimmten ihm mit einem Aufstöhnen im Duett zu.

Der Gerd war ein Jahr jünger als er selbst, und jeder kannte ihn. Er hatte tagtäglich mit den unterschiedlichsten Maschinen zu tun. Das war sein Job. Für fast alle im Dorf war er mit seinen Geräten unterwegs gewesen. Wenn sie zum Beispiel ihre Weinberge nach der Blüte in der Traubenzone entblättern ließen, um den Ertrag frühzeitig zu reduzieren und den wachsenden Beeren mehr Licht zukommen zu lassen, bestellten sie den Gerd ein. Erst in diesem Frühjahr hatte er sich zu diesem Zweck einen neuen Entlauber angeschafft. Es war einfach praktischer, nicht jedes

Gerät selbst anzuschaffen, weil man es doch nur ein paar Tage im Jahr benötigte. Und bei den großen Traubenvollerntern, die in der Anschaffung mittlerweile Unsummen kosteten, war es sogar kompletter Unsinn. Die rentierten sich nur, wenn sie während der Weinlese rund um die Uhr liefen, auch nachts.

Gerd war trotz aller Hektik um ihn herum immer ein ganz Besonnener gewesen. Selbst im größten Chaos, wenn sich zum Schaden an einer Maschine auch noch die gut gemeinten Ratschläge mehrerer dazukommender Winzer gesellten: »Ich würde mal nachschauen, ob der Keilriemen noch ganz ist.« – »Hast du überprüft, ob die Lichtmaschine funktioniert?«, Gerd hatte die Ruhe bewahrt. Wie aber konnte er dann das Risiko eingehen, ohne Absicherung unter den Mulcher zu kriechen, der auch noch an seinem ältesten Traktor hing? Das wollte Kurt-Otto einfach nicht in den Kopf.

Der hämmernde Motor des Traktors zerriss die morgendliche Stille. Einer der Polizisten hatte ihn gestartet. Die beiden Sanitäter standen gestikulierend neben ihm an der offenen Kabine. Noch bevor Kurt-Otto darüber nachdenken konnte, ob er hinübergehen und ihnen erklären sollte, wo sich der richtige Hebel für die hintere Hydraulik befand, hob sich der schwere Mulcher bereits langsam in die Höhe. Er versuchte, seine Augen wieder auf Wanderschaft zu schicken. Sie gehorchten ihm aber nicht. Starr blieb sein Blick nach vorne gerichtet. Ein spitzer Schrei von einer der Alten neben ihm ging ihm durch Mark und Bein.

Stück für Stück gab der Mulcher den Blick auf eine Masse aus Mensch, Blut und Knochen frei. Kurt-Otto presste vorsichtshalber die Lippen fest zusammen, um das Schlimmste zu verhindern. Aber kurioserweise verschlechterte sich sein Zustand nicht. Jetzt, wo alles deutlich zu sehen war, schien sein Magen weniger rebellisch zu sein als noch vor ein paar Minuten.

Der Motor erstarb, und es herrschte wieder Stille. Der Polizist kam auf ihn und die beiden Alten zu. »Ich glaube, es ist besser, wenn Sie nach Hause gehen.«

Es war deutlich zu sehen, dass es der junge Beamte vermied, auch nur einen flüchtigen Blick in Richtung der Leiche zu werfen. Die beiden Sanitäter bückten sich unterdessen vorsichtig, aber mit einem gehörigen Sicherheitsabstand, um unter den Mulcher zu sehen. Einer der beiden fuhr sofort wieder in die Höhe und rannte ein paar Meter die Straße hinauf, bevor er sich würgend übergeben musste.

Jetzt erst bemerkte Kurt-Otto, dass der zweite Polizist mit einer weiteren Person im Streifenwagen saß. Wahrscheinlich war das der Zeitungsausträger.

»Ich kann mir nicht erklären, warum er das Gerät nicht abgesichert hat.«

»Kannten Sie ihn?« Der junge Polizist, in dessen blassem Gesicht sich der dünne schwarze Schnurrbart über seiner Oberlippe ganz besonders deutlich abzeichnete, schien froh zu sein, dass er reden konnte und sich vorerst nicht mit den sterblichen Überresten unter der Maschine beschäftigen musste.

»Natürlich.« Kurt-Otto richtete sich in seiner nicht mehr ganz sauberen Latzhose und dem notdürftig darin verstauten Nachthemd zu voller Größe auf. »Der Gerd Trautmann ist ein Kollege. Weinberge hat er kaum, aber er arbeitet im Lohn mit seinen Geräten für die meisten Winzer hier im Dorf. Mit dem Traubenvollernter ist er auch in vielen anderen Gemeinden unterwegs gewesen. Eines der modernsten Geräte in der Umgebung.« Er deutete mit einer kurzen Kopfbewegung in die entsprechende Richtung.

Der Polizist schien keine Lust zu haben, sich umzudrehen. Seine Augen blieben auf Kurt-Otto gerichtet.

»Er hat die Maschinen *beherrscht*. Unerklärbar, wie er auf eine Absicherung verzichten konnte, bevor er da druntergekrochen ist.«

»Er wäre nicht der Erste, dem das passiert.« Der Polizist verzog das Gesicht. »Ich habe schon Bescheid gegeben. Die schicken einen Gutachter und jemanden von der Kripo. Die kriegen raus, was passiert ist.« Er verstummte, machte aber keine Anstalten, sich zu den Sanitätern zu gesellen, die sich mittlerweile beide ein Stück weit vom Toten entfernt hatten.

Der, der eben gekotzt hatte, fingerte jetzt zitternd an einer zerdrückten Zigarettenschachtel herum.

»Wohnte er allein hier?«, wollte der Polizist wissen.

Kurt-Otto nickte.

»Seine Frau ist mit der Tochter schon vor vielen Jahren weg«, mischte sich eine der beiden Alten ein. Sie schien das Feld nicht kampflos dem später hinzugekommenen Kurt-Otto überlassen zu wollen. »Eine Freundin hatte er auch mal. Aber mit der gab es oft Krach, bis die ebenfalls weg ist.« Da der Polizist keine Anstalten machte, sich ihr zuzuwenden, versuchte sie, noch einen draufzusetzen. »Die haben nämlich alle beide seinen Jähzorn nicht mehr ausgehalten. Der hat sie nicht nur einmal geschlagen.«

»Helga!«, meldete sich die andere mit einem scharfen Ordnungsruf zu Wort. »So redet man nicht über einen Toten.«

Jetzt war wieder Stille. Bei den beiden Sanitätern stieg Rauch auf. In der Ferne waren Sirenen zu hören. Vermutlich die Verstärkung. Dem Polizisten vor Kurt-Otto schien es sehr recht zu sein, wenn sich andere weiter um den Gerd kümmerten.

»Wissen Sie, wie wir die Exfrau erreichen können? Ich gehe mal nicht davon aus, dass er noch lebende Eltern hat, oder?«

»Nein, die sind beide lange tot«, sagte Kurt-Otto, während Helga hinter ihm verächtlich schnaufte, sich aber diesmal zurückhielt. »Wo seine Frau mit der Tochter hingezogen ist, weiß ich nicht. Der nächste Verwandte ist sein Cousin. Ich kann Ihnen die Adresse geben. Er wohnt nur ein paar Straßen weiter.«

Dunkel rumorend meldete sich Kurt-Ottos Bauch zurück. Er brauchte jetzt dringend etwas Anständiges zu essen und ein Glas seiner Trockenbeerenauslese, um Magen und Seele wieder einigermaßen ins Gleichgewicht zu bringen.

13

Gesehen hatte ihn nur der Scheppe-Hannes. Aber als der ihm entgegengehumpelt kam, war er schon ein gutes Stück weg und auf der Hauptstraße unterwegs gewesen. Es hatte also niemand bemerkt, dass er aus der steilen Seitenstraße gekommen war, und der Hannes würde sich nach kürzester Zeit sowieso nicht mehr daran erinnern können. Da er meist schon ab zwei Uhr nachmittags in der Kneipe saß und seinen Magen kontinuierlich mit Colaschoppen befüllte, war er nach acht kein wirklich zuverlässiger Zeuge mehr.

Für einen kurzen Moment hatte er überlegt, auch noch auf einen Schoppen in die Goldene Traube zu gehen. Gab es ein besseres Alibi, als sich dort noch ein oder zwei Stunden mit an den Stammtisch zu setzen? Sechs bis acht brauchbare Zeugen, von denen sich zumindest ein Teil später noch an ihn erinnern würde. Letzten Endes hatte er sich aber doch dagegen entschieden, weil er sonst auch nicht dorthin ging und seine plötzliche Anwesenheit womöglich für Argwohn gesorgt hätte: »Was will denn der da? Sonst sitzt er auch allein daheim.« Und wenn sie den Gerd noch am Abend gefunden hätten, wären alle losgezogen und er in Erklärungsnot, sollte er sich weigern, der Prozession zum zerquetschten Gerd Trautmann zu folgen. Daher war er ganz langsam nach Hause gegangen.

Arg aufgekratzt, hatte er sich auf dem Weg immer wieder bremsen müssen. Es durfte nicht so aussehen, als ob er wegrannte. Ein belangloser Spaziergang am Abend. Etwas frische Luft, die während der Weinlese im Herbst so besonders gut roch.

Kurioserweise war er dann zu Hause im Wohnzimmersessel eingeschlafen. Er hatte eigentlich im Dunkeln warten wollen, bis sie kamen, die Polizei oder der Krankenwagen. An seinem Haus mussten sie vorbei, um zum Gerd zu gelangen, aber mitbekommen hatte er nichts. Ein tiefer und fester Schlaf, aus dem ihn erst die Helligkeit des sonnigen Morgens gerissen hatte. Er ließ die Erinnerung an den gestrigen Tag als Traum erscheinen. Weit entfernt und ganz verschwommen.

Seine Beine hatten unter dem Mulcher hervorgeragt, als er dort ankam. Als hätte er sich nicht einen Zentimeter bewegt, seitdem er das letzte Mal daran vorbeigefahren war. In einem weiten Bogen war er um ihn herumgeschlichen und hatte gleichzeitig darauf geachtet, dass niemand die Straße hoch- oder runterkam. Den Traktor kannte er, es ging daher alles blitzschnell. Da der Schlepper ungestartet ein Gerät zwar ablassen, aber nicht wieder anheben konnte, hatte er den Hebel umgehend zurück in die aufrechte Position gebracht. So sah es noch eher nach einem tragischen, unerklärbaren Unfall aus. Zumal der Gerd nicht einmal für eine Absicherung gesorgt hatte. Und er hatte bei allem, was er tat, sorgsam darauf geachtet, nichts mit den bloßen Fingern anzufassen, falls sie wie im Fernsehkrimi mit Staub und Puder nach Abdrücken suchten.

Gleichmäßig kaute er auf einem trockenen Brotkanten, den er sich mit reichlich Butter und Pflaumenmus bestrichen hatte. Noch etwas an seiner Erinnerung an den gestrigen Abend fand er eigenartig: Sie war tonlos.

Er hielt inne und schloss für einen kurzen Moment die Augen. Vielleicht half das ja. Doch es war nichts zu hören. Selbst der Gruß des Scheppe-Hannes auf dem Heimweg war ein stummer gewesen. Er hatte daher keine Ahnung, ob der Gerd geschrien hatte, als ihm die schwere Last den Brustkorb zerdrückte. Sein Kopf hatte den Ton abgeschaltet. Er öffnete die Augen wieder und kaute weiter.

Geräuschlos und unerkannt. Spätestens beim Nächsten war es vorbei damit. Auch wenn es ihm gelang, es wieder wie einen Unfall aussehen zu lassen, würden die Ersten ganz bestimmt Verdacht schöpfen und eine Verbindung herstellen.

Ab jetzt musste er noch vorsichtiger zu Werke gehen.

14

»Es freut mich, dass es dir so gut schmeckt.«
Renates Lächeln verunsicherte ihn. Trotzdem schnitt er sich noch eine zweite dicke Scheibe aus der Dose heraus. Er brauchte ein weiteres gut belegtes Brot, um seinen Magen zu besänftigen. Mit dem ersten und einem ordentlichen Glas Trockenbeerenauslese hatte er heute früh nach der Rückkehr vom toten Gerd versucht, zur Ruhe zu kommen. Der Wein war wie Medizin für ihn. Ölig, dicht, aromatisch und süß. Als 2006er hatte er über die Jahre eine edle Reife erreicht, die ihm gut stand. Da seine Kunden die barocke Opulenz dieses Weines nicht zu schätzen wussten, hatte Kurt-Otto sich längst damit abgefunden, dass er die noch verbleibenden knapp tausend Fläschchen selbst würde trinken müssen. Der Gedanke daran bereitete ihm keine größeren Sorgen. Bei seinem Verzehrtempo hielt diese Menge höchstens zwei, drei Jahre. Schon allein aus diesem Grund konnte er den betreffenden Weinberg nicht verpachten. Er brauchte seine Trockenbeerenauslese. Die Welt sah danach stets brauchbarer aus. Heute früh hatte er noch zwei weitere Gläser geschlürft und danach die geleerte Flasche verschwinden lassen. Der Vormittag war nicht seine übliche Tageszeit für diesen Wein, und es war daher besser, wenn Renate, die noch geschlafen hatte, die Reste nicht zu Gesicht bekam.
»Keine schlechte Alternative, oder?« Sie sah ihn fragend an.
Da er nicht sofort verstand, nickte er vorsichtshalber kauend. Sie war gut gewürzt, die Dosenwurst, das musste man dem Metzger lassen. Mit dem Majoran hatte er es vielleicht etwas zu gut gemeint. Aber das lag wahrscheinlich daran, dass seine Geschmacksnerven auf seine übliche Sorte fixiert waren. An die Ware eines anderen Metzgers mussten sie sich erst gewöhnen. Und so engstirnig war er nicht, dass er nicht durchaus Gefallen an dieser Form der Abwechslung fand. Solange die Qualität stimmte. Dass Aroma und Biss vom Gewohnten abwichen, stellte für ihn kein Problem dar, zumal er nicht im Traum damit gerechnet hatte, dass

Renate Ausnahmen im Ernährungsplan zulassen würde. Doch die Dosenwurst schien kein Versehen gewesen zu sein, sondern ein offensichtliches Friedensangebot, das ihn trotz der abendlichen fleischlosen Kost bei Laune halten sollte. Renates Salamitaktik. Wobei der Begriff für Tofuabende kaum zutreffend war. Zielte ihr Plan also vielleicht doch auf die Gewöhnungsstrategie ab, bei der es vorerst nur zum Abendessen, bald jedoch immer, ständig und überall Variationen von Günthers quietschenden Gummistiefeln geben würde? War diese letzte Dose seine Henkersmahlzeit? Er schluckte. Möglich wäre das. Weil Renate ja ganz genau wusste, dass sie spätestens nach dem kleinen zweiten Frühstück um kurz nach zehn alle sein würde. Die Situation schien also nach allen Seiten offen zu sein.

Genau aus diesem Grund würde er bei seinem Schlachtplan bleiben, den er sich heute in der Morgendämmerung im Bett, als er trotz der Flasche Trockenbeerenauslese nicht mehr einschlafen konnte, zurechtgelegt hatte. Im Keller war das mittlere der drei übereinandergestapelten Dreihundert-Liter-Fässchen frei, die Kreideaufschrift *Scheurebe 93 Grad* sogar noch lesbar. Ein perfektes Versteck, das Renate sicher nicht entdecken würde. Er musste heute also lediglich unbemerkt zum Metzger im Nachbardorf kommen und danach ungesehen über den eigenen Hof.

»Ich bin extra zu einem Metzger nach Wiesbaden gefahren, weil mir meine Kollegin den Tipp gegeben hat, dass der es beherrscht, sie so zu machen wie eine richtige Wurst.« Sie lächelte stolz. »Obwohl, komisch ist das schon, dass ausgerechnet ein Metzger so was anbietet. Aber die müssen sich wahrscheinlich auch umstellen und auf das reagieren, was die Kunden wünschen. Der Trend geht ja eindeutig hin zu einem verantwortungsvolleren Umgang mit Fleisch. Wenn wir den Klimawandel stoppen wollen, geht das nur so. Wir müssen bewusster leben. Und wenn es dann auch noch gut schmeckt ...« Ihr Blick vermittelte tiefe Freude.

Sein Magen quittierte das Gehörte mit einem protestierenden Grummeln. Noch schien er sich aber nicht entschieden zu haben, in welche Richtung er zu reagieren gedachte. Kurt-Ottos Blick fiel auf die Dose, die so aussah wie immer, und auf das kleine

Klebeetikett, das er nie las, weil er doch wusste, was ihn darin erwartete. Ein Trugschluss.

Er kaute weiter auf dem, was er bereits im Mund hatte. Jetzt war es aber deutlich zu schmecken. Eine ganz perfide Strategie, dieses Zeug klein zu mahlen und es dann in neutrale Dosen zu füllen, um ahnungslose Menschen wie ihn in die Irre zu führen. Ein Fall fürs Gesundheitsamt! Angewidert quälte er den Brei in seinem Mund hinunter.

»Ich bringe gleich heute Nachmittag noch ein paar Büchsen Gemüse-Tofu-Majoranpastete mit. Wo sie dir doch so gut schmeckt. Es gibt auch welche mit Chili und eine Sorte mit Ingwer. Aber das ist nichts für dich.«

Jetzt hatte sich auch sein träger Magen entschieden. Ihm war einfach nur schlecht.

15

Februar 1965

»So einen Winter hatten wir lange nicht mehr.« Käthe stellte ihren schwer beladenen Einkaufskorb neben sich auf den Gehsteig. Da täglich neuer Schnee fiel und ein Ende nicht absehbar war, hatte sie beschlossen, sich einen kleinen Vorrat aus ihrem Fach des Genossenschaftskühlhauses nach Hause zu holen. Bei der Kälte verdarb ja nichts. Und ob es dort bei Minusgraden lag oder bei ihr draußen auf der Fensterbank, war bei diesen Temperaturen ja egal. So hatte sie einmal richtig zu schleppen, musste dann aber nicht ständig wieder vor die Tür. Das war nämlich gar nicht so ungefährlich. »Wenn jeder bei sich zu Hause den Schnee nur ein schmales Stück weit wegschaffen würde, dann käme man bequem durch.«

Frieda, bei der sie stehen geblieben war, nickte zustimmend und flüsterte: »Am Trottoir erkennt man schon, wie es drinnen und in den Weinbergen aussieht. Wie der Herr, so's Gescherr!« Mit einer knappen Kopfbewegung deutete sie an, dass sie das Haus meinte, vor dem sie beide gerade standen. Sie selbst wohnte oben am Ortsausgang in Richtung Mainz und schien die kurze Ruhephase zwischen den Schneeschauern ebenfalls zu nutzen, um sich und ihren bettlägerigen Alfred mit dem Nötigsten zu versorgen.

Sie hätte Friedas Hinweis nicht gebraucht. Hier in der Gasse wohnten etliche, die wenig hatten, weil sie arbeitsscheu waren, obwohl es überall genug zu tun gab. In den letzen zwanzig Jahren hatte das zugenommen. Weil jeder machen durfte, was er wollte. Keine Ordnung, keine Disziplin und niemand, der einem den Marsch blies. Früher wären die abgeholt worden, und man hätte ihnen das Arbeiten beigebracht. Sie nickte und antwortete ebenfalls flüsternd: »Ein wenig Arbeit hat noch keinem geschadet.«

»Vor allem, wenn man jung und stark ist. Aber was die Alten vorleben, das haben die Jungen schnell gelernt.«

»Diese hier auf jeden Fall, die haben es schon geerbt. Guck sie dir doch an. Keiner von denen«, Käthe drehte ihren Kopf, »hat einen Vater oder einen Großvater gehabt, der an die Arbeit gerannt ist.«

»*Die gehört auch dazu.*« Frieda war noch leiser geworden, sie flüsterte jetzt kaum hörbar, weil die Person, um die es hier im Speziellen ging, schon äußerst nahe an sie herangekommen war. Beide sahen der jungen Frau schweigend entgegen und begleiteten sie mit ihren Blicken so lange, bis sie wieder außer Hörweite war. Frieda fiel es dabei sichtlich schwer, stillzuhalten. Sie tippelte ungeduldig vom einen Fuß auf den anderen, aber nicht allein, weil ihr die eisige Kälte in die Knochen stieg.

Es platzte aus ihr heraus, als endlich ein ausreichender Sicherheitsabstand zwischen ihnen lag: »*Die macht's richtig.*«

Vielsagend blickte Frieda ihr ins Gesicht. Sie schien auf eine Reaktion zu warten. Käthe hatte aber wirklich gar keine Ahnung, worauf ihre Gesprächspartnerin hinauswollte.

Sie verspürte einen langsam wachsenden inneren Unmut, je länger Frieda schwieg. Der schien es auch noch Freude zu bereiten, sie so schmoren zu lassen. Um diesen unerfreulichen Zustand in absehbarer Zeit zu einem Ende zu bringen, quälte sie sich einen fragenden Blick aufs Gesicht.

Frieda kam noch einen Schritt näher heran. Das unterstrich die Bedeutung des kleinen Geheimnisses, das sie anscheinend heute Morgen beim Schneeschaufeln und Fegen vor dem Haus von ihrer Nachbarin erfahren hatte.

»*Ganz ohne Arbeit hat das Ding es schon zu etwas gebracht.*« Frieda nickte noch einmal in die Richtung, in die die junge Frau verschwunden war. Sie hielt schon wieder inne, um die Spannung noch ein wenig anzufachen. »*Die hat sich mit ihren kurzen Röcken die beste Partie im Dorf an Land gezogen*«, sagte sie dann und quittierte die außerordentliche Neuigkeit kopfschüttelnd mit einem in der Kälte dampfenden Zischen. »*Ein durchtriebenes Biest. Setzt sich einfach ins gemachte Nest.*«

Käthes zunächst erstaunter Gesichtsausdruck verzog sich zu einem feinen Grinsen. »*Das wird dem zukünftigen Schwiegervater nicht passen*«, erwiderte sie in singendem Tonfall. »*Der hatte sich sicherlich schon eine ganz andere ausgeguckt, gute Partien gibt es im Ort ja mehr als genug. Liebe vergeht, Hektar besteht.*«

Beide mussten sie zuckend still in sich hineinlachen.

»*Schlechter kann man es kaum treffen als mit ihr. Kein Eigentum, keinen Vater und die Mutter im Tagelohn bei den Bauern auf dem Feld.*«

Mit diesen Worten gingen sie auseinander.
Käthe fühlte eine zarte Wärme bis hinunter in die Zehenspitzen, obwohl es doch eisig kalt war. Das war eine kleine Sensation, die sie da eben erfahren hatte. Allein dafür hatte sich der Weg zum Genossenschaftskühlhaus schon gelohnt. Gemeint war ihr Cousin, mit dem sie sich nicht sonderlich gut verstand, weil er nur allzu deutlich zeigte, wie dick er es hatte. Man konnte ja reich sein, musste aber doch nicht bei jeder größeren Familienfeier damit hausieren gehen. »Von nichts kommt nichts!« – »Mir strunze nett, mir hunn!« Dazu sein selbstgefälliges Grinsen und die goldene Taschenuhr, die er stets demonstrativ aus seiner schwarzen Samtweste fingerte, obwohl sie doch alle wussten, dass er das meiste im Krieg und kurz danach erschwindelt hatte, als es allen dreckig ging und er reichlich Tauschmasse besaß. Ein dreckiger Reichtum, mit dem man nicht auch noch prahlen musste.

Aber es gab eine Macht dort oben, die regelnd eingriff, wenn einer vor Übermut und Selbstgerechtigkeit blind war. Der Sohn ihres eingebildeten Cousins und das kleine Flittchen mit den kurzen Röcken. Der schwere Korb in ihrer Hand trug sich jetzt fast von selbst. Am Sonntag waren sie alle zum Geburtstagskaffee bei der alten Mine eingeladen. Wenn er sich dort wieder genauso aufplusterte, würde sie die passende Antwort parat haben.

16

Günther Schlamp verlagerte ganz vorsichtig sein Körpergewicht und stützte sich auf den Holzstab, den er mit beiden Händen vor seiner Brust umklammert hielt. Unter dem Druck gab die aufgeschwemmte Maische nach. Knisternd erst, dann glucksend, überspülte der gärende Saft Schalen, Kerne und das dunkelrot, fast schwarz eingefärbte Holzbrett am unteren Ende des Stiels. Behutsam drückte er es gegen den jetzt kaum noch spürbaren Widerstand weiter nach unten, bis auf den Boden der Maischewanne. Er atmete tief ein und nahm auf diese Weise den feinen Duft seines Spätburgunders in sich auf. Dabei ließ er den Taucher nach oben gleiten, um ihn direkt neben dem frisch geschaffenen Loch im Maischekuchen wieder aufzusetzen und erneut sein Gewicht sachte zu verlagern.

Er liebte diese Arbeit mit den Füßen auf dem schmalen Rand der Wanne, in sich gekehrt, die immer gleichen Schritte ausführend, nur begleitet vom Glucksen des Weines und den eigenen Gedanken. Während der hektischen Tage der Weinlese waren das für ihn die einzigen Momente wahrer innerer Ruhe. Nur er, allein mit sich, und das, was sich unter seiner Hand im Werden befand.

Sieben- oder besser achtmal am Tag arbeitete er die vier großen Bütten durch, damit die immer wieder nach oben treibenden Schalen mit der Flüssigkeit darunter in Berührung kamen. So konnten sie Aroma und Farbe abgeben, während der Alkohol des entstehenden Weines im Gegenzug das Schimmeln der Oberfläche verhinderte. Wenn die Gärung nach acht Tagen abgeschlossen war und die Hefen jeglichen Zucker verzehrt hatten, arbeitete er noch eine weitere lange Woche täglich mehrmals die Maische in den Wein ein, um die weitere Auslaugung von Aromen und Gerbstoffen aus den Schalen zu fördern. Nur so bekamen die jungen Roten die Komplexität, die er an ihnen liebte, wenn sich nach zwei Jahren im Holzfass zur Fülle auch die Harmonie langsam einstellte.

Markus machte sich oft über ihn lustig, wenn er wie ein Zen-Mönch, entrückt und in sich gekehrt, die immer gleichen Bewegungen auf dem Wannenrand vollführte. Früher hatte er das nicht gebraucht. Ein deutliches Zeichen des Alterns und eine willkommene Möglichkeit, der Hektik unten im Kelterhaus zu entfliehen. Gestresst war Markus nur schwer zu ertragen. Er brüllte seine beiden Azubis und die Polen an. Wer seine Ausfälle nicht kannte und nicht schnell genug das Weite suchte, der lief Gefahr, eine der schweren Bürsten abzubekommen, die eigentlich zum Schrubben der alten Holzfässer dienten. Wenn Markus tobte, war er seinem Großvater wie aus dem Gesicht geschnitten.

Günther schüttelte den Kopf, während er den Taucher wieder sanft in die Maische gleiten ließ. Die Charaktereigenschaften seines Vaters hatten sich in der übernächsten Generation neu manifestiert. Das zornige Aufbrausen, das aus dem Nichts hervorbrach, wütete ohne Rücksicht auf Verluste, um dann fast ebenso schnell, wie es gekommen war, wieder zu verschwinden.

Er hatte die Bilder aus seiner Jugend noch immer so deutlich vor Augen, als ob sie sich gestern zugetragen hätten. Sein Vater, der wütend den Zollstock nach ihm warf, weil er sich beim Ausmessen des Zeilenabstands in der Neupflanzung um zwei Zentimeter vertan hatte. Das Blut war ihm noch in die Augen gelaufen, als sie schon längst daheim gewesen waren. Seiner Mutter hatte er etwas von einem Stein erzählt, über den er gestolpert war. Nie hätte er es gewagt, den Hergang des Unfalls wahrheitsgetreu wiederzugeben.

Wegen dieses Vaters hatte er gegenüber seinen eigenen Kindern anders sein wollen. Nie hatte er die Hand gegen sie erhoben. Nicht einen Klaps hatten sie als Kleinkinder von ihm bekommen. Bei Karin hatte es gefruchtet, sie war ein anhängliches, liebes Kind gewesen und zu einer ausgeglichenen, mitfühlenden Frau herangewachsen. Markus dagegen war trotz allem schon als kleiner Junge viel lieber mit seinem Großvater draußen gewesen als mit ihm. Daher kamen sicher auch die Ähnlichkeit im Zorn und der Ehrgeiz, immer mehr zu wollen und sich nie mit dem Erreichten zufriedenzugeben.

Jetzt war der Alte tot.

Er atmete tief durch und stützte sich wieder auf den Stiel des Tauchers. Trotz aller Qualen, die er ihm bereitet hatte, fehlte doch etwas.

17

Es war die Neugier, die Kurt-Otto aus dem Haus trieb, nachdem er die erste Kelter mit der Rotweinmaische befüllt hatte. Knapp dreitausend Kilo Schalen, Kerne und Fruchtfleisch hatte er aus den beiden Wannen in die Presse befördert. Alles per Hand, eine reichlich schweißtreibende Angelegenheit. Da war es doch mehr als gerechtfertigt, mal für eine halbe Stunde abzuschalten vom Weinlesebetrieb. Vielleicht auch noch ein wenig länger. Bis die Maische ausgepresst war, dauerte es zweieinhalb Stunden.

Die Saftwanne unter der Kelter hatte er schon zweimal leer gepumpt. Sie konnte nicht überlaufen. Er durfte sich also ganz beruhigt auf den Weg an den Unfallort machen. Es brauchte nicht viel Phantasie, um sich auszumalen, was da zur besten Vormittagszeit los sein würde. Die beiden Alten waren heute Morgen schon vor ihm da gewesen, was sie sicherlich jedem unter die Nase rieben, der sich an der Stelle einfand, wo der tote Gerd gelegen hatte. Da wollte er ihnen beim besten Willen nicht noch den Rest des Feldes überlassen und hatte sich beim Schaufeln der Spätburgundermaische besondere Eile auferlegt. Jetzt war er endlich unterwegs, doch ein Blick auf seine Kleidung und seine breiten Hände verriet, dass es ein reichlich überstürzter Aufbruch gewesen war.

An seiner Brust zeichnete sich deutlich ein roter Querstreifen ab. Schalenreste klebten an seinem karierten Hemd und der Latzhose, das ging hinunter bis zu den Schienbeinen. Vor allem im gut gewölbten Bauchbereich, der bei ihm naturgemäß ein ganz ordentliches Stück hervorstand und daher bei den meisten körperlichen Arbeiten im Weg war, fand sich reichlich Schalenverzierung. Seine dunkelroten Handinnenflächen fielen dagegen kaum auf. Sie waren während der Weinlese und vor allem in der Rotweinphase durchgehend blutrot eingefärbt. Erst im Laufe des Novembers ließ die Verfärbung langsam nach.

Was Kurt-Otto selbst nicht sehen konnte, waren die Verzierungen auf seinen vor Hitze ohnehin leuchtenden Wangen. Sie stammten von seinen gut gefärbten Händen, mit denen er sich vorhin den glitschigen Schweiß aus dem Gesicht gewischt hatte. So zierte ihn, als er in die Seitenstraße einbog, die zum Haus des toten Gerd Trautmann führte, eine imposante Bemalung, die schon von Weitem zu erkennen war und allen, die ihn kommen sahen, ein Grinsen in das bis dahin vom Grauen gezeichnete Gesicht zwang.

»Der Ecke-Kurt ist im Anmarsch, in voller Kriegsbemalung.« Halblaut geflüstert, aber doch gut hörbar, führte diese Nachricht dazu, dass sich das gute Dutzend Schaulustiger, das sich hinter der Polizeiabsperrung eingefunden hatte, fast synchron in seine Richtung drehte.

»Heute Morgen zu spät und jetzt schon wieder. Er lässt langsam nach!«

Es war für Kurt-Otto nicht eindeutig auszumachen, ob das von Helga oder Gerda gekommen war, die beide für sich in Anspruch nahmen, jeden neu Hinzukommenden zunächst mit ihren Beobachtungen vom Geschehen des heutigen Morgens zu versorgen, um sicherzustellen, dass auch der Letzte verstand, wer zuerst am Unfallort gewesen war.

Schnell wandten die meisten ihren Blick wieder ab, trotz der roten Streifen in Kurt-Ottos Gesicht. Das Geschehen vor ihnen war interessanter.

Den Toten hatten sie schon weggeschafft. Kurt-Otto hatte den langen Kombi mit den verdunkelten Scheiben auf der Hauptstraße gesehen. Auch der Mulcher war weggefahren worden. Wahrscheinlich hatten sie den mitgenommen, die Polizei oder ein Gutachter, um zweifelsfrei zu klären, was dem armen Gerd zum Verhängnis geworden war. Nur das rot-weiße Flatterband, der dunkelrot gefärbte Schotter und die Anwesenheit mehrerer Polizisten erinnerten noch an das grauenhafte Bild, das sich ihm hier am Morgen präsentiert hatte. Die Vorstellung, dass der arme Gerd womöglich mehrere Stunden mit dem Tod ringend unter dem Mulcher gelegen hatte, ohne dass jemand auf ihn aufmerksam geworden war, trieb ihm einen reichlich kalten Schauer den Rücken hinunter. Aber das war natürlich recht unwahrscheinlich. Selbst wenn der Gerd *nicht* sofort tot gewesen wäre und noch einen

Schrei hätte ausstoßen können, wer hätte hier darauf reagieren sollen? Obwohl Kurt-Otto jede Straße und jedes Haus im alten Ortskern aus dem Gedächtnis aufmalen und benennen könnte, schickte er seinen Blick auf Wanderschaft. Direkt gegenüber wuchs die fensterlose Bruchsteinwand einer mächtigen Scheune in die Höhe, in der sich abends und nachts niemand mehr aufhielt, und die beiden alten Nachbarinnen oben und unten dran bekamen bis spät in die Nacht hinein garantiert nichts mit. Wenn man abends hier vorbeikam, waren meistens noch auf der Straße die Fernseher der beiden zu hören, die sie bis zum Anschlag aufgedreht hatten, um bloß keinen Takt eines schunkelnden Volksmusikfestes zu verpassen. Keine der beiden hätte den Gerd bei der Lautstärke hören können, und sie hätten auch ganz sicher nicht mitbekommen, wenn jemand am Traktor gewesen wäre. Blieb noch das kümmerliche Häuschen direkt links neben dem Gerd. Seitdem der alte Lorenz vor zwei Jahren gestorben war, stand es leer. Die zahlreichen verstreut lebenden Erben hatten sich bis heute nicht über einen Verkauf einigen können.

Kurt-Otto strich sich über das Gesicht, dessen Hitze er nun deutlich spürte. Ein verrückter Gedanke bemächtigte sich seiner. Vollkommen abwegig. Ein nutzloser Versuch, das Unerklärbare verständlich zu machen.

Wer sollte so etwas tun? Der Gerd war mit allen bestens ausgekommen, hatte gute Arbeit geleistet und dafür keine überhöhten Preise genommen. Nicht wenige ließen von ihm sogar kleine Reparaturen an ihren eigenen Geräten ausführen. Man hatte ihn überall im Dorf geschätzt.

Er schüttelte etwas zu heftig den Kopf. Seine von der Anstrengung des Kelterbefüllens wirr in alle Richtungen stehenden Haare bewegten sich wankend mit, und er spürte, wie sich die Blicke der Umstehenden auf ihn richteten. Da er heute aber wahrlich nicht der Erste war, der seine Trauer und sein Erschrecken mit einem stillen Kopfnicken ausdrückte, hielt man sich nicht lange mit ihm auf.

Kurt-Otto atmete tief ein. Nach der Kälte der letzten Tage

war die Wärme plötzlich wieder zurück. Die Sonne stand direkt über ihnen und heizte seinen ohnehin glühenden Schädel weiter auf.

Er schnaufte gut hörbar, was ihm prompt einige amüsierte Blicke einbrachte. »Der Ecke-Kurt wäre fast umgefallen«, hörte er sie innerlich lästern. »Der hat das nicht ausgehalten, war wohl zu viel für ihn. Hat ja auch ausgesehen, als ob er selbst mit druntergelegen hätte.«

Möglich wäre es aber. Er schluckte und verbot sich jede weitere Kopfbewegung, egal wie abwegig seine nachfolgenden Gedanken auch waren. Man musste nicht einmal viel Ahnung von diesen Geräten haben. Die alten Traktoren besaßen wenige Hebel und keine Sicherung. Selbst ohne laufenden Motor war das Gerät abzulassen. Jeder, der es gewollt hätte, hätte den Gerd im Vorbeilaufen umbringen können. Und genau darin lag das völlig Sinnlose an diesem Gedanken. Es gab nämlich niemanden, mit dem der Gerd so im Streit gelegen hätte, dass Kurt-Otto ihm eine solche Tat zutraute.

Seine Atmung fand langsam, aber spürbar wieder in ruhigere Bahnen. Und auch die Hitze in seinem Schädel ließ nach.

Die beiden Alten wären seine Hauptverdächtigen. Denen raubte der Gerd während der Lese wochenlang den Schlaf. Tief in der Nacht, wenn es keinen Florian Silbereisen mehr gab, den man in voller Lautstärke dem wummernden Motor des Hochdruckreinigers entgegensetzen konnte.

Kurt-Otto musste an sich halten, um nicht wieder den Kopf zu schütteln oder laute Geräusche von sich zu geben. Was für eine Vorstellung! Helga mit Rollator und Gerda, die beherzt den Mulcher herabfahren ließ. Es durfte nicht zur Gewohnheit werden, den Tag mit einem Fläschchen Trockenbeerenauslese zu beginnen. Die konzentrierte Fruchtzuckerdosis tat seinem Schädel gar nicht gut. Sie fachte nutzlose Gedanken an, die, wie ein Buschbrand, einmal ausgebrochen kaum noch zu kontrollieren waren. Schluss, aus, Kurt-Otto!

»Der Günther war noch gar nicht da.«

Das gut hörbare Geflüster von Helga neben ihm holte ihn aus seinen wirren Gedanken.

»Die waren doch mal ganz dicke. Aber nicht lang.«

»Beim Günther haben sie selbst Trauer, da wird der gar nicht fortkommen.«

»Und hier ist ja niemand, dem man sein Beileid aussprechen kann. Hat keinen mehr gehabt, der Gerd.«

Kurt-Otto musste nachdenken. Er kramte in tiefen Regionen seines Gedächtnisses nach Belegen für besagte Freundschaft. Aber trotz aller Anstrengung gelang es ihm nicht, eine Verbindung zwischen Günther und Gerd herzustellen.

»Als die Frau abgehauen ist, hat der Günther ihm geholfen, nur so hat er das alles hier überhaupt halten können.« Helga deutete mit einer knappen Kopfbewegung an, dass sie das kleine Gehöft des Toten meinte, und schickte dann mit sichtlicher Genugtuung ein wissendes Lächeln in Kurt-Ottos Richtung.

Ein spitzer Schrei ließ sie zusammenzucken. Wie ferngesteuert bewegten sich die Köpfe aller Umstehenden in die Richtung, aus der in diesem Moment schon der nächste schrille Laut kam. Selbst die konzentriert arbeitenden Polizisten hinter dem Flatterband sahen auf. Zwei kamen eilig näher an die Absperrung, weil sie bereits ahnten, was passieren würde.

Eine junge blondierte Frau kam, weiter schreiende Laute ausstoßend, auf die Stelle zugerannt, an der nur noch eine dunkle Lache versickerten Blutes an das grauenhafte Geschehen erinnerte.

»Mein Gerdi!«

Fragend sahen die ersten der reichlich Anteil nehmenden Zuschauer in die Gesichter ihrer Stehplatznachbarn, aus denen aber ebenfalls Ratlosigkeit sprach.

»Das ist doch die Polin, die beim Dörrhof arbeitet.« Halblaut war das aus irgendeinem Mund gekommen.

»Die habe ich schon öfter hier reinschleichen sehen«, beeilte sich Helga zu sagen, was ihr aber niemand wirklich abnahm.

Kurt-Otto nutzte die Gelegenheit, um mit hörbarem Stolz in der Stimme für Aufklärung zu sorgen: »Sie ist aus der Ukraine und schon seit bestimmt fünf Jahren in der Weinlese beim Dörrhof. Aber dass die hier mit dem Gerd ... also, das habe selbst ich nicht mitbekommen.«

Die beiden Polizisten hatten die junge Frau noch vor der Ab-

sperrung abgefangen. Wimmernd hing sie zwischen den beiden, die sie aus dem Sichtfeld der gaffenden Masse führten.
Kurt-Otto warf einen verstohlenen Blick auf seine verkratzte Uhr. Die Kelter war jetzt fertig. Für das Abräumen und Neubefüllen brauchte er gut anderthalb Stunden. Danach würde er noch mal in aller Ruhe hier runterkommen. Renate hatte heute lange Unterricht. Es blieb also ausreichend Zeit, um das Verteilen der Trester im Weinberg später mit einem kleinen Abstecher zum Metzger in Stadecken zu verbinden.
Er legte sich die abstehenden Haare quer über die lichte Stelle auf seinem Kopf und setzte sich langsam in Bewegung.

18

Es war ihm erstaunlich leicht gefallen, an diesen Ort zurückzukehren. So leicht, wie ihm auch alles andere von der Hand gegangen war, seit sich vor einigen Tagen draußen im Weinberg innerhalb weniger Sekunden der Nebel gelichtet hatte. Wie ein heftiges Erdbeben, das in kürzester Zeit die schlecht konstruierten und hastig hochgezogenen Gebäude zum Einsturz brachte, die den Blick auf die Wahrheit verstellt hatten.

Ihm kam es jetzt vor, als ob gar nichts geschehen wäre. Der Alte einfach eingeschlafen und nicht wieder aufgewacht. Seine Beteiligung daran nicht existent. Hier hinten in Günthers Kelterhaus blendete sein Gehirn die Bilder aus der guten Stube des Alten vollkommen aus. Zu Hause dagegen gelang es ihm, sie farbig abzurufen, inklusive ihres Geruchs.

Lange hatte er nicht überlegen müssen, ob es ratsam war hierherzukommen. Die Frage beantwortete sich im Grunde von ganz allein. Es gab keine wirkliche Entscheidungsmöglichkeit. Alle kamen. Alle, die auch nur im Entferntesten etwas mit dem Alten zu tun gehabt hatten. Diejenigen, die sich zuvor jahrelang nicht hatten blicken lassen, kamen besonders gern, weil es keinen besseren Anlass gab, um hinter die wohlbehütete Familienfassade blicken zu können. Es gehörte sich einfach so, und wer nicht antrat, um sein Beileid auszudrücken, fiel auf.

»Es muss ja weitergehen.« Günther sah kurz zu ihm und machte sich dann weiter an einem kleinen Bottich zu schaffen, aus dem ein dichter Nebel wallte.

Er blickte sich um. Günthers Sohn Markus hatte in den letzten Jahren viel getan. Das war hier drinnen mehr als deutlich zu sehen. Eine ganz neue Kelter stand hinten in der Scheune, mit Förderband, um die Trauben nicht mehr pumpen zu müssen. Draußen im Weinberg ernteten sie in Bottiche, die mit dem Gabelstapler direkt in die Kelter gekippt werden konnten, oder bei roten Trauben in den neuen Entrapper, der die Beeren von den bittern Stielen und Stängeln trennte. Alles war auf dem neuesten

Stand und der Edelstahl noch so glänzend und frei von Kratzern, dass auf den ersten Blick klar wurde, wie neu alles war. Die schwungvolle Handschrift des Hofnachfolgers, der sich mit Bedacht, aber entschieden durchsetzte. Zumindest wurde es so im Dorf erzählt. Im Gegensatz zu Günther war der Junge dem verstorbenen August nahezu ebenbürtig. Bis zu seinem Schlaganfall war der Alte der unbestrittene Herr über Hof und Weinberge gewesen und Günther nur sein Vorarbeiter. Sein Verwalter, der den Besitz erhielt, bis wieder eine starke Generation folgte. Mit knapp neunzig Jahren hatte der Alte sogar noch die Kaufverhandlungen für neue Weinberge geführt, die Markus dann direkt auf seinen Namen überschrieben bekam.

»Eigentlich müsste der Nachschub längst da sein. Ich habe gestern bestellt, und die haben mir zugesichert, dass ich heute vor zwölf meine Lieferung bekomme. Die Reste reichen nämlich höchstens für eine weitere Bütte, und hinten stehen noch vier, die darauf warten, heruntergekühlt zu werden.« Er seufzte gut hörbar in den wabernden Nebel hinein. »Jetzt, wo es wieder warm wird, brauchen sie alle noch schnell ihr Trockeneis.« Während er sprach, ging er ein paar Schritte zur Seite und öffnete eine große blaue Kunststoffbox.

Jetzt erst konnte er erkennen, dass Günthers Hände in dicken Gummihandschuhen steckten. Er langte mit einer Plastikkelle in das dampfende Innere der Box und schloss den Deckel schnell wieder. Die qualmenden Pellets streute er über die Maische im Bottich und machte sich dann wieder daran, sie mit dem Taucher in die Masse einzuarbeiten.

»Mit achtzehn Grad haben wir die Trauben reinbekommen.« Günther schüttelte den Kopf, sah aber nicht auf. »Markus will die Maische mindestens vierundzwanzig, vielleicht sogar sechsunddreißig Stunden stehen lassen, um das Aroma aus den Schalen zu lösen. Das geht nur, wenn wir alles möglichst schnell auf unter acht Grad heruntergekühlt bekommen. Sollte die Trockeneislieferung ausbleiben, haben wir den Salat. Für jeden der Bottiche brauche ich mehr als achtzig Kilo und vielleicht morgen noch mal einen Nachschlag, je nachdem, wie schnell sich das alles wieder erwärmt.«

Für einige Momente herrschte Stille. Lediglich das Schmatzen und Glucksen der Maische unter Günthers angestrengten Bewegungen klang durch die hohe Scheune.

»Die anderen sind alle draußen. Hilde mit der kleinen Lesetruppe im Riesling-Weinberg in der Nonne. Markus mit der zweiten, größeren Truppe am Hähnerklauer. Es eilt, weil sie für übermorgen schon den nächsten Schauer gemeldet haben. Und Arbeiten wie diese hier bleiben dann eben an mir hängen.« Er rang sich ein Grinsen ab, das ihm unter der körperlichen Anstrengung des Momentes nicht recht gelingen wollte.

Ein lautes Scheppern auf dem gepflasterten Hof ließ die beiden aufhorchen.

»Na endlich!«

Den Lärm produzierte ein klappriger Hubwagen, den ein junger, dürrer Kerl in grünen Arbeitsklamotten unter äußerster Anstrengung in Richtung Scheunentor zog.

»Die gleiche Menge brauche ich übermorgen noch einmal«, erklärte Günther, als der Mann sie erreicht hatte. »Aber dann um zehn Uhr vormittags.«

»Das hätte ich doch gleich mitbringen können!«

»Bei der Bestellung wusste ich noch nicht, dass wir den Riesling im Teufelspfad auch schon holen.«

Der Mann am Hubwagen schüttelte den Kopf, während er neben der Trockeneisbox eine identische zweite platzierte. »Ich komme übermorgen aber nicht hier vorbei auf meiner Tour. Da ist die andere Rheinseite dran. Und morgen auch schon. Die Box müsst ihr ausnahmsweise selbst holen.« Er sah Günther fragend an.

Der unterbrach nur kurz die Bearbeitung der Maische. »Dann bestell ich den Mist eben in Zukunft woanders!«, antwortete er schroff und senkte seinen Blick wieder in die Bütte.

Der Mann am Hubwagen rollte mit den Augen und schnaubte genervt.

»Der Klaus Reifenberger holt morgen für sich eine Box ab«, sagte er dann. »Dem gebe ich im Transporter eine für euch mit. Ihr habt ja auch schon Sachen für ihn mitgenommen. Der wird da kein Problem mit haben.« Da von Günther keine Reaktion kam, sah er sich genötigt, noch mal nachzufragen. »Ist das okay? Er will um zehn bei mir sein, also wäre das Trockeneis um halb elf bei euch.« Als Günther wieder nicht reagierte, schloss er: »Die leeren Boxen hole ich nächste Woche ab. Ich denke mal, dass es dann vorbei ist mit der Lese.« Ohne jetzt noch eine Antwort abzuwarten, zog der Dürre mit seinem über das Kopfsteinpflaster scheppernden Hubwagen von dannen. Bald darauf herrschte wieder Stille.

»Wenn du dich auf die verlässt, bist du verlassen.« Günther legte murrend noch ein paar Schaufeln dampfendes Trockeneis nach.

»Früher konnte man nur im Gärkeller ersticken, mittlerweile geht das auch über der Wanne beim Einarbeiten des Trockeneises«, entgegnete er. Bei diesen Methoden konnte er aber eigentlich nicht wirklich mitreden. Sie hatten noch gelernt, dass es auf eine schnelle Verarbeitung der grünen Trauben ankam. Runter vom Stock und rauf auf die Kelter.

»Da hast du recht. Mit dem Zeug ist nicht zu spaßen. Aber das macht es auch so effektiv. Es lässt sich gut einarbeiten, weil es sich quasi in Luft auflöst. Dabei ist das genaue Gegenteil der Fall. Es kühlt, indem es sich beim Verdampfen massiv ausdehnt und den Sauerstoff aus den Wannen verdrängt. Wie ein Deckel liegt es dann auf der Maische und verhindert, dass die obere Schicht durch den Sauerstoff in der Luft oxidiert.«

»Was sich die Jungen alles so ausdenken.« Er nickte in Günthers Richtung. Der antwortete stumm mit einer ähnlichen Geste. Schweigend sah er ihm eine Weile bei seinem gleichmäßigen Auf und Nieder zu.

»Das ist der Trend der Jungen zu immer fetteren und dickeren Weinen.« Günther war schon wieder auf dem Weg zur Box, um dampfenden Nachschub zu holen. »Die versuchen, immer mehr herauszukitzeln. Erst waren es nur ein paar Stunden Maischestandzeit für den Weißwein. Doch jedes Jahr wurden es mehr, und am Ende reicht es nicht mehr aus, wenn man die Trauben einfach morgens früh und damit kalt erntet. Mir sind viele dieser Weine zu kompliziert.«

Günther sah ihn jetzt direkt an und hielt inne. »Die Weine, die wir früher gemacht haben, du und ich, die waren einfach nur zum Trinken. Wie mein Riesling Kabinett halbtrocken. Schön süffig, fruchtig, ein feines Spiel von Säure und Süße. Von dem Wein, den der Markus mittlerweile aus dem gleichen Weinberg macht, bist du nach einem Glas satt.« Er lachte auf. »Wenn ich es dir sage. Ein Glas reicht. Der ist klasse. Er kann es ja und weiß, wie man mit wenig Ertrag in alten Weinbergen und möglichst viel Aromenextraktion aus den Schalen intensive Weine hinbekommt. Aber davon kannst du wirklich keine Flasche mehr trinken. Nach einem guten Glas hast du genug.«

Er nickte Günther zu, obwohl er nicht so recht verstand, was der ihm damit sagen wollte. Sein letztes Fass Wein hatte er vor über fünf Jahren verkauft. Seither war sein Keller im wahrsten Sinne des Wortes trocken. Ein paar Kisten Grauen Burgunder und Silvaner bekam er vom Dörrhof jedes Jahr zur Pacht dazu. Obwohl sie das nie vereinbart hatten, war es doch eine ehrenwerte Geste. Von beiden Weinen fiel es ihm nicht schwer, auch noch eine zweite Flasche zu trinken, obwohl er danach zugegebenermaßen ernsthafte Probleme hatte, bei dem sich einstellenden heftigen Seegang nicht aus dem Bett zu fallen.

»Mittlerweile gibt es Winzer, die vergären sogar weiße Trauben mit den Schalen. Orangeweine nennen sie die dann, weil sie durch den langen Verbleib der Schalen eine bernsteinartige, fast orange Farbe bekommen. Die Orangeweine sind, wie Rotweine auch, nicht schnell trinkbar, sie haben Ecken und Kanten ohne Ende. Sehr experimentell ist das. Der Markus hat unten im Keller im Holzfass einen liegen.« Günther sah sich kurz um, als wollte er kontrollieren, ob sonst noch jemand hier war und ihnen zuhörte. »Willst du mit runter und ihn probieren?«

Es war niemand auf dem Hof, alle anderen waren draußen im Weinberg. Keiner hatte ihn auf dem Weg hierher gesehen, weil sie doch alle beim Gerd gaffen mussten. Wann war schon mal etwas los bei ihnen im Dorf?

Sie machten es ihm so verdammt einfach, dass er kichern musste.

»Das klingt gut. Wenn ich darf, würde ich ihn wirklich gerne probieren.«

19

Februar 1965

»*Du Trottel!« Ohne eine Reaktion abzuwarten, schlug er ihm mit der flachen Hand ins Gesicht.*
Sein Junge taumelte für einen Moment, hielt sich aber doch auf den Beinen. Wenn er der Länge nach umgefallen wäre von diesem einen Hieb mit halber Kraft, es hätte ihn auch nicht wirklich überrascht. Er war ein Schwächling und verkroch sich lieber bei der Mutter, als sich ihm entgegenzustellen. Wäre er nicht sein einziger Sohn, würde er sich die Mühe, ihm ein bisschen Verstand einzubläuen, längst nicht mehr machen. Da er aber irgendwann einmal alles übernehmen sollte, holte er erneut aus und schlug jetzt fester zu.
Diesmal verfehlte seine Rechte ihr Ziel, weil er sich zur Seite wegduckte und die Arme schützend vor sein Gesicht hielt. Sie streifte nur das Leder seiner hellbraunen Jacke. Doch noch immer machte er keine Anstalten, sich zur Wehr zu setzen. Stattdessen reckte er die Arme weiter in die Höhe und versuchte so, sich vor den nächsten Schlägen zu schützen.
Ein Weib war sein Sohn, von der Mutter verhätschelt und verzogen von Anfang an. Und das kam davon.
Er holte wieder aus und donnerte seine Hand klatschend auf das glatte Leder. »Du machst mich im ganzen Dorf zum Gespött!« Er stieß ihn mit beiden Händen vor die Brust und brachte ihn dadurch fast zu Fall. Rückwärts stolpernd gelang es ihm mit letzter Kraft, auf den Beinen zu bleiben. »Ich schlag dich windelweich! Alles haue ich aus dir heraus. Jede deiner verrückten Ideen, mit denen du alles aufs Spiel setzt.«
Er überlegte kurz, ob er noch einmal zuschlagen oder ihn weiter vor sich herstoßen sollte, und entschied sich für Letzteres. Beide Handballen prallten gleichzeitig und mit großer Wucht gegen seinen Brustkorb. Ein würgendes Husten entrang sich ihm, mehr nicht. Ein Waschlappen, der Alleinerbe.
»Du bekommst alles in den Arsch geschoben, ohne auch nur einen kleinen Finger rühren zu müssen, und hast keine Vorstellung davon,

wie oft ich schon Kopf und Kragen dafür riskiert habe. Mehr als einmal hätte ich dabei draufgehen können. Auf das meiste, was wir in den letzten Kriegsmonaten und den Jahren danach auf die Beine gestellt haben, stand Zuchthaus oder gleich der Strick!« Er ließ seine Arme erneut mit gehöriger Wucht nach vorne schießen. Da sein Sohn einen Schritt zurückwich, erreichte er damit jedoch nicht das gewünschte Resultat.

Er hätte sich das in dem Alter niemals von seinem Vater bieten lassen. Egal ob er im Recht oder im Unrecht gewesen wäre, er hätte sich spätestens nach dem zweiten Schlag gewehrt. Aber von diesem Feigling war nichts zu erwarten, nichts außer einem Wimmern vielleicht, wenn er sich nachher bei der Mutter ausheulte.

»Wie kann ich den anderen Bauern am Sonntag in der Kirche noch unter die Augen treten? Los, sag es mir! Mach dein Maul auf und gib deinem Vater eine Antwort! Was sag ich denen, wenn sie in den Reihen hinter mir über mich tuscheln, über mich und dich und dieses Flittchen?«

Er stieß ihn jetzt mit der Rechten. Weil sein Junge versuchte, sich mit den Armen vor der Brust zu schützen, schlug er ihm umgehend die Linke ins Gesicht. Es klatschte laut, obwohl er als Rechtshänder keine wirkliche Wucht in den Schlag gelegt hatte. Die rechte Backe seines Sohnes leuchtete dennoch glühend rot auf. So war er nun auf beiden Seiten schön gleichmäßig gezeichnet.

Man sollte es ruhig sehen, dass er eingeschritten war. Das war sein Sohn, sein Stammhalter, und er brachte ihn zur Besinnung. Es ließ die anderen vielleicht ein Stück weit verstummen.

»Du bist zu dumm! Du merkst nicht, dass sie dich ausnehmen will.« Er schlug noch einmal ohne Ziel und traf wieder klatschend auf die Lederjacke. *»Du wirst schon sehen. Die lässt sich schwängern von dir, und dann kannst du blechen bis an dein Lebensende. Aber nicht mit mir und schon gar nicht von meinem Geld!«*, rief er grollend und hob wieder den rechten Arm. Da er sich nicht entscheiden konnte, ob er ihn stoßen oder wieder auf die leuchtend rote Wange schlagen sollte, ließ er den Arm hochgereckt, während er weiterbrüllte. *»Sieh zu, dass du das schleunigst in Ordnung bringst. Das muss ein Ende haben. Ich will nie wieder hören, dass mein Sohn sich mit so einer abgibt. Es gibt genug Mädchen im Dorf, die etwas mitbringen und sich nicht wie eine Hure gebärden. Da such dir eine aus. Die kommt mir jedenfalls nicht in die Familie.«*

Noch einmal stieß er ihn vor die Brust und ließ ihn dann auf dem Hof stehen. So, wie er Elfriede kannte, stand sie schon bereit, hatte von ihrem Posten hinter der Gardine des Küchenfensters aus alles beobachtet und kam tröstend herbeigeeilt, sobald er von ihm abließ.

Er brauchte jetzt einen oder zwei von seinem selbst gebrannten Trester zur Aufhellung seiner trüben Stimmung. Nur verstärkte der meist die Angst, dass das, was er aufgebaut hatte, nicht einmal die folgende Generation überdauern würde.

Immerhin war sein Sohn diesmal nicht gleich weggelaufen. Vielleicht bestand ja doch noch Hoffnung.

20

Kurt-Otto steuerte seinen schmalen Weinbergsschlepper mit dem Tresterwagen in die freie Parklücke. Ein schneller Blick nach hinten zeigte ihm, dass sein langes Gespann zwar bis auf den Bürgersteig ragte, aber für die paar Minuten sollte das passen. Die Straße war nicht so stark befahren, dass die wenigen Fußgänger nicht ausweichen konnten, und auch hier in Stadecken war es sicher kein Kuriosum, wenn einer mit dem Traktor beim Metzger vorfuhr. In jedem einzelnen Dorf im Selztal gab es immer noch ein bis zwei ganz Alte, die außer einem klapprigen Schlepper gar kein anderes motorisiertes Fortbewegungsmittel besaßen.

Da er nicht nur zum Ausbringen der Trester im Weinberg, sondern auch zum Einkauf aufgebrochen war, hatte Kurt-Otto sich vorhin noch schnell eine frische Arbeitsmontur anzogen. Im Gehen strich er sich über die grüne Latzhose, die wohl noch ein paar Stunden benötigte, bevor sie wieder angenehm am Körper saß und nicht bei jedem Schritt an Bauch und Beinen zwickte.

Beim Gerd war vorhin immer noch Betrieb gewesen. Helga und Gerda hielten eisern die Stellung, während der Rest des Publikums quasi runderneuert war. Am Nachmittag waren diejenigen gekommen, die es erst nach der Arbeit erfahren hatten und sich das nicht weit von der eigenen Haustür entfernte Grauen auf keinen Fall entgehen lassen wollten. Der Polizei schien dieses Interesse ein Dorn im Auge zu sein. Man hatte den Bereich um den Traktor blickdicht abgesperrt. Den beiden alten Nachbarinnen des armen Opfers eröffnete das ganz neue Möglichkeiten. Mit jedem Hinzukommenden, dem sie die Geschichte in epischer Breite darlegten, wuchsen auch die Dimensionen der Blutlache und des selbst erlebten Grauens am Unfallort. Dabei schreckten die beiden nicht einmal davor zurück, eigene Deutungen des Geschehens unters lauschende Volk zu bringen, in denen neben der Version eines bedauerlichen Unfalls auch die Möglichkeit eines gezielten Mordanschlages in Erwägung gezogen wurde. Leise flüsternd, aber doch bestens hörbar spekulierten sie hinter vorgehaltener Hand und mit hektischem Kontrollblick über eine Verbindung zwischen der ukrainischen Freundin des Opfers und der russischen Mafia.

Das war selbst Kurt-Otto irgendwann zu viel gewesen. Hinter dem Sichtschutz schien ohnehin nichts mehr zu passieren, und die Polizeifahrzeuge waren verschwunden. Bis Renate aus der Schule zurück war, musste er außerdem die nötigsten Erledigungen hinter sich gebracht haben, um, von ihrem Tofu-Wahn einigermaßen unbeschadet, die nächsten Tage zu überstehen.

Durch die vielen Fensterscheiben der Metzgerei war schon zu erkennen, dass aus dem geplanten schnellen Einkauf ein etwas zeitintensiveres Unterfangen werden würde. Die Metzgerei war brechend voll. Entschlossen drückte er die Tür auf, die ein klingelndes Begrüßungsgeläut von sich gab. Für einen kurzen Moment wandte sich ihm ein gutes Dutzend Augenpaare zu, um sich dann wieder in Richtung Wursttheke zu orientieren, hinter der drei einheitlich gekleidete kräftige Damen mittleren Alters mit großer Ruhe die Bestellungen entgegennahmen. »Darf's etwas mehr sein?« – »Grobe oder feine?«

Kurt-Otto steuerte umgehend nach links, wo sich das Regal mit den Wurstdosen befand. Die Wartezeit beabsichtigte er mit einer ausgiebigen Sichtung des Angebotes zu überbrücken. Konzentriert überflog er die kleinen Schildchen auf den großen Vierhundert-Gramm-Dosen. Nicht, dass er noch selbst auf diesen Schwindel hereinfiel, den Tofu so zu zerkleinern, dass er einer fleischartigen Konsistenz möglichst nahe kam. Er seufzte erleichtert. Hier war die Welt noch in Ordnung. Was in die Dose kam, war Wurst, so, wie es sein sollte.

»Ach, Kurt-Otto, wenn ich das meinem Mann erzähle, macht er große Augen. Der hat es leider nie gelernt. Schön, dass du einkaufst, wenn Renate in der Schule ist. Dafür beneide ich sie, nicht nur für ihre Figur.« Hildegard Bermes lachte spitz auf. Die hatte er beim Reinkommen gar nicht gesehen.

Im Metzgerladen waren jetzt wieder alle Blicke auf ihn gerichtet. Er räusperte sich unbeholfen, war sich aber nicht sicher, ob das bei Hildegard schon als ausreichender Wortbeitrag seinerseits durchgehen würde. Anscheinend nicht. So fragend, wie sie ihn ansah, aus großen Augen, die mit reichlich Farbe noch zusätzlich markiert waren, schien sie auf weitere Ausführungen zu warten.

»Bin immer mal hier unten.« Mehr fiel ihm jetzt wirklich nicht ein. Kein mutiger Befreiungsschlag, der von den Dosen ablenkte, auf die sie nun ihren Blick richtete.

»Renate hat mir von ihrer Tofudiät erzählt. Sehr verantwortungsvoll, den Fleischkonsum zu reduzieren. Meinem Franz könnte ich damit nicht kommen.« Wieder drang ein spitzes, lautes Lachen zwischen ihren rot ummalten Lippen hervor. Lauernd hielt sie inne. Ihr Blick hing fest an ihm.

Kurt-Otto wurde nervös. Die wusste genau, was sie wollte, und er war drauf und dran, ihr auf den Leim zu gehen. Er spürte Hitze in sich aufsteigen. Erwischt, wie in der Schule. Sicher leuchtete sein Schädel jetzt schon glühend rot.

Was sollte er tun? Als eine von Renates besten Freundinnen wusste Hildegard wahrscheinlich ganz genau, wann seine Frau aus der Schule kam. Keine zwei Minuten später würde das Telefon klingeln, und Renate bekäme haarklein dargelegt, wo sie ihn getroffen hatte und warum. Als Kurt-Otto das realisiert hatte, zeigte sein Gehirn endlich, dass es keine sinnlose Füllmasse eines Hohlkörpers war. Entschlossen griff er nach dem Dosenwurststrauß im oberen Regalfach. Fünf verschiedene Sorten, hübsch zusammengebunden und mit Stoffblumen dekoriert. Blutwurst und Presskopf waren auch mit dabei. Die mochte er nicht. Und kleine Dosen waren für seine Zwecke vollkommen nutzlos. Aber hier ging es ums nackte Überleben.

»Erwin wird sechzig«, verkündete er.

Hildegard nickte voller Verständnis.

Mit dem Wurststrauß in der Hand steuerte er die eben gerade frei gewordene Kasse an, um sich so schnell wie nur möglich aus ihren Fängen zu befreien. Sonst würde sie sicherlich nachfragen, um welchen Erwin es sich dabei handelte. Fluchtartig verließ er die Metzgerei.

Ausgerechnet jetzt fuhr auch noch der Reifenberger wild winkend auf seinem Traktor an ihm vorbei. Was hatte der hier unten zu tun? Waren denn heute alle aus seinem Dorf hier im

Nachbarort zugange? Nicht einmal ein paar Dosen Bratwurst konnte man in Ruhe einkaufen! Der Reifenberger würde es sich heute Abend in der Kneipe ganz sicher nicht verkneifen können, das brühwarm zum Besten zu geben: »Den Ecke-Kurt habe ich gesehen, heute unten in Stadecken. Mit dem Strauß in der Hand hat er ausgesehen, als ob er noch mal auf Brautschau wäre.«

21

Lange ließ er heißes Wasser über seine Finger laufen, bevor er nach dem rund gewaschenen Stück Seife griff. Er hatte das Gefühl, sich die Hände heute besonders ausgiebig säubern zu müssen. Der Schmutz musste herunter, doch er haftete hartnäckig an ihm, auch wenn er für seine Augen weitgehend unsichtbar war. Der Zwang zur Reinheit ließ ihn unter dem Wasserstrahl ausharren. Obwohl es dampfte, kam es ihm noch immer nicht ausreichend heiß vor. Die nächste Stufe wäre sprudelndes Wasser aus dem Wasserkocher. Aber das würde schmerzhaft werden.

Der auf der Maische vergorene Weißwein von Günthers Sohn war ein eigenartiges Geschmackserlebnis gewesen. Er hatte in seinem Leben schon viele Weine getrunken, und wahrscheinlich war aus diesem Grund die Überraschung so groß gewesen. Die orange Farbe hatte ihn in die Irre geführt. Man erwartete beim ersten Schluck eine gewisse Süße. Vollreife, edelsüße Weine zeigten normalerweise eine solche Färbung. Sie schmeckten nach Dörrobst, süßen, überreifen Früchten und manchmal Aromen, die an einen frisch gebackenen Hefezopf erinnerten. Der orange Wein jedoch erfüllte diese Erwartung nicht, sondern schreckte die Geschmacksnerven auf. Aus dem Schlaf gerissen, unsanft mit einem riesigen Eimer eisig kalten Wassers. Zuerst eine Bitternote, die aber schnell von intensiven Fruchtaromen verdrängt wurde. Herbe Früchte, vielleicht Quitten und eine Banane, die ihre Süße verloren hatte. Ganz zart machte sich im Hintergrund eine feine salzige Note bemerkbar. Eine kuriose Aromatik, die für ihn faszinierend fremd geschmeckt hatte.

Morgen sollte der Alte beerdigt werden. Das hätte gut gepasst. Er musste den Kopf schütteln und stellte das Wasser ab.

Die Situation war ideal gewesen. Er allein mit dem Günther im Keller. Um sie herum blubberten die Gärröhrchen. Etwas tief in ihm hatte ihn zum Handeln zwingen wollen, doch er konnte sich bremsen. Er hatte die Chance ungenutzt verstreichen lassen. Und das war genau das Richtige gewesen. Er durfte den letzten Schritt nicht vor den anderen tun. Noch konnte er in aller Seelenruhe im Schutz der Dunkelheit ihres Unwissens und ihrer Leichtgläubigkeit lauern. Sobald er sich herauswagte, war das vorbei. Und das, was er bei seinem ausgiebigen Trauerbesuch vorhin nebenbei mitbekommen hatte, ließ ihn die ausgelassene Gelegenheit mehr als verschmerzen.

Jetzt reichte es noch aus, nur vorsichtig zu sein. Später musste alles ganz schnell gehen.

22

März 1965

Er hatte mit dem Opel Rekord bewusst zuerst den Klaus abgeholt und war dann noch mal auf den Hof gefahren, um nach seinem Portemonnaie zu suchen. Den Motor ließ er währenddessen laufen. Das Geräusch trieb seinen Vater ans Fenster.
»Mach ihn aus, wenn du noch lange herumsuchst«, rief er aus der Küche nach oben. »Der verbraucht auch im Leerlauf Benzin.«
»Bin gleich weg. Oder willst du, dass ich ohne Führerschein fahre?«
»Das ist mir egal, solange du dich nicht zulaufen lässt und mir dann den neuen Wagen zu Schrott fährst.«
»Für das Trinken ist Klaus zuständig.«
»Wenn der mir ins Auto kotzt, kann sein Vater das neue Polster bezahlen.«
Mit der Brieftasche gut sichtbar in der Rechten machte er sich wieder auf den Weg nach unten. Seine Mutter nahm ihn am Fuß der Treppe in Empfang. Sie strich ihm mit dem Handrücken über die Wange.
»Komm nicht wieder so spät nach Hause.«
»Eine Kerbemusik ist nun mal nicht um halb neun vorbei.« Er unterstrich das mit einem ausgelassenen Lächeln.
»Ist gut, Junge.« Sie sah ihm nicht in die Augen.
Sein Vater fiel aus der Küche laut ein: »Und lass dich nicht von den Eingeborenen verdreschen. Von den Kochs und Schmidtingers und wie sie alle heißen. Deren Väter haben wir früher bei der Kerbemusik das Fürchten gelehrt.« Er konnte sein raues Lachen hören. »Wenn der Klaus nur halb so viel Mumm hat wie sein Vater, werden die sich nicht an euch rantrauen.«
Mit einem Seufzen ließ seine Mutter ihn gehen. Jetzt musste er sich beeilen, um Klaus in Nieder-Olm abzusetzen und doch noch rechtzeitig in Mainz zu sein. Das war nur mit Vollgas zu schaffen.
Hektisch wanderten die Scheibenwischer vor ihm hin und her.
»Tu dir die Ruhe an«, mahnte Klaus. »Wir haben die ganze Nacht Zeit.«

»Ich setz dich nur ab. Ich habe noch etwas zu erledigen. Später komm ich dazu.«
»Sag nur, du triffst dich noch immer mit ihr.«
»Nein, das ist vorbei.«
»Dann kannst du ja auch gleich mitkommen.«
»Geht nicht. Lass mich einfach in Ruhe mit der blöden Fragerei. Ich muss mich auf die Straße konzentrieren.« Es war wirklich kaum etwas zu sehen, so dicht fiel der Regen. Es fühlte sich fast so an, als ob das Auto schwamm.
»Letzten Samstag war es schon genauso.«
»Ja und?«
»Nichts ja und. Mach, was du willst. Von mir erfährt er es schon nicht. Und sie ist ja auch ein heißer Feger. Da würde ich auch nicht Nein sagen, nur weil mein Alter eine mit Äckern und Weinbergen haben will. Davon habt ihr doch sowieso mehr als genug.«
»Ich kann dich auch hier an der Selz absetzen«, drohte er übellaunig. Er hätte gern demonstrativ das Tempo verlangsamt, um seinen Worten den nötigen Nachdruck zu verleihen, aber er konnte es sich nicht leisten, noch mehr Zeit zu verlieren. »Dann kannst du bis nach Nieder-Olm schwimmen. Ist vielleicht angenehmer als im Auto.«
»Reg dich ab! Vor mir brauchst du dich nicht aufzuplustern. Mach das mit deinem alten Herrn aus. Der jagt dich nämlich vom Hof, wenn er mitbekommt, dass du sie nicht aufgegeben hast. Der will eine bessere Partie für seinen Prachtsohn, eine, die sich auch für ihn lohnt.«
»Halt endlich dein Maul!« Er trat das Gaspedal noch fester durch. Lange musste er sich das nicht mehr anhören. In ein paar Minuten waren sie bei der Gastwirtschaft, in deren Festsaal in jedem Jahr die Kerbemusik stattfand. Dann war er Klaus los. Und heute Nacht konnte er zusehen, wie er bei dem Wetter nach Hause kam.

23

Den Kartoffel-Tofu-Auflauf hatte er angemessen gelobt. Dabei mochte er schon Aufläufe an sich nicht sonderlich, weil man nie so recht erkennen konnte, was den Weg hineingefunden hatte. Das war ein ganz natürliches Misstrauen, das sich da zu Wort meldete. Und in der Kombination aus mehligen Kartoffeln und trocken quietschenden Gummiwürfeln war es kaum auszuhalten gewesen. Renate hatte versucht, alles unter einem dichten Schleier Curry zu verstecken, und zur aromatischen Aufmunterung noch Ananasstücke hineingemogelt: »Indisch, ein Rezept aus dem Internet. Mir hat das Foto auf Anhieb gefallen.«

Es war ihm ratsam erschienen, das erforderliche Lob nicht im Überschwang, sondern portionsweise an die Frau zu bringen, um sie nicht misstrauisch werden zu lassen. Einmal äußerte er sein angebliches Wohlgefallen nach den ersten erfolglosen Kauversuchen auf den zerkleinerten Gummistiefeln mit Currygeschmack und ein zweites Mal, nachdem er seinen Teller rückstandsfrei geräumt, aber einen Nachschlag entschieden freundlich abgewehrt hatte. Dabei hatte er die Worte »interessant« und »ausbaufähig« aus recht naheliegenden Gründen vermieden und lieber zweimal ein deutliches »fein« eingestreut.

Renate blickte sichtlich zufrieden drein. Er schien sich zu fügen, und es sollte ja kein Dauerzustand werden, wie sie mehrmals betont hatte. Vielleicht der Beginn einer gewissen Kontinuität. Sie hatte ihn dabei prüfend angesehen.

»Was hältst du davon? Ein- oder zweimal die Woche könnten wir doch einen fleischlosen Tag einlegen. Das täte uns beiden gut. Und auch dem Klima. Ich sorge schon für abwechslungsreiche Alternativen. Du vermisst doch dein Fleisch jetzt auch nicht, oder?«

Er hatte pflichtschuldig den Kopf geschüttelt, was sie mit einem zarten Lächeln quittierte.

Während Renate nun die Küche fertig aufräumte, bereitete er seinen geordneten Abgang vor.

»Ich muss noch drei Weine im Keller messen. Die wollen nicht so richtig mit der Gärung vorankommen. Heute bin ich über den Tag nicht dazu gekommen. Wenn sie wieder keine Süße abgebaut haben, hänge ich sie an die Heizung. Es kann also eine gute halbe Stunde dauern.«

Renate nickte, und er machte sich mit reichlich Wasser im Mund auf den Weg zu seinem Nachtisch. Dass der quietschende Fleischersatz seine Gehirntätigkeit bereits stark beeinträchtigte, konnte er nach dem Öffnen des Dreihundert-Liter-Fasses deutlich erkennen. Der Dosenwurststrauß lag unversehrt und unentdeckt darin. Aber schon beim Zerlegen in seine Einzelteile musste er feststellen, dass nur eine einzige Bratwurstdose ihren Weg in das freundliche Blumenbukett gefunden hatte. Und diese Dose war zudem die einzige, die keine Lasche zum Öffnen besaß.

Langsam, aber sicher schienen sich alle gegen ihn verschworen zu haben.

Da er ja kaum noch einmal in die Küche laufen konnte, um seine Renate freundlich um einen geeigneten Dosenöffner zu bitten, war guter Rat teuer. Sein kleines Taschenmesser verfügte dummerweise nur über eine Klinge sowie einen Korkenzieher. Aber als Winzer über sechzig war man das Improvisieren gewohnt. Neben der Kellertreppe lag der Holzhammer, den er gelegentlich zum Öffnen der alten Holzfässer benötigte. Und da er an einem davon erst vor ein paar Wochen einen Metallreifen hatte festklopfen müssen, war auch der Schraubenzieher schnell wiedergefunden.

Langsam, Stück für Stück, perforierte Kurt-Otto mit diesen Hilfsmitteln den Dosendeckel, immer am Rand entlang. Auf dem Kellerboden sitzend, hielt er die Bratwurstdose mit den Füßen zwischen den Sohlen seiner abgelaufenen Hausschuhe fest. Es war ein kräftezehrender Schneidersitz, weil sein Bauch im Weg war. Eine kurios anmutende Verrenkung, die Außenstehenden den Eindruck vermitteln dürfte, einem riesigen Menschenaffen gegenüberzustehen, dem die Tierpfleger als Freizeitbeschäftigung das Essen aufwendig versteckt hatten. Doch die gequälte Haltung stellte sicher, dass er nicht bei jedem Schlag den rostigen Schraubenzieher unkontrolliert tief in die schmackhafte Bratwurst trieb.

Feuchter Schweiß perlte von seiner Stirn. Kurt-Ottos schüttere, mittellang gewachsene Haarpracht, die im normalen Zustand dazu diente, die größer werdende Lücke auf seinem Kopf zu bedecken, stand schräg nach rechts von seinem Schädel ab. Er war kurz davor, aufzugeben. Eine gnadenlose Zeitverschwendung, die er hier betrieb. Zum Dank durfte er nachher den mühsam freigelegten Inhalt in erhöhtem Tempo hinunterschlingen, um nur ja wieder rechtzeitig nach drinnen zu kommen. Mit wirklichem Genuss hatte das nichts mehr zu tun.

Er hätte besser doch den Presskopf aufgemacht. Der verfügte nämlich, wie die Blutwurst und die Leberwurst auch, über eine Lasche zum bequemen Öffnen der Dose. Bei der nächsten Tour, die aufgrund der mageren Ausbeute des heutigen Nachmittags schon in den nächsten Tagen notwendig werden würde, musste er einmal in der Metzgerei nachfragen, was zu diesem bescheuerten Entschluss geführt hatte, die Dosen auf unterschiedliche Weise zu verschließen.

Er hielt für einen Moment inne, um angestrengt zu lauschen. Noch ein kleines Stück und er war über die Hälfte hinaus. Dann ließe sich der Deckel mit dem Schraubenzieher sicher aufhebeln. Es ging hier schließlich nicht darum, einen Schönheitswettbewerb für das saubere Öffnen von Wurstdosen zu gewinnen.

Entschlossen holte er aus und ließ den Holzhammer hinabfahren, der jedoch, weil ihm zeitgleich ein salziger Tropfen Schweiß ins rechte Auge kullerte, sein Ziel nicht im idealen Winkel traf. Die schräg an die Dose weitergegebenen Kräfte katapultierten diese aus ihrer nicht ganz so stabilen Halterung zwischen den glatten Sohlen seiner Hausschuhe heraus und ließen sie scheppernd unter der langen Reihe alter Holzfässer verschwinden.

Kurt-Otto entwich ein dumpfer Schrei, den er aber sofort unterdrückte. Zornig schleuderte er Holzhammer und Schraubenzieher in die entgegengesetzte Richtung und wand sich mühsam aus dem Schneidersitz auf die Knie. Das hatte jetzt gerade noch gefehlt.

Nur kurz erwog er, statt der Dosenwurst den Presskopf aufzuziehen und diese bescheuerte kleine Bratwurstdose auf alle Zeiten dort unter den Fässern verrotten zu lassen. In seinem engen

Tonnengewölbe war er nämlich nicht mit so viel Platz gesegnet, dass er die Fässer wie der Günther mit Abstand zur Wand und zueinander hätte aufstellen können. Sie besaßen ja auch keine mit Hakenkreuzen verzierten Fassböden, die gut versteckt, aber mit so viel Distanz aufgestellt werden mussten, dass man sie dennoch vorzeigen konnte.

Fluchend schob er sich nach vorne und zwängte seinen Oberkörper zwischen zwei Stückfässer. Auf dem Bauch liegend und mit den Beinen mühsam strampelnd, arbeitete er sich gegen den drückenden Widerstand in seinem Rücken Zentimeter für Zentimeter weiter vor. Wie ein über den Sommer zu dick gefressener Feldhamster, der in seinen Winterbau zurückwollte. Da es unter den Fässern nahezu stockfinster war und sich seine Augen erst an die Dunkelheit gewöhnen mussten, hielt er schließlich in der Bewegung inne und tastete mit beiden Händen vorsichtig den kellerfeuchten Bereich vor sich ab. Vielleicht lag die feige Dose ja direkt vor ihm.

So lange, wie sein Gehör dem Flüchtigen hatte folgen können, war dieser Gedanke aber wohl nichts anderes als das eher unwahrscheinliche Wunschdenken seines ausgehungerten Magens.

Obwohl die alten Eichenfässer Kurt-Ottos Oberkörper gut abschirmten und nur noch seine in der grünen Latzhose steckenden Beine darunter hervorlugten, war Renates Stimme in dieser Position doch laut und deutlich zu hören.

»Kurt-Otto, was machst du denn für Dummheiten!«

24

Nahe an ihn heranzukommen, war zu keiner Zeit ein sonderlich großes Problem. Sie wohnten doch fast nebeneinander. Durch den schmalen Garten, der sich leicht abfallend hinter seiner Scheune entlangzog, kam man ungesehen an sein Grundstück. Auch auf den letzten fünfzehn Metern auf dem angrenzenden Besitz konnte er unentdeckt bleiben, da sein Nachbar wie die meisten anderen im Dorf im Sommer keine Zeit gehabt hatte, seine Hecken regelmäßig zu kappen.

Im Moment spielten ihm die Umstände zusätzlich in die Karten. Während der Weinlese stand die in den Garten führende Tür der Scheune der Reifenbergers tagsüber immer offen. Das machten die meisten so, die noch im alten Ortskern wirtschafteten. Man riss möglichst viele Luken auf, um die Gärgase hinauszulassen, sonst bestand die Gefahr, dass sich das Kohlenstoffdioxid irgendwo sammelte. Da auch der Klaus seine Weinbergsfläche in den letzten Jahren ausgeweitet hatte, stand inzwischen die gesamte, eigentlich nicht besonders große Scheune voller mächtiger Edelstahlfässer. In jedem Winkel gärte es, nicht mehr nur in den beiden Tonnengewölben im Erdreich.

Das Gas war schwerer als die Atemluft und füllte einen Raum ganz langsam von unten nach oben aus. Tiefer gelegene Bereiche waren daher besonders effiziente Fallen, für die es früher die eherne Regel gab, nie ohne Kerze in sie hinabzusteigen. Problematisch war nur, dass die Kerze noch ausreichend mit Sauerstoff versorgt wurde und brannte, wenn der Gasgehalt in der Luft für den Menschen schon kritisch war. Während der Hauptphase, wenn alle Weißweine geerntet und gekeltert in den Fässern gärten, war nicht selten so viel Gärgas um einen herum, dass man bei unzureichender Belüftung innerhalb kürzester Zeit das Bewusstsein verlor. Und die Überlebenschancen verschlechterten sich, wenn man erst einmal auf dem harten Kellerboden lag, rapide.

Aus der Nähe betrachtet, war der Klaus sogar ganz besonders gefährdet. Einen guten Kopf kleiner als die meisten anderen, bezog er seine Atemluft aus tiefer gelegenen Schichten. Daher war es eigentlich extrem fahrlässig, ihn hier allein zu lassen.

Für ihn war das ein perfektes Szenario. Bei seiner Fahrt mit dem Traktor durch die Weinberge hatte er die übrigen Reifenbergers draußen im Teufelspfad gesehen, wo sie trotz der fortgeschrittenen Stunde noch immer arbeiteten. Klaus' Frau und die Polen, die ihnen bei der Handlese halfen. Niemand außer ihm war mehr hier.

Vorsichtig setzte er einen Fuß vor den anderen und trat so aus dem Schatten der runden Edelstahlfässer, die eng gedrängt im hinteren Bereich der Scheune standen. Er konnte das Surren eines Gerätes jetzt deutlich wahrnehmen. Es war eben noch nicht da gewesen und fand von oben den Weg in seine Ohren.

Die Zwischenebene gab es noch nicht sehr lange. Das Holz und die mächtigen Balken leuchteten hell und neu. Von dort oben führten schwarze Plastikrohre und graue Kabel zu jedem einzelnen Fass hinunter. Die Geräusche kamen also von einer Kühlmaschine, die er dort oben stehen hatte. In den großen Fässern musste die Gärung gezügelt werden. Die Hefen produzierten nicht nur Alkohol und Gärgase, sondern auch reichlich Wärmeenergie, die den entstehenden Wein in einem großen Fass leicht auf fünfzig Grad aufheizen konnte. Das Resultat schmeckte dann wie eingekochte Marmelade, weil die Hitze die zarte Fruchtigkeit zerstörte.

Jetzt herrschte wieder Ruhe.

Langsam machte er noch zwei weitere kleine Schritte, um den Klaus in den Blick zu bekommen, und stand nun vollkommen ungeschützt zwischen den Edelstahlbehältern. Er blieb dennoch ganz ruhig, weil er ihn in diesem Moment, mit dem Oberkörper voran, in der Kelter verschwinden sah. Die dumpfen Geräusche, die gleich darauf an seine Ohren drangen, verrieten ihm, dass sein Nachbar dort drinnen zugange war. Die Kelter hatte er zuvor vorschriftsmäßig ausgeschaltet und sogar den Stecker aus der roten Starkstromdose gezogen. Am Schaltpult der Presse brannte keine der Kontrollleuchten.

Im Frühjahr sollte es mit seinem Neubau draußen im Teufelspfad losgehen. Der Nächste, den es mit den Betriebsgebäuden raus in die Weinberge zog. Zuerst hatten sie sich hier ausgedehnt, bis die alten Gebäude fast aus den Nähten platzten. Als nächster Schritt blieb nur der Weg hinaus. Am liebsten auf die Höhenzüge mit Weitblick übers Hügelland.

Er sah sich leise atmend um.

Im nächsten Schritt würden sie sich auch noch ein schönes Häuschen neben die neue Kellerei stellen, weil das ja nahelag, und die alten Gebäude mit der Zeit gar nicht mehr nutzen. So war das langsame Sterben vorprogrammiert. Obwohl sie noch genug aktive Winzer im Dorf hatten, blutete der alte Ortsteil langsam aus. Er verkam zur Fassade, hinter der die Leere herrschte. Ein Prozess, über den er sich keine Gedanken zu machen brauchte, weil seine Zeit ohnehin abgelaufen war. Er selbst würde keine neuen Gebäude mehr errichten, und es machte keinen Sinn, sich jetzt und hier darüber den Kopf zu zerbrechen.

Aus der Kelter drangen hämmernde Geräusche. Er brauchte sich also nicht mehr vorsichtig und leise anzuschleichen.

Während er auf ihn zuging, konnte er nun auch seinen eigenen Herzschlag deutlicher spüren. Entschlossene, gleichmäßige Schläge, die den Takt vorgaben.

Mit den Gummistiefeln zuerst kam Klaus aus der Öffnung heraus. Der Rest seines gedrungenen Körpers folgte schubweise, bis er aufrecht neben der Kelter stand. Er hatte ihm den Rücken zugekehrt und strich sich die Schalenreste von der Brust, die von oben bis unten auch seine Rückseite zierten. So stand er nur wenige Meter entfernt und hatte ihn noch nicht wahrgenommen.

Es war wie eine Einladung, den nächsten Schritt zu tun. Er atmete kaum hörbar in sich hinein. Sein Herz erhöhte spürbar die Frequenz der Schläge. Wie ein Trommelwirbel, der die Anspannung im eigenen Körper steigerte. Durch die feinen Äderchen in seinen Ohren rauschte schubweise das Blut. »Hallo Klaus.«

Reifenberger fuhr herum. Deutlich war ihm anzusehen, dass er sich erschrocken hatte.

»Na, das ist ja eine Überraschung. Ein seltener Besucher.« Er entspannte sich. »Du hast mich ganz schön erschreckt.«

»Entschuldigung. Ich war gerade in meinem Garten zugange. Und da die Scheunentür offen stand, dachte ich mir, dass du hier zu tun hast.« Er hustete gegen den Kloß an, der sich tief in seinem Rachen gebildet hatte und seine Worte heiser klingen ließ.

»Ja, ich darf die Stellung halten. Eben habe ich den vorletzten Roten gekeltert. Da jetzt aber erst die Rieslinge drankommen, muss die Kelter gründlich sauber gemacht werden. Sonst hat der Riesling nachher einen Rotschimmer, so wie ich.« Zur Bekräftigung ließ er seinen Blick an seinen hellgrauen Arbeitsklamotten hinabwandern. Sie waren von dunklen Flecken gezeichnet. Auf seiner weißen Gesichtshaut leuchteten mehrere Streifen blutrot. Kriegsbemalung während der Weinlese.

Der Klaus Reifenberger war die Basis, auf der das ganze Konstrukt Halt gefunden und viele Jahre stabil gestanden hatte. Bis letzte Woche.

Er seufzte innerlich. Das hier machte keinen Sinn. Es würde nicht nach einem Unfall aussehen, egal, wie er es letztlich anstellte.

Es gab eine bessere Möglichkeit, ihn zu kriegen und dann noch ausreichend Zeit zu haben. Dafür würde er aber noch ein wenig abwarten müssen.

25

Ihre Kräfte hatten ihn überrascht. Renate war klein, zierlich und wog nicht mal halb so viel wie er. Trotzdem war es ihr gelungen, ihn mit einem kräftigen Ruck an den Beinen ein gutes Stück weit unter dem Fass hervorzuziehen. Jetzt starrte sie ihn mit entsetzt geweiteten Augen fragend an. Der Umstand, dass sie ihr »Kurtotto« ganz deutlich und außerordentlich laut hervorgebracht hatte, ließ ihn mit dem Schlimmsten rechnen. Auf frischer Tat ertappt, war so offensichtlich, dass wohl allein ein mutiges Geständnis als Verteidigung taugte.

Stöhnend drehte er sich auf den Rücken, bereit, eine umfassende Beichte all seiner Verfehlungen abzulegen und in Demut und reichlich zerknirscht während der nächsten beiden Wochen Renates Tofu-Wahnsinn über sich ergehen zu lassen. Die Schamesröte hatte sich leuchtend auf seinem schweißnassen Gesicht eingestellt. Er verdrehte die Augen ob der Schwere der zu schulternden Strafe.

Renate schien seine Beichte kaum erwarten zu können. Klatschend trafen ihn zwei schallende Ohrfeigen auf beide Wangen. Er riss erstaunt die Augen auf.

So weit war sie noch nie gegangen. Schimpfen konnte sie und ihrer Stimme zur Not auch einen drohenden Unterton verleihen, der deutlich Grenzen markierte, aber geschlagen hatte sie ihn noch nie. Vielleicht war er diesmal einfach zu weit gegangen? Schamlos belogen und betrogen hatte er sie. Die gewürfelten Gummistiefel in Curry und Ananas gelobt, um sich dann umgehend davonzuschleichen und heimlich zweihundert Gramm Bratwurst aus seinem geheimen Dosenwurstversteck in sich hineinzustopfen.

Sein Gewissen, das es davor nicht wirklich für nötig gehalten hatte, ein Lebenszeichen von sich zu geben, und sei es ein noch so zartes, war jetzt schlagartig da. Er senkte den Blick, um ihr nicht in die Augen sehen zu müssen. Da traf ihn klatschend die nächste Ohrfeige.

»Bitte, Renate, verzeih mir!«

»Ach, meine Reblaus.«
Er sah sie fragend an. Das passte jetzt nicht wirklich. Wie auch die Tatsache, dass sie sich aufseufzend an ihn warf und ihn fest drückte. Sein Kosename und dieser demonstrative Liebesbeweis ... Trotz der Schläge schien sie also bereit zu sein für seine Entschuldigung.

Zarte Hoffnung keimte in ihm auf. Er musste schnell reagieren, damit sich das Zeitfenster, dieser schmale Spalt der Versöhnung, nicht sofort wieder schloss. »Ich ...«

Weiter kam er nicht, weil sich Renate von ihm löste und ihm die Hand auf den Mund legte.

Schneller hatte er nun aber wirklich nicht reagieren können. Das war ungerecht.

»Raus hier«, lautete ihr scharfer Befehl. »Kannst du aufstehen?«

Er kam ihren Anweisungen besser umgehend nach. Schnell rollte er sich auf die Seite, stützte die Arme auf den Boden und drückte sich hoch, auf die Knie. Das lange Liegen hatte seinem Kreislauf nicht gutgetan. Er sah kleine blitzende Sternchen vor den Augen und verharrte kurz. Da er seinen Kopf jetzt von ihr abgewandt hielt, bestand kaum Gefahr, dass sie ihn erneut ohrfeigen würde. Es musste ja auch irgendwann mal wieder gut sein.

»Warte, ich helfe dir.«

Kurt-Otto konnte ihre Hände unter seinem rechten Arm spüren. Unwillkürlich zuckte sein Kopf nach links. Na bitte, die erste unmittelbare Folgeerscheinung häuslicher Gewaltanwendung. Das hatte sie jetzt davon. *»Gymnasiallehrerin prügelt wehrlosen Ehemann.«* Für die Titelseite der Mainzer Allgemeinen Zeitung reichte das vermutlich nicht, aber für deren Regionalteil ganz sicher. Und alle hatten es geahnt. Daher hielt sie sich mit Laufen fit: damit sie besser zuschlagen konnte.

Jetzt kam er endlich hoch und auf die Füße. Die Sternchen vor seinen Augen zwangen ihn, sie wieder zu schließen, während Renate resolut an ihm zerrte.

»Ich hätte früher kommen sollen.« Sie seufzte. »Seit das mit dem Gerd passiert ist, habe ich solche Angst um dich.«

Zusammen taten sie den ersten Schritt auf der Kellertreppe

nach oben. Seinem verwirrten Schädel gelang es nicht, ihre Worte einzuordnen. Er blieb daher vorerst lieber bei der eingeschlagenen Marschrichtung. »Es wird nicht wieder vorkommen. Aber du musst mich auch ein bisschen verstehen.« Er hatte diesem Satz etwas Flehentliches mit auf den Weg geben.

Schweigend passierten sie die offen stehende, verzogene Kellertür. Kurt-Otto sog die kühlende Abendluft tief in seine Lunge ein. Mehr Sauerstoff bedeutete mehr Leistung in seinem Kopf. Und das konnte er jetzt wirklich gebrauchen.

Renate hielt ihn weiter gestützt. Es war gar kein Zerren. Auch die Strafpredigt blieb aus, dabei hätte sie ihn doch spätestens hier oben mit Nachdruck zur vollständigen Beichte ermahnen müssen. Stattdessen führte sie ihn aus der Scheune hinaus und über den gepflasterten Innenhof in Richtung Wohnhaus. Sie hielt ihn dabei wie einen alten, gebrechlichen Greis, der ohne ihr Zutun auf der Stelle in sich zusammensacken würde.

Jetzt verstand er, was hier los war. Der Schreck, in Verbindung mit dem schlechten Gewissen, hatte seine Wahrnehmung getrübt.

Hektisch rekapitulierte er die letzten fünf Minuten. Zu der für sie übermenschlichen Kraftanstrengung, ihn unter dem Fass hervorzuzerren, war Renate nur in der Lage gewesen, weil sie ernsthaft geglaubt hatte, dass er bewusstlos inmitten von tückischen Gärgasen um sein Leben rang. Sie *konnte* gar nichts bemerkt haben. Den Dosenwurststrauß hatte er gleich zu Beginn wieder in das Fass zurückgelegt, und die halb geöffnete Bratwurstdose ruhte gut versteckt unter den Holzfässern.

Schwer ausatmend ließ er sich noch ein gutes Stück weit auf Renate herabsinken. Leise und reichlich erleichtert säuselte er in ihr Ohr: »Du hast mir das Leben gerettet!«

26

März 1965

»Ich halte das Versteckspiel nicht länger aus.« Er wandte sich um und suchte, wie immer, wenn sie hier im Wald unterwegs waren, die Umgebung ab. Es wurde dunkel um sie herum, und die Wahrscheinlichkeit, um diese Uhrzeit noch jemanden anzutreffen, war daher äußerst gering. Dennoch blickte er immer wieder kontrollierend in alle Richtungen. Diese Spaziergänge gefielen ihm nicht, stets musste er wachsam sein, sprungbereit bei jedem leisen Geräusch, von denen mehr als genug aus dem dichten Gesträuch drangen. Er hatte versucht, sie im Auto zu halten. Ihr zuerst zarte, dann energische Küsse auf Lippen und Hals gepresst, in ihr Ohr geatmet, um ihre Lust zu entfachen. Doch sie wollte unbedingt erst ein Stück laufen. Immer im Auto, das sei ihr unangenehm, hatte sie behauptet.

»Dann stell mich endlich deinen Eltern vor«, erwiderte sie und hatte schon wieder viel zu laut gesprochen. »Ich würde mich wirklich freuen, sie kennenzulernen.« Sie grinste spöttisch. Ihr bereitete es Freude, wenn er sich mit der Furcht vor dem Entdecktwerden abmühte.

Der Schweiß lief ihm jetzt schon wieder den Rücken hinab. Ein breiter Strom, der sein Hemd an der Wirbelsäule kleben ließ. »Du weißt, dass das nicht geht.« Er flüsterte. »Mein Vater würde dich rausschmeißen.«

Schnell drehte er seinen Kopf und kontrollierte den schmalen Pfad hinter ihnen. Natürlich war da niemand, aber der Gedanke an seinen Vater hatte ihn dazu gezwungen. Sein Name reichte aus, um die Angst wachzurütteln, die ihn bei ihren heimlichen Treffen stets begleitete. Beim nächsten Mal würde er ihn blutig hauen, davon war er fest überzeugt. Und er brächte es wieder nicht fertig, die Hand gegen ihn zu erheben. Lieber ließ er sich totschlagen.

»Wir haben es doch noch gar nicht versucht.«

Es wollte einfach nicht in ihren Kopf. Der Alte würde es nie zulassen, dass er als sein einziger Sohn eine wie sie mit nach Hause brachte. Eine Dahergelaufene, eine, die nichts hatte und nicht zu den großen alten Familien im Dorf gehörte. Das Letztere war nicht entscheidend. Es konnte auch eine von woanders sein. Hauptsache, der Rang stimmte – und der Besitz. Man heiratete nicht nach unten. Niemals!

»Das willst du nicht.«

»Doch, ich will es.«

»Leise!«, zischte er.

»Ich rede so laut, wie ich will. Wenn mir danach ist, schreie ich sogar.« Sie machte Anstalten, den Mund weit aufzureißen, und blickte ihn dabei herausfordernd an. Zum Glück kam sie noch rechtzeitig zur Besinnung.

Er hatte seine rechte Hand gespreizt, bereit zum Eingreifen. Es wäre nicht das erste Mal gewesen, dass er ihr hier zwischen den Bäumen die Hand auf den Mund drückte, um sie vom Brüllen abzuhalten. Der Lärm bedeutete Folter für ihn, Angst und eisigen Schweiß. Weil sie keine Ahnung hatte, was ihn daheim erwartete.

»Sei doch vernünftig.«

»Sei du es doch!« Sie stieß ihn mit der Rechten von sich weg.

Er suchte einmal mehr den schmalen, geraden Waldweg vor ihnen ab und glaubte, in der Ferne eine Bewegung wahrzunehmen. »Da kommt wer.« Er griff nach ihrem Arm. »Lass uns hier hinter den Hecken warten, bis er vorbei ist.«

Sie riss sich los. »Leg du dich doch ins Gebüsch. Ich bleibe hier auf dem Weg. Kannst ja hinterherkommen, wenn du dir nicht mehr in die Hosen machst.« Sie beschleunigte ihren Schritt und ließ ihn stehen.

Es war jetzt deutlich zu erkennen, dass ihnen tatsächlich jemand entgegenkam. Noch hatte derjenige sie nicht gesehen, aber zum Eingreifen war es dennoch zu spät. Versuchte er, sie zurückzuhalten, würde das den Herannahenden erst recht auf sie beide aufmerksam machen. Sie allein war weniger auffällig.

Mit ein paar vorsichtigen Schritten verschwand er fast lautlos hinter den dicken Bäumen und dem dichten Gesträuch. Flach und leise atmend wartete er, bis die fremden Schritte in der Nacht verhallt waren.

So konnte das nicht weitergehen. Vielleicht war es doch besser, wenn sie sich nicht mehr trafen. Diese Liebe hatte keine Zukunft. Sein Vater änderte niemals eine einmal gefasste Meinung. Und irgendwann würde er es doch mitbekommen, egal wie vorsichtig sie waren. Es war nur eine Frage der Zeit. Die vielen Lügen daheim, von denen er täglich neue benötigte, glaubhafte, durchdachte, zehrten an ihm.

Im Grunde war er schon aufgeflogen. Irgendjemand würde dem Alten demnächst berichten, dass sein Sohn etliche Sitzungen des Umlegungsausschusses verpasst hatte. Dort wurden die Fortschritte draußen in der Flurbereinigung besprochen und strittige Fragen der Grundstücksneuverteilung diskutiert. *Es war wichtig, dass einer aus der Familie dabei war, um ihre Interessen durchzusetzen. Er hatte die Abende jedoch genutzt, um mit dem Fahrrad zur alten Scheune auf dem Oberfeld zu fahren. Dort hatte sie im Stroh auf ihn gewartet.*
 Er kam aus seinem Versteck hervor. Auf dem schmalen Weg war sie nicht mehr zu sehen. Die Nacht hatte sie geschluckt. Er rannte los. Ein rasender Herzschlag begleitete ihn, während er vergeblich versuchte, sie irgendwo in der Dunkelheit auszumachen.

27

»Bei uns ist noch selten einer allein gegangen.«
Die beiden sahen sie aus großen Augen an. Sie hatten sich heute schon wieder zum Kartenspielen verabredet. Außer der Reihe quasi, weil das, was in ihrem sonst so beschaulichen Heimatdorf passiert war, einer ausgiebigen Betrachtung bedurfte.
»Wie meinst du das?«, fragte Sigrun.
»So, wie ich es gesagt habe.« Entschlossen legte Gerda ihre Rommékarten verdeckt als Stapel vor sich auf den Tisch. Das Blatt war zum Heulen, daher kam ihr die Nachfrage gelegen. Helga und Sigrun waren so vergesslich, dass sie nicht selten nach einem längeren Plausch nicht mehr genau wussten, ob schon gemischt und neu gegeben worden war. Vielleicht klappte das jetzt auch wieder. Sie langte nach der Flasche Weinbergspfirsichlikör und schenkte ihren Gästen und sich selbst großzügig ein.
Sie ließ sich da nicht lumpen. Wenn sie als Gastgeberin der wöchentlichen Kartenrunde an der Reihe war, hielt sie im Unterschied zu Sigrun, die sie immer mit dem billigen Eierlikör vom Aldi bewirtete, den sie in die leere und reichlich alte Flasche einer besseren Marke umfüllte, für ihre Treffen stets zwei Flaschen von Kurt-Ottos gutem Likör parat. Der war nicht gerade günstig, aber seinen Preis wert. Außerdem brachte er ihr Glück. In den letzten Jahren hatte sie nur selten den Abend verloren, wenn sie Kurt-Ottos Likör tranken. Da sie seit zweiundzwanzig Jahren Karten spielten und ihre Spiele mitsamt dem jeweiligen Spielort seit vierzehn Jahren in einem kleinen Büchlein notierten, war das leicht zu überprüfen. Nur heute schien ihr das Glück trotz des Likörs nicht hold zu sein.
»Erst der August und jetzt der Gerd. Wirst sehen, es geht weiter.«
Selten starb bei ihnen im Dorf einer allein. Man konnte mit sehr hoher Wahrscheinlichkeit davon ausgehen, dass einem Todesfall unmittelbar ein weiterer folgte. Und nicht selten noch ein dritter oder vierter dicht darauf. Dann war wieder wochenlang

Ruhe. Daher war Gerda auch nicht die Einzige, die bei einer Beerdigung auf dem Friedhof den Blick kreisen ließ und sich mit ihrer Stehplatznachbarin darüber austauschte, an wessen Grab sie als Nächstes stehen würden. Es kündigte sich ja meistens schon dadurch an, dass die jeweilige Person selbst nicht auf dem Friedhof anwesend war. Man musste also nur feststellen, wer von den üblichen Beerdigungsgängern wider Erwarten zu Hause geblieben war.

Beim Gerd würde das mit der Trauerfeier sicher noch etwas dauern. Obwohl ihnen einer der beiden Polizisten, die am späten Nachmittag noch mal erschienen waren, erklärt hatte, dass man von einem Unfall ausging, wollte sie daran immer weniger glauben. Seit diese Frau aufgetaucht war, die sie zuvor noch nie gesehen hatte, kam ihr das alles reichlich sonderbar vor. Sie hing nicht ständig am Fenster hinter der Gardine, wie das die Chaussee-Margot oben am Ortsausgang tat, und sie horchte die Leute auch nicht so auffällig aus wie der neugierige Kurt-Otto, aber trotzdem nahm sie für sich in Anspruch, das meiste mitzubekommen. Dass es hier nicht so gewesen war, konnte nur eins bedeuten.

»Wenn ihr mich fragt, dann hat die Ukrainerin etwas damit zu tun. Sie ist schließlich viel jünger als er, und der Gerd verdient nicht schlecht mit seinen Maschinen. Sonst könnte er sich die großen Dinger ja gar nicht leisten. Der neue Traubenvollernter allein soll mehr gekostet haben, als mein Häuschen wert ist.« Sie sah abwartend in die Runde.

Helga und Sigrun nickten.

»Die hat ihn ausgekundschaftet, und dann haben sie ihn umgebracht. Würde mich nicht wundern, wenn beim Gerd einiges fehlte«, ergänzte sie mit bedeutungsvollem Blick.

»Und die Polizei tut nichts!« Das war von Sigrun gekommen, die ihr Blatt weiter in der Hand hielt und angestrengt die Karten betrachtete.

»Aber dann wäre sie doch abgehauen und nicht wiedergekommen«, widersprach Helga. »Die ist ja der Polizei direkt in die Arme gelaufen.«

Diese Entgegnung hatte Gerda erwartet. Helga pflegte grundsätzlich anderer Meinung zu sein. Einfach nur zustimmen, das passte nicht zu ihr. Hätte sie die Ukrainerin verteidigt, statt sie zu verdächtigen, wäre von Helga sicher Misstrauen gekommen. Das Gegenteil eben, damit konnte man fest rechnen. »Viele Täter kommen an den Ort ihrer Tat zurück. Der zieht sie magisch an. Schaut ihr euch keine Krimis im Fernsehen an? Da ist das oft so.« Da von den anderen nur zaghaft zustimmendes Nicken kam, fuhr sie fort: »Und außerdem wäre ja *gerade das* höchst verdächtig gewesen. Einfach von hier abzuhauen, wenn noch Trauben draußen hängen. Da fährt doch von den Hilfsarbeitern keiner heim, und schon gar nicht, wenn er etwas ausgefressen hat. Mich würde es nicht wundern, wenn die damit durchkommen.« Schnell langte sie noch einmal nach der Flasche Weinbergspfirsichlikör und goss die bereits geleerten Gläschen wieder voll.

»Erst der August und jetzt der Gerd.«

Gerda runzelte die Stirn. Sigruns Wortbeitrag passte jetzt nicht wirklich zu dem, was sie gesagt hatte. Wenn die sich mit ihren Karten beschäftigte, war eine flüssige Unterhaltung kaum möglich.

»Dass der Günther gar nicht da war ... Er und der Gerd waren doch mal befreundet.«

Helga schien sich auch nicht mehr mit ihrer Mordtheorie beschäftigen zu wollen. Die waren beide genauso blind wie die Polizei. Aber sie würden schon sehen, was sie davon hatten. Gerda nahm sich vor, das Haus ihres toten Nachbarn in den nächsten Tagen besonders gut im Blick zu behalten. Vielleicht kamen die ja wieder, um noch mehr zu holen, jetzt, wo die Polizei an einen Unfall glaubte.

»Ja, richtig. Die beiden sind früher viel zusammen gewesen. Waren zwei ganz ansehnliche Mannsbilder.« Sigrun kicherte, als ob sie wieder siebzehn wäre. »Nur leider ein paar Jahre zu jung für uns. Kleine Buben. Konnte ja keiner ahnen, dass die sich mal so prächtig machen.«

»Irgendwann müssen sie sich verkracht haben.«

Gerda wollte den beiden anderen dieses Feld nicht allein überlassen. »Mit den Schlamps ist noch niemand lange freund geblieben«, gab sie zu bedenken. »Das ging immer nur so lange

gut, wie man sich nach dem August gerichtet hat. Wenn nicht, hat er gepoltert. Der hat ja keinem anderen was gegönnt. Nur sein eigener Vorteil zählte.«
»Aber der Günther ist doch ganz verträglich, kein Vergleich zu dem Alten.«
»Nur zu sagen hat er nichts. Erst der Alte, der vorgibt, und jetzt der Junge. In dem stecken hundert Prozent vom August. Und er sieht auch fast so aus wie der August damals.«
»So ist der Günther aber erst durch das Gefängnis geworden.« Sigrun hielt ihren Blick noch immer starr auf die Karten in ihrer Hand gerichtet. Mehr schien sie nicht loswerden zu wollen.
Alle drei schwiegen nun und griffen fast gleichzeitig nach ihren Likörgläschen. Nur eine Runde noch, und die erste Flasche war leer. Vielleicht hätte sie doch drei kaufen sollen. Die Aufregung des heutigen Tages würde für einen langen Abend sorgen.
Die gut geröteten Wangen bei Helga und Sigrun deuteten an, dass der Likör seine Wirkung entfaltete. Da aber keine der beiden mehr Anstalten machte, das Gespräch am Laufen zu halten, musste sie einspringen, wenn sie sie von ihren Karten weiter fernzuhalten gedachte.
»Das stimmt nicht, meine Liebe. Der stand davor schon unter der Knute des Alten.« Sie schüttelte heftig den Kopf dazu. »Ohne den August wäre er wahrscheinlich gar nicht mehr rausgekommen. Der Günther ist damals mit der Polizei mit, als ob er ein Kalb auf dem Weg zum Metzger wäre. Hängender Kopf, hängende Schultern, den Blick auf den Boden. Der Alte hat geschrien und gebrüllt. Zwei Mann haben ihn festhalten müssen. Ihr wart doch auch dabei. Das könnt ihr doch nicht vergessen haben.« Sie blickte fragend in die roten Gesichter der beiden anderen.
»Es hat sich ja alles schnell aufgeklärt.«
»Aber doch nur, weil der August alle Hebel in Bewegung gesetzt hat, selbst nachdem sie ihn auch noch abgeholt hatten. Hätte der ebenfalls den Kopf hängen lassen, wäre sein Sohn für Jahre in den Knast gewandert. Die waren drauf und dran, ihm den Prozess zu machen. Wenn der August damals nicht das ganze Dorf aufgescheucht hätte, wäre die Kleine schön still und heimlich verschwunden und auch verschwunden geblieben. Die wollte es

dem Alten heimzahlen und ihm den Sohn nehmen.« Gerda nickte bestätigend, weil es sonst keiner tat. »Fast wäre es ihr gelungen!« »Alles alte Kamellen. Außerdem wirfst du das völlig durcheinander. Die sind doch beide gemeinsam von der Polizei geholt worden. Ich hab's selbst gesehen.«

Helga, wer sonst, hatte widersprochen. Vermutlich nur, weil sie es nicht gewesen war, die mit dem Thema angefangen hatte.

Gerda schüttelte stumm den Kopf und kippte mit Schwung den letzten Rest Likör in ihren weit aufgerissenen Mund.

»Würden die Damen jetzt bitte weiterspielen«, verlangte Sigrun und blickte hinter ihren Karten hervor. »Ihr könnt schon mal die Punkte zusammenzählen und mal zwei nehmen. Mein Blatt kann ich so hinlegen.«

Gerda seufzte gut hörbar. Dieser Abend brachte ihr wirklich kein Glück, da half auch Kurt-Ottos Likör nicht.

28

Die Nacht war sternenklar und kühl. Kurt-Ottos Lieblingswetter im späten Herbst, weil es den Trauben guttat. Seine waren zwar alle abgeerntet, aber einige andere hatten noch einen Teil ihrer Rieslinge hängen. Er hatte es in diesem Jahr nicht bis zum Letzten ausreizen müssen, da er noch mehr als genug Riesling aus dem alten Jahrgang auf Flaschen abgefüllt im Lager hatte. Und für die Kellerei reichte die Qualität der Trauben allemal. Die zahlten gut und wegen der großen Nachfrage nach Riesling auch sehr bereitwillig. Die letzten sonnigen Tage hatten seine Trauben daher nicht mehr am Stock miterleben dürfen. Hätte er sie noch hängen lassen, wäre die Erntemenge mit jedem Tag geringer geworden. Einen Bonus für die dadurch erreichte höhere Qualität gab es jedoch nicht, wenn er sie als Fassware verkaufte.

Seit einer knappen Woche herrschte jetzt schon ideales Riesling-Wetter. Warme, sonnige Tage gingen in sternenklare und kühle Nächte über. Die Sonne brachte Reifefortschritt, Komplexität und hielt die Trauben gesund. Die kalten Nachtstunden bremsten den Säureabbau. Ideale Bedingungen also für einen großen Jahrgang, sollte das noch ein paar Tage so weitergehen. Für morgen hatten sie sogar über zwanzig Grad vorhergesagt. Da rieben sich einige im Dorf bereits die Hände und lobten sich insgeheim schon einmal selbst, dass sie so lange ausgeharrt hatten. Das Risiko hätte sich gelohnt. Es könnte auch schlecht ausgehen, wenn zur Wärme zwei, drei ordentliche Schauer hinzukamen. Aufgeplatzte Beeren sorgten dann für eine rasch fortschreitende Fäulnis an den Trauben.

Er sog die kühle Nachtluft ein, und ein klein wenig Wehmut kam in ihm auf. Daheim war die Weinlesehektik fast schon vorbei. Vielleicht hätte er doch noch einen kleinen Weinberg im Teufelspfad hängen lassen sollen. Nicht viel, nur ein paar Zeilen im Kalkmergel. Der Schlamm des Urmeeres brachte besonders dichte und mineralische Rieslinge hervor. Und wer wusste schon, wie die nächsten beiden Jahrgänge ausfielen? Vielleicht würde er sich dann doch ärgern, diesen Jahrgang ausgelassen zu haben. Allzu viele blieben ihm ja nicht mehr, da schien es ihm doch angeraten zu sein, einen kleinen Vorrat für den Eigenverbrauch aufzubauen, von dem er in den Jahren des Ruhestandes zehren konnte.

Langsam schlenderte er die Hauptstraße entlang. Er hatte noch mal rausgemusst, wie jeden Abend, nur diesmal etwas später als sonst üblich. Die Aufregung um den toten Gerd unter dem Mulcher hatte seinen Tagesablauf ein wenig durcheinandergebracht. Die halb geöffnete Bratwurstdose hatte er für heute Nacht sich selbst überlassen. Morgen würde er sie mit dem langen Besen oder dem Maischetaucher aus der Versenkung angeln, wenn seine Frau in der Schule war. Nicht dass sie ihn wieder unter den Holzfässern hervorziehen musste. Er konnte sich kaum darauf verlassen, noch einmal so glimpflich und folgenlos aus dieser Situation herauszukommen. Ertappt, aber nicht überführt. Daher hatte er im Keller vorhin nur schnell das Fass wieder fest verschlossen, damit sein Dosenwurststrauß vor unbefugten Blicken gut geschützt war.

Er war recht spät unterwegs heute, aber selbst um diese Uhrzeit traf man sonst immer noch jemanden auf der Straße für einen kurzen Plausch. Nach allem, was passiert war, hatte er eigentlich sogar mit noch mehr Betrieb als gewöhnlich gerechnet. Aber der tragische Unfall schien dafür gesorgt zu haben, dass sie sich daheim verkrochen. Alle Neuigkeiten waren bereits am Ort des Geschehens ausgetauscht worden, jetzt musste man sie auf dem eigenen Sofa verarbeiten.

Er bog nach links ab. Sonst nahm er für seine abendlichen Rundgänge in Latzhose und Pantoffeln nie diesen Weg. Die Straße war viel zu steil. Eine sinnlose Quälerei. Aber heute zog es ihn hierher zurück. Keuchend quälte er sich den Hang hinauf. Bei Gerda brannte noch Licht. Durch dichte Gardinen und gekippte Fenster hindurch waren Stimmen zu hören.

Eine Bewegung im Dunkel der Nacht ließ Kurt-Otto innehalten. Schnell drückte er sich gegen die Hauswand und versuchte, mit offenem Mund in kurzen Stößen möglichst lautlos zu atmen. Angespannt lauschte er in die Nacht hinein.

Alles blieb still. Wahrscheinlich war es doch nur eine große Katze gewesen, die über die Straße gehuscht war, um mit Schwung das Hindernis zu nehmen, das ihr die Polizei in den gewohnten Pfad gestellt hatte. Vorsichtig schob er seinen Kopf ein Stück weit vor und spähte die Straße hinauf. Er musste über sich selbst schmunzeln. Die Miss Marple von Essenheim in Latzhose und ausgetretenen Filzpantoffeln kehrte an den Tatort zurück, weil das Gefühl, ein gewichtiges Detail übersehen zu haben, sie nicht losließ. Schnell schickte er einen Kontrollblick in Richtung des hell erleuchteten Küchenfensters der Nachbarin. Es fehlte gerade noch, dass die ihn von dort beobachtete.

Das war keine Katze. Weil die Steigung der Straße vor Gerds Gehöft abflachte, sah er nur den oberen Teil des Bauzaunes, mit dem die Polizei den Fundort abgesperrt hatte. Das Metall gab kaum hörbare Geräusche von sich. An den Bewegungen des Zaunes war aber zu erkennen, dass die miteinander verbundenen Elemente an einer Stelle weit auseinandergedrückt wurden.

Da machte sich jemand an der Absperrung zu schaffen.

Leicht noch federte das Metallgestänge nach. Dann herrschte wieder Ruhe. Konzentriert lauschte Kurt-Otto. Nur seine hektische Atmung war zu hören. Die kurzen, flachen Stöße reichten nicht aus, um sein hämmerndes Herz mit ausreichend Sauerstoff zu versorgen. Er schnaufte jetzt lauter und trat vorsichtig spähend aus dem schützenden Schatten der Hauswand heraus. Die Filzpantoffeln mit ihren glatten, abgelaufenen Sohlen ermöglichten ihm ein lautloses Vorankommen. Allein seine gierige Lunge sorgte für unnötigen Lärm. Kurz hielt er inne und versuchte noch einmal angestrengt zu lauschen. Es war nichts zu hören. Wahrscheinlich nur, weil er noch zu weit entfernt war. Leicht nach vorne gebeugt schlich er weiter.

Am Zaun war von innen eine weiße Plane als Sichtschutz befestigt. Die Polizisten hatten ungestört und geschützt vor den neugierigen Blicken des halben Dorfes ihren Dienst tun wollen. Nur dort, wo die einzelnen Bauzäune aneinanderstießen, war es vielleicht möglich, einen Blick hinter die Absperrung zu werfen. Dazu musste er aber zuerst ganz nahe heran. Ob das mit dem keuchenden Atem machbar war, ohne die Person aufzuscheuchen, die sich da hineingeschlichen hatte, wusste er nicht eindeutig zu beantworten. Er bemühte sich, jeden Gedanken an die mutmaßlich kriminellen Beweggründe des Eindringlings zu unterdrücken. So recht wollte ihm das nicht gelingen.

Versuchte da jemand, sich am Besitz des Toten zu bereichern oder Spuren zu verwischen? Beides wäre bescheuert, das Risiko, entdeckt zu werden, aber nicht wirklich groß. Nur durch Zufall und weil ihn sein Gespür hierhergeführt hatte, war er dem Einbrecher auf die Schliche gekommen. Eine halbe Minute später und er wäre ahnungslos vorbeigeschnauft, im Kampf mit sich selbst und mit dem steilen Anstieg, der ihm die Puste nahm.

Der Unfallort lag vollkommen still da. Niemand war zu sehen und nur er zu hören.

Kurt-Otto war jetzt nur noch wenige Schritte vom Zaun entfernt. Ganz vorsichtig setzte er fast in Zeitlupe einen Fuß vor den anderen. In einem kleinen, ausholenden Bogen steuerte er direkt auf die Stelle zu, an der sich der Eindringling hindurchgedrückt hatte. Alle anderen Elemente waren oben und unten fest miteinander verbunden. Obwohl er noch ein Stück entfernt war, konnte er durch den Spalt erkennen, dass sich die Person direkt hinter der Lücke im Zaun befand. Er blieb stehen und atmete möglichst still in sich hinein.

Die Person trug einen schwarzen Kapuzenpulli und ebenso dunkle Hosen. Gebückt harrte sie reglos dort aus, wo sie den Gerd heute Morgen gefunden hatten. Kurt-Otto stand ebenso reglos, aber aufrecht vor dem Zaun und begann erst jetzt, sich darüber Gedanken zu machen, wie er sich verhalten sollte.

Der nervöse Köter vom Eugen nahm ihm die Entscheidung ab. Das Bellen zerriss die Stille, obwohl es aus der nächsten Straße kam. Er zuckte zusammen. Ein lautes Ächzen drang dabei aus seinem Mund, und der Einbrecher hinter dem Zaun fuhr erschrocken herum. Für den Bruchteil einer Sekunde konnte er ihr Gesicht sehen. Schmale, feine Züge, die ihm zwar bekannt vorkamen, die in seinem überforderten Schädel aber so schnell keine Erinnerung hervorrufen konnten.

Das Knirschen des Schotters beendete jeden Gedanken an ein Erkennen. Die dunkle Person war aufgesprungen und mit wenigen Schritten hinter dem Traubenvollernter verschwunden.

Kurt-Otto sprintete los, erkannte aber nahezu zeitgleich, dass der Spalt im Zaun auch unter äußerster Kraftanstrengung für ihn zu schmal sein würde. Ein hektischer Blick am Gitter hinauf beendete auch den aufflammenden Gedanken, mit einem beherzten Sprung und gekonntem Beineinsatz das Hindernis zu überwinden. Das Bild dazu schuf sein Gehirn zwar formvollendet, es schien aber doch eher der Erinnerung an die Verfolgungsjagd in einem Fernsehkrimi entlehnt. Selbst wenn er es ein Stück weit in die Höhe schaffte, würde spätestens das Umstürzen der gesamten Zaunanlage unter seinem Gewicht der mutigen Verfolgung ein Ende setzen.

Zwischen Gerds Wohnhaus und der alten Scheune, die Gerd vom kleinen Gehöft der Hasen-Marie hatte stehen lassen, verlief ein sogenanntes Reilchen bis zur Parallelstraße. Ein schmaler Zwischenraum von einem guten halben Meter, der früher dazu diente, bei einem Brand der mit Stroh vollgestopften Scheunen ein Überspringen des Feuers zu verhindern. Der Flüchtige war bestimmt längst dort hindurchgelaufen und daher unerreichbar für ihn. Selbst wenn er sich beeilte, konnte er ihn außen herum nicht einholen.

Er drückte seinen Kopf ans Gestänge und versuchte, durch den Spalt etwas zu erkennen, lauschte. Schritte hallten wider. Er musste noch zwischen den Gebäuden sein. Jetzt war nichts mehr zu hören. Kurt-Otto wollte sich gerade abwenden, um seinen Heimweg anzutreten, als ihm etwas einfiel.

Das kam davon, wenn man stets nur auf der Hauptstraße pendelte. Die führte gerade und ohne Steigung quer durchs Dorf, daher waren dort auch die meisten Fußgänger unterwegs. Kurt-Otto verließ die Hauptstraße bei seinen abendlichen Spaziergängen nur selten, egal in welche Richtung, denn lief man die Seitenstraßen hinab, musste man sie ja zwangsläufig auch wieder hinauf. Daher hatte er jetzt etwas länger gebraucht, um sich die Situation am Ende des schmalen Gässchens ins Bewusstsein zu rufen. Das Reilchen hatte die Hasen-Marie nämlich schon vor vielen Jahren am hinteren Ende mit einem hohen Bretterverschlag zunageln lassen, weil sie es nicht ertragen konnte, dass der dunkle Zwischenraum von jungen Pärchen zum Stelldichein genutzt wurde.

Kurt-Otto wandte sich wieder der Lücke zu und versuchte angestrengt, in der Dunkelheit etwas zu erkennen. Unentschieden.

Klassische Pattsituation. Er hier draußen, ohne Chance hineinzukommen, und der Flüchtige dort drinnen gefangen, ebenso reglos lauschend. Gespannt hielt er die Luft an, aber weiter brachte ihn das auch nicht.

»Du sagst mir, was du dadrinnen suchst, und ich lasse dich im Gegenzug dafür raus.« Er hatte das möglichst leise geflüstert, ohne recht zu wissen, warum. Wenn der Eindringling weit in das Reilchen hineingelaufen war, konnte er ihn nicht hören. Außerdem war das idiotisch. Ein Einbrecher, der nach vollbrachter Tat bereitwillig Auskunft gab, Rede und Antwort stand. Am Ende war der Kerl noch bewaffnet.

Instinktiv wich er zwei Schritte zurück. Dabei sah er sich nach einem geeigneten Fluchtweg für den Ernstfall um. Er schüttelte den Kopf, um sich selbst Mut zu machen. Halbe Portion überwältigt wuchtige Nachwuchs-Miss-Marple? Nur über seine Leiche!

»Ich warte noch zwei Minuten, dann muss ich die Polizei rufen. Das ist ein Unfallort. Es wird die Kriminalpolizei nicht erfreuen, dass Sie hier eingedrungen sind.«

Vorsichtshalber setzte er seine Filzpantoffeln noch einen zusätzlichen Schritt zurück. Wenn der dadrin plötzlich wild entschlossen mit gezogener Pistole auf ihn zustürmte, würde das sicher nicht helfen, aber es half zumindest dabei, sein aufgeheiztes Inneres und das rasende Herz ein wenig zu beruhigen.

»Er war mein Vater«, flüsterte eine zarte, flehende Stimme.

Kurt-Otto rieb sich über die feuchte Stirn. Das Gesicht, das er nicht hatte zuordnen können, weil er sie nur als Baby mal gesehen hatte, stand ihm wieder vor Augen. Es war die Ähnlichkeit mit ihrer Mutter, die ihm aufgefallen war.

»Ich habe ihn in den letzten Jahren immer mal wieder besucht, aber heimlich, weil meine Mutter es nicht wissen durfte. Sie hat einen richtigen Hass auf ihn entwickelt, nachdem wir hier weg sind. Sie fühlte sich betrogen, weil er seine Maschinen mehr liebte als sie.« Sie kam langsam auf ihn zu und trat an die schmale Lücke im Zaun. Jetzt erkannte er in ihren Gesichtszügen auch den Gerd wieder. Er konnte die Spuren der Tränen auf ihren Wangen deutlich sehen. »Ich wollte mich von ihm verabschieden.«

29

März 1965

»Lass uns abhauen.« Er drückte sie fest an sich. Das hatte er eigentlich so gar nicht sagen wollen. Er konnte nicht weg und vor allem: wohin? Das wäre irrsinnig. Aber etwas anderes war ihm nicht eingefallen. Zumindest hatte er die Hoffnung, dass er damit die Trauer aus ihrem Gesicht vertreiben konnte.

Seit einiger Zeit sah sie ihn so an, jedes Mal, wenn sie sich trafen. An zwei Tagen in der Woche holte er sie von der Arbeit in Mainz ab. Sie liefen dann durch den Ober-Olmer Wald oder mal in Mainz am Rhein entlang. Seinem Vater hatte er weisgemacht, dass er einen Kurs an der Weinbauschule besuchte. Dafür gab der ihm sogar bereitwillig den Wagen.

An zwei weiteren Tagen trafen sie sich in der Feldscheune außerhalb des Dorfes. Das ging aber nur unter äußerster Vorsicht und im Dunkeln. Schließlich mussten sie beide unbemerkt aus dem Dorf hinaus und zu Fuß oder mit dem Fahrrad bis dorthin gelangen.

Am Wochenende schob er oft einen seiner Freunde als Alibi vor. Er ließ denjenigen zu sich kommen, um dann seiner Familie gegenüber vorzugeben, sie würden mit dem Wagen auf eine Kerb oder irgendein Dorffest fahren. Entweder setzte er seine feixenden Kumpels dort ab, um sie spät in der Nacht wieder abzuholen, oder er brachte sie gleich nach dem Start wieder zu Hause vorbei und erkaufte sich ihr Schweigen mit einem Karton Scheurebe lieblich. Sie wartete dann am Ortsausgang hinter dem großen Nussbaum auf ihn. Nur wenn ihm kein Wagen folgte, kam sie aus ihrem Versteck. So hatten sie es verabredet.

Es gab keine andere Möglichkeit, um ihre Treffen vor seinem Vater geheim zu halten. Die wenigen, die davon wussten, zogen ihn zwar oft genug damit auf, aber er konnte sich trotzdem auf sie verlassen.

Seit dem Abend im Ober-Olmer Wald, als sie einfach verschwunden war, sah sie ihn so an. Er war rasend vor Angst hinter ihr hergerannt und wieder stehen geblieben, hatte gelauscht, ob sie sich durch das Brechen von Ästen verriet. Nichts, kein Laut. Der ganze Wald in eisige Stille gehüllt. Schwitzend war er blindlings in alle Richtungen gelaufen, quer durchs Unterholz. Er hatte sich geschworen, sie nie wieder auch nur einen Meter von seiner Seite weichen zu lassen, egal wen sie trafen, wenn ihr bloß nichts passiert war. Hatte sich Vorwürfe gemacht. Alles verloren, nur weil er zu feige gewesen war, es dem Vater zu gestehen. Dem Alten die Stirn zu bieten und endlich zu widersprechen.

Er hatte schließlich alle Vorsicht vergessen und ihren Namen gebrüllt. Heiser und laut aus seinem tiefsten Innern. Da war sie grinsend hinter einer der dichten Hecken hervorgekommen. Schweigend waren sie zum Opel Rekord zurückgegangen, um sich auf dem Rücksitz zu lieben. Sie hatte ihn dabei die ganze Zeit mit offenen Augen betrachtet. Seither war ihr Lächeln verschwunden.

»Ich lasse meine Mutter nicht im Stich. Niemals!.«

Wenn er sich jetzt von ihr löste, würde er Tränen in ihren Augen sehen. Er hielt sie daher fest an sich gepresst.

Ihr Oberkörper bebte. Er wusste nicht, was er noch sagen sollte. Auch er wollte nicht wirklich weg von hier. Die Brücke zurück wäre ein für alle Mal eingerissen. Der Alte würde ihm das nie verzeihen. Nicht mit ihr.

»Wir haben doch uns. Was schert uns da der Rest?« Mutig hatte das klingen sollen, aber es waren doch nur klägliche Laute. Ein Gejammer, für das er sich selbst schämte. Ihr Beben übertrug sich auf ihn. Er spürte, wie ihm die Tränen in die Augen schossen. Weder vor Wut noch Trauer, sondern aus Mitleid mit sich selbst.

»Du wirst es ihm sagen müssen.« Sie versuchte, sich aus seiner Umklammerung zu winden. Zuerst noch zaghaft, dann entschlossener.

Da er nicht wollte, dass sie seine Tränen sah, hielt er sie weiter starr fest und erhöhte mit jeder ihrer Bemühungen den eigenen Druck.

»Lass mich los. Du tust mir weh!«

Er gab trotzdem nicht nach. Sie würde sich schon wieder einkriegen.

»Ich bin schwanger. Dein Kind werde ich nicht auf dem Rücksitz des Wagens hier im Ober-Olmer Wald zur Welt bringen!« Sie stieß ihn von sich weg und strich sich die langen Haare aus dem Gesicht. Es war keine Träne auf ihren Wangen zu sehen.

Er wollte zu ihr, aber sie wich zurück, sobald er einen Schritt nach vorne machte. Er mühte sich an einem Wort ab, das seine Lippen und die reglose Zunge nicht zustande brachten. Nur ein schwaches Kopfschütteln gelang ihm.

»Doch, es ist dein Kind!« Aus geweiteten Augen starrte sie ihn an. Sie brüllte plötzlich wie irre. Er umging ihre Hände, die sie schützend ausgestreckt hatte. Obwohl sie weiter schreiend zurückwich, bekam er sie am Ärmel zu fassen, zog sie mit aller Kraft an sich und presste ihr die rechte Hand auf den Mund.
Es war jetzt endlich wieder still im Wald.

30

Klaus Reifenberger warf einen kurzen Kontrollblick auf seine Armbanduhr. Halb elf. Er seufzte erleichtert. Das passte, sogar mit dem kleinen Umweg, den sie ihm noch aufgenötigt hatten. Aber der Günther würde es genauso machen. Das konnte man einem guten Kollegen nicht ausschlagen, zumal er nach dem Tod des Vaters genug zu tun hatte. Auch Günthers Rieslinge hingen zum größten Teil noch am Stock. Neben den sicher zahlreichen Trauerbesuchen und der Beerdigung hatte er in den nächsten Tagen auch noch ein paar Hektar Trauben zu lesen. Zumindest das Wetter spielte mit. Es war für die nächsten sechs Tage kein Niederschlag gemeldet. Kein Tropfen Regen, dafür ordentlich warm über den Tag mit vielen Sonnenstunden und einer erfrischenden Abkühlung in der Nacht. So reiften große Jahrgänge heran.

Beschwingt drehte er den Zündschlüssel und startete den Motor seines neuen VW-Transporters. Ein flüchtiger Blick in den Rückspiegel bestätigte ihm, dass alles genau so war, wie es sein sollte. Er hatte die beiden Boxen, die sie ihm mit dem Stapler in den Wagen gehoben hatten, vorsichtshalber abgedeckt. Stefan, sein Sohn, wollte das so. Es brauchte nicht jeder zu sehen, was sie durch die Gegend fuhren. Jetzt hatte es den Anschein, als ob er mit zwei Paletten Wein unterwegs war, die er mit den alten Fetzen vor dem Sonnenlicht zu schützen suchte.

Mist! Mit der flachen Hand schlug er zweimal kräftig auf das Lenkrad, um dann den Schlüssel wieder zurückzudrehen. Scheiß-Bürokratie. Aber immerhin hatte er jetzt noch daran gedacht und nicht erst daheim, wenn ihn seine Frau fragte, wo der Lieferschein war. »Wie soll ich denn kontrollieren, was die uns alles über den Herbst in Rechnung stellen, wenn du mir keine Belege bringst?«, hörte er sie innerlich bereits schimpfen. Schnell sprang er aus dem Wagen und machte sich auf den Weg zurück in den Verkauf.

Der Zettel lag schon bereit.

Wieder auf dem Fahrersitz, konnte er beruhigt feststellen, dass ihn die Aktion gerade mal drei Minuten gekostet hatte. Und ein paar zusätzliche Schweißtropfen, die er sich mit der Linken von der Stirn wischte. Seine Klimaanlage würde den Rest während der Fahrt trocknen lassen, und die verlorene Zeit holte er auf der Autobahn mit dem stärkeren Motor des neuen Transporters locker wieder auf. Vorsichtig steuerte er sein Fahrzeug über die Bordsteinkante und beschleunigte dann.

Die Sonne hatte auch jetzt, Ende Oktober, noch reichlich Kraft. Pro Tag legten die Trauben unter diesen Bedingungen gut und gerne ein, vielleicht sogar zwei Grad Oechsle zu. Was wollte man als Winzer mehr?

Freude und Zufriedenheit stiegen bei diesem Gedanken in ihm auf. Mit einer kurzen Bewegung schuf er sich die passende Hintergrundmusik für seine gute Stimmung. Auf SWR 4 mühte sich Helene Fischer stimmgewaltig an einem sinnlosen Text ab: »Wär heut mein letzter Tag, ich lebte ihn mit dir, so weit der Himmel reicht, wär auch das Glück in mir«. Dem Takt folgend klopfte er auf sein Lenkrad. Die kühle Luft der Klimaanlage erfrischte ihn.

Er hätte nie geglaubt, dass er das alles so problemlos hinbekommen würde. In diesem Jahr hatten sie fast die doppelte Fläche an Weinbergen zu bewirtschaften, und Stefan war in seinem Lehrbetrieb voll eingebunden. Noch mindestens ein weiteres Jahr musste er allein zurechtkommen. Wenn Stefan nach der Ausbildung immer noch Lust auf Schule hatte, würde er vielleicht sogar noch einen draufsetzen und seinen Meister machen. Es hing also weiterhin recht viel von seiner eigenen Leistungsfähigkeit ab. Aber die Aussicht auf den Einstieg des Jungen in den Betrieb beflügelte ihn schon jetzt. Daher hatten sie im letzten Jahr auch beherzt zugegriffen, als der Hans-Werner ihnen seinen kompletten Weinbaubetrieb anbot, weil sie doch schließlich zusammen zur Schule gegangen waren. Sechs Hektar bekam man nur einmal im Leben auf einen Schlag. Ein absoluter Glücksfall. Allein der Gedanke, dieses Angebot abzulehnen, verbot sich.

Die paar Jahre würde er schon irgendwie über die Runden kommen. Weinberge hatte man zu nehmen, wie sie kamen. Wenn man sie dringend brauchte, waren nämlich keine auf dem Markt. Dann musste man Klinken putzen für ein paar mickrige Parzellen, die doch nicht ausreichten, um das eigene Weingut so zu vergrößern, dass zwei Familien davon leben konnten. Sie hatten also alles richtig gemacht, und die Mehrarbeit ging ihm leicht von der Hand, trotz seines Alters, weil er ja wusste, wofür er es tat. Darüber hinaus war der nächste dicke Fisch bereits in Sicht. Der Ecke-Kurt war nämlich ebenfalls mit ihm zur Schule gegangen. Nicht hier im Ort, aber in Mainz auf die Weinbauschule. Das verband. Sein Getratsche war nur schwer auszuhalten, deshalb ging er ihm normalerweise aus dem Weg. Vergeudete Zeit, sich Gedanken um die Probleme anderer Leute zu machen. Aber es half nichts, erst im letzten Moment vorstellig zu werden. Entscheidend waren ein langer Atem und eine gute Vorbereitung über ein paar Jahre.

Gestern hatte er ihm denn auch ganz geistesgegenwärtig zugewinkt, als er ihn mit einem Dosenwurststrauß in der Hand aus der Metzgerei kommen sah, nachmittags, zur besten Arbeitszeit. Der Ecke-Kurt schien sich schon mal als Rentner zu probieren. Das machten die meisten so, bei denen es nicht weiterging. Die letzten Jahre liefen sie nur noch auf Sparflamme, halbe Leistung draußen, und investiert wurde auch nichts mehr. Der Ecke-Kurt hatte noch zwei, vielleicht drei Jahre und keine Kinder. Das passte genau und würde sie mit einem Schlag zu einem der Großen im Dorf machen.

Von null auf hundert in kürzester Zeit.

Seine Weinberge jedenfalls waren noch gut in Schuss, auch wenn die meisten Sorten aus der Mode waren. Die Morio-Muskat, Huxel und Faberrebe mussten sie, wenn sie den Zuschlag erhielten, allesamt roden und neu anlegen. Da es sich aber um ausgesprochen gute Lagen handelte, lohnte sich die Arbeit. Es erschien ihm daher angeraten, demnächst ab und an bei ihm stehen zu bleiben. Aber erst nach der Weinlese, wenn mehr Zeit war.

Er musste gähnen und verzog sein Gesicht dabei. Tränen drückten sich ihm in die Augen. Er schreckte auf. Hatte er die Augen für einen Moment geschlossen gehabt? Heftig schüttelte er den Kopf, um sich gleich darauf selbst zwei, drei schallende Ohrfeigen zu versetzen.

Die gestrige Nacht war doch zu kurz gewesen, so wie die vielen Nächte davor auch schon. Er spürte die Müdigkeit jetzt ganz deutlich. Er war eben keine zwanzig mehr. Tief sog er die kühle Luft aus der Klimaanlage ein. Doch es herrschte schon wieder Dunkelheit. Er versuchte, die Augenlider weit aufzureißen, um etwas sehen zu können. Helligkeit, die es ermöglichte, die Fahrbahn zu überschauen und den Wagen hier auf der Landstraße zu kontrollieren. Das wollte ihm aber nicht gelingen. Es blieb stockfinster, trotz all seiner hektischen Bemühungen.

Zitternd führte er seine rechte Hand an den Kopf und versuchte gleichzeitig, seinen Transporter in der Spur zu halten. Bremsen! Seinen rechten Fuß bekam er vom Gas herunter und auf das Bremspedal. Immer noch herrschte tiefdunkle Nacht um ihn herum, dabei standen seine Augenlider doch weit offen. Er konnte es jetzt sogar deutlich fühlen, die Augäpfel vorsichtig ertasten.

Er spürte, dass der Wagen langsamer wurde, immer langsamer und schließlich stand. Er hatte es geschafft, ohne in den Leitplanken zu enden. Ein zarter Hauch Beruhigung stieg in ihm auf, der aber von der Angst vor der Dunkelheit unbarmherzig zermalmt wurde. Tief atmete er wieder ein. Seine Hände gehorchten ihm nicht mehr, seine Arme auch nicht. Sie wollten nicht in Richtung Türgriff. Es fiel ihm aber auch gar nicht mehr ein, weshalb sie das sollten.

Nicht nur vor seinen Augen herrschte Dunkelheit. Auch in seinem Kopf gab es nur noch Schwärze. Ein tiefer Schlaf. Er war schon ganz weit weg.

31

Kurt-Otto hatte der Kleinen keinen Ärger machen wollen und sie allein zurückgelassen. Zuvor hatte er sich noch nach ihrer Mutter erkundigt. Beide wohnten sie mittlerweile in Rüsselsheim. Gerds Exfrau Manuela hatte die Nase voll von Männern und war nach der Trennung nie wieder eine Beziehung eingegangen. Die Nachricht von seinem Tod hatte sie aber dennoch reichlich mitgenommen. Ob sie es fertigbrachte, zur Beerdigung zu kommen, wusste ihre Tochter allerdings nicht.

Wie schnell so etwas doch zerbrach und wie lange es für Leid sorgte.

Kurt-Otto hatte es gestern vermieden, der trauernden Tochter von der ukrainischen Freundin des Vaters zu berichten. Vielleicht wusste sie ja sogar von ihr, wenn sie sich wirklich häufiger mit dem Gerd getroffen hatte.

Er schüttelte sachte den Kopf. Trotz aller Aufmerksamkeit entging ihm in letzter Zeit doch einiges von dem, was im Dorf geschah. Dass dem Mädchen vorher nie jemand über den Weg gelaufen war, wunderte ihn.

Plätschernd floss milchig trüb der noch gärende Wein aus dem dünnen Schlauch in den Messbehälter, den er in der Hand hielt. Renate war seit zwei Stunden in der Schule. Er hatte die halb geöffnete Bratwurstdose gefahrlos unter den Holzfässern hervorholen und sich damit ein ordentliches zweites Frühstück zubereiten können, mit dunklem Roggenbrot, einem guten Senf und eigenen eingelegten Gurken. Zur Belohnung, und weil seine Stimmung heute prächtig war, nahm er einen ordentlichen Schluck aus dem schmalen Gefäß. Das gehörte dazu, wenn man routinemäßig den Gärverlauf der Moste zu kontrollieren hatte. Eigentlich war es eine tägliche Pflichtaufgabe, die sich jedoch unter dem Stress der Lese oft zur Bürde entwickelte. An vielen Tagen war er nach der Weinbergsarbeit, dem Keltern, dem Reinigen der benötigten Fässer und dem Ausbringen der Trester nicht mehr in der Lage, auch noch die gärenden Säfte durchzumessen.

Er ließ den süßen jungen Wein im Mund kreisen, und ihm entfuhr ein zufriedenes Schmatzen. Der hatte ihn nicht gebraucht in den letzten Tagen. Die Natur regelte das ganz von selbst, ohne sein Dazutun. Zumindest in den meisten Fällen. Vorsichtig ließ er die Mostwaage in die Flüssigkeit gleiten. Ein paarmal wippte das schmale Röhrchen, das wie ein etwas zu groß geratenes Fieberthermometer aussah, noch auf und ab. Dann verharrte es, sodass er den verbliebenen Oechslegrad ablesen konnte. Mit dem Beginn der alkoholischen Gärung mussten es kontinuierlich weniger Oechsle werden, weil die Hefen den Zucker verzehrten. Geriet die Gärung ins Stocken, erkannte man das am sich verlangsamenden Absinken des Oechslegrads, und man konnte durch eine leichte Erwärmung den Hefen wieder auf die Sprünge helfen. Eine enge Taktung der Messungen war daher wichtig. Bei seinem Riesling hier ging es ihm aber nicht um eine restlose Umwandlung der Süße. Der sollte einen Rest davon behalten. Das stand ihm gut, weil sich zusammen mit der fruchtigen Säure eine feine Balance einstellte. Außerdem blieb er dadurch etwas leichter und niedriger im Alkohol.

Gestern Abend hatte er nämlich noch lange wach gelegen und über alles nachgedacht. Der Jahrgang war wirklich ein ganz besonderer, und wenn er nicht doch ein kleines Fass für sich abfüllte, würde er sich das in ein paar Jahren, wenn er all seine Weinberge verpachtet hatte, niemals verzeihen können. Und dieser Riesling hier war jetzt genau richtig.

Den Eindruck seiner erprobten Geschmacksnerven bestätigte auch der Blick auf die Skala der Mostwaage. Halbtrocken, aber nahe an der Grenze zum lieblichen Bereich. Wenn er mit dem Messen der anderen fertig war, würde er dieses Fass so herunterkühlen, dass die Gärung ihr Ende fand. Um seine Entscheidung zu verifizieren, nahm er noch einmal einen guten Schluck aus dem Messzylinder.

Er würde das alles schmerzlich vermissen, wenn es einmal so weit war. Wie sollte er die Tage sinnvoll ausfüllen? Kleinere Arbeiten im Haushalt, ein Plausch auf der Straße, ein zweites, ein drittes und ein viertes Frühstück? Das würde sein Körper nicht lange mitmachen. Jetzt schon spannte seine Latzhose spürbar im

Bauchbereich. Sicher müsste er dann auf der Größenskala der von ihm bevorzugten grünen Latzhosen in regelmäßigen Abständen die nächsthöhere Stufe erklimmen. Das wiederum würde dazu führen, dass sich Renate bemüßigt fühlte, noch entschiedener ihrem bisher nur temporären Ernährungswahn nachzugeben. Diätexperimente am lebenden Objekt wären dann keine Ausnahmesituationen mehr, sondern ein marternder Dauerzustand. Ein tägliches Katz-und-Maus-Spiel, bei dem sich seine Möglichkeiten mit einem geleerten Weinkeller deutlich einschränkten. Wie sollte er ihr glaubhaft weismachen können, dass er noch etwas an den Fässern zu schaffen hatte, wenn die doch alle längst geräumt waren? Keine Weinberge bedeuteten nicht nur einen absehbaren Mangel an Beschäftigung, reichlich Langeweile und unkontrollierbares Frustfressen zum Zeitvertreib, sondern auch den Verlust plausibler Ausreden.

So weit hatte er den ihm bevorstehenden Ruhestand noch nie bis zur letzten Konsequenz durchdacht. Er schüttelte den Kopf und nahm noch einen Schluck aus dem Messzylinder.

Das Zukunftsszenario, das sich jetzt recht plastisch vor seinem geistigen Auge entfaltete, fiel drastisch aus. Die steilen Straßen, die in diesem Dorf am Hang eindeutig in der Mehrzahl waren, würde er dann wahrscheinlich gar nicht mehr hinaufkommen. Oder nur noch unter atemloser Maximalanstrengung. Seinen täglichen Erkundungsradius würde das enorm einschränken. Von dem, was im Dorf geschah, bekäme er dann kaum noch etwas mit. Es bliebe ihm nur die Möglichkeit, mit dem Traktor einsam im Kreise zu fahren – ein schrecklicher Gedanke, den er sofort wieder verwarf. Die meisten Neuigkeiten konnte man nicht sehen, die bekam man erzählt, wenn man zu Fuß unterwegs war.

Das alles ließ nur einen einzigen Schluss zu: Einen Teil der Weinberge konnte er abgeben, aber nicht alle. Den Riesling würde er behalten.

Zur Bestätigung nahm er noch einen weiteren Schluck.

Und noch ein, zwei weitere Weinberge im Teufelspfad, den am Wurmberg, den Nagelschmitt und den in den Nonnen. Die alten Lagennamen, die sie damals mit dem neuen Weingesetz abgeschafft hatten. So viel, dass er ausreichend zu tun, aber noch genug Zeit für alles andere hatte. Er würde Renate sicherlich nicht sämtliche Beweggründe im Detail auseinanderlegen können, aber auch sie musste verstehen, dass er ansonsten am Nichtstun zugrunde ging.

32

Gerda war sehr spät dran und musste daher im Stechschritt auf dem Hauptweg den halben Friedhof überqueren. Helga stand schon da. Sie war also auch nicht mit in die Kirche gegangen, sondern gleich hier hochgekommen, um sich einen der besseren Plätze zu sichern, und zwar schräg neben der Leichenhalle, wo der Friedhof leicht anstieg. Sie hatten die Stelle den »Feldherrnhügel« getauft, da man von dort einen guten Überblick über die versammelte Trauergemeinde besaß. Heute war der besonders wichtig, weil es sicher eine der meistbesuchten Beerdigungen des Jahres werden würde. Der August war der größte Winzer im Dorf gewesen, hatte eine weitverzweigte Familie und auch mal irgendeinen Posten im Verband innegehabt. Es war also neben den üblichen Beerdigungsgängern zusätzlich mit reichlich Auswärtigen und Prominenz zu rechnen.

Der Platz vor der Leichenhalle war schon ziemlich voll. Wenn da noch die Kirchgänger dazukamen, reichte der nicht aus. Gerda schob sich entschlossen durch das enge Gedränge. Nur so konnte sie zu Helga auf den Feldherrnhügel gelangen. Über dieser blöden Gerichtssendung im Fernsehen hatte sie die Zeit vollkommen vergessen. Und der Zettel mit den zu beachtenden Uhrzeiten des heutigen Tages, den sie morgens als Gedächtnisstütze verfasst und auf dem Tischchen vor sich platziert hatte, war nicht hilfreich gewesen, weil sie auch an den nicht mehr gedacht hatte. Sie hätte sich den Wecker am Backofen stellen sollen. Stattdessen war es jetzt eine elende Hetzerei und ein mühsames Geschiebe durch die vielen Schaulustigen, die alles andere als bereitwillig Platz machten, um sie durchzulassen. Jeder schien seine errungene Position standhaft verteidigen zu wollen.

In einem Dorf, in dem jeder jeden kannte, gehörte es zum guten Benehmen, dass man den Toten die letzte Ehre erwies. Und wenn man sich dabei auch noch recht nett unterhalten konnte, war das gewiss nichts Schlimmes. Es gehörte eben dazu, genau wie der Leichenschmaus hinterher. Von denen war schon so mancher derart ausgeartet, dass am Ende gesungen und die Tische für den Tanz beiseitegeräumt werden mussten. So weit würde es heute sicherlich nicht kommen, und wenn, wäre sie die Letzte, die dabei mitmachte. Mühsam schob sie sich weiter. Mit dem August und seiner Familie hatte sie nichts zu schaffen. Deren großkotziges Gehabe hatte sie noch nie ausstehen können. Das des Alten nicht und das des Sohnes und des Enkels auch nicht. Die trugen viel zu dick auf mit dem, was sie besaßen, und hatten längst vergessen, woher ihr Wohlstand stammte. Zusammengerafft hatten sie ihn, in nur wenigen Jahren, in denen es den meisten Dorfbewohnern beschissen gegangen, der August ihnen aber mit seiner hintertriebenen Bauernschläue immer einen Schritt voraus gewesen war. Die hatten von allem genug gehabt damals, während sie und ihre Geschwister fauligen Kohl hatten fressen müssen.

Das hatte sich tief in ihr eingebrannt, und daher empfand sie keine wirkliche Trauer. Sie war sich aber sicher, dass es einigen der auf dem Friedhof anwesenden Älteren nicht viel anders ging. Die waren wie sie vor allem deswegen hier, weil es sich so gehörte, weil man mal wieder eine Gelegenheit hatte, zusammenzukommen und weil man auf diese Weise sicher sein konnte, dass sie den reichen August auch wirklich unter die Erde schafften. Jawohl!

Mit dieser Entschlossenheit drückte sie sich resolut durch die letzten Widerstände hindurch, um vom Hauptweg in die Grabreihe abzubiegen, die sie auf den Feldherrnhügel führte. Wenn auf den Pfarrer Verlass war, blieben ihr noch ein paar Minuten für ein kleines Schwätzchen mit Helga und Sigrun, zwischen die sie sich nun quetschte.

»Du bist aber reichlich spät dran heute.« Helga wich keinen Millimeter zur Seite. Dabei klammerte sie sich noch zusätzlich an ihrem Rollator fest. Ein unverrückbarer Fels in der schwarzen Brandung des Friedhofs.

Sigrun tat zumindest einen kleinen Schritt und verschaffte ihr damit so viel Platz, dass sie die nächste halbe Stunde nicht eingekeilt zwischen beiden hier ausharren musste.

»Meine Tochter hat mich am Telefon festgehalten. Die wollte noch mein Rezept für …« Gerda hielt inne, weil sie den Satz zwar begonnen, ihn aber nicht bis zu Ende gedacht hatte. Daher fehlte ihr jetzt ein brauchbares Rezept. Irgendetwas summte an ihrem rechten Ohr. Das half ihr weiter: »Bienenstich!« Wie ein Befehl war das aus ihr herausgeschossen, und dazu nicht besonders leise. Einige Trauergäste drehten sich zu ihr um, leichten Vorwurf im Blick.

»Heute der August und in den nächsten Tagen der Gerd, wenn ihn die Polizei freigibt.« Sigrun hatte sich leise flüsternd in die stockende Unterhaltung eingebracht.

Still nickten sie alle drei vor sich hin. Gerda beugte sich ganz nahe an Sigruns Ohr, um noch leiser zu flüstern: »Ich möchte wissen, wer als Nächstes dran ist.«

Sigrun nickte weiter. Da Helga nichts gehört hatte, aber gleichsam im Bilde war, worum es in der Unterhaltung ging, bewegte sie ihren Kopf auch mit. Auf den rechten Haltegriff ihres Rollators gestützt, versuchte sie, sich näher an Gerda und Sigrun ranzuschieben, um der gehauchten Unterhaltung folgen zu können. Gerda ließ sie gewähren, obwohl sie eine gewisse Lust empfand, so leise weiterzureden, dass sie gar nichts mehr mitbekam. Schließlich hatte sie sich eben kein Stück zur Seite bewegt, als sie hier angekommen war.

»Die Chaussee-Margot habe ich noch nicht gesehen. Die hat sich doch noch nie eine Beerdigung entgehen lassen«, sagte Gerda und setzte einen bedeutungsvollen Blick auf. Sigrun führte daraufhin ihre Hand vor den offenen Mund, um ihr Erschrecken kundzutun. Gerda konnte fortfahren. »Die hat schon letzt nicht gut ausgesehen. Jetzt liegt sie seit bald einer Woche fest im Bett und hat Wasser in den Beinen. Nicht dass sie die Nächste ist, die wir hier oben zur letzten Ruhe begleiten.« Ihr Blick wanderte in den wolkenlos blauen Himmel. Ein wohlakzentuierter Augenaufschlag, der ihr in dieser Situation und vor dem mutmaßlichen Schicksal der armen Chaussee-Margot angebracht erschien.

»Ich habe sie heute Morgen beim Bäcker gesehen.« Das musste ja von Helga kommen. »Die war schon wieder recht flott unterwegs, unsere Chaussee-Margot. Sie wird mit unten in der Kirche sein. Da kann sie sitzen. Das ist besser für die Beine.«

Gerda richtete ihren Blick gebannt auf das Friedhofstor. Von dort mussten die hier heraufkommen, die mit der Familie des

Verstorbenen am Trauergottesdienst in der Kirche teilgenommen hatten. Noch war aber niemand im Anmarsch. Da bemerkte sie, dass Helga und Sigrun amüsierte Blicke wechselten. Sie bewegte ihren Kopf schnell hin und her, mehrmals, um in beide Gesichter zu sehen. Jetzt taten die beiden unschuldig. Aber sie hatte es genau bemerkt. Irgendetwas verheimlichten sie vor ihr.

Vielleicht gab es etwas Neues von der Polizei und ihrem unter dem Mulcher zu Tode gekommenen Nachbarn. Nur fragen konnte sie danach nicht, da sie ja damit offenbaren würde, dass sie das bisher nicht mitbekommen hatte.

Helga kam ganz dicht an ihr Ohr, um kaum hörbar zu flüstern. Sie konnte ihren feuchtwarmen Atem spüren: »Du weißt das noch gar nicht?« Danach schwieg sie und schob sich wieder ein Stück zurück. Sie wollte ihr Erstaunen genießen.

Gerda bemühte sich um einen gleichgültigen Gesichtsausdruck. Was konnte schon passiert sein? Schnell ließ sie ihren Blick noch einmal über die schwarzen Massen wandern. Aber der alles erhellende Geistesblitz wollte sich bei ihr nicht einstellen. Aus den Augenwinkeln konnte sie erkennen, dass sich Helga, auf ihren Rollator gestützt, in die Höhe schob. Aufgeplustert wie ein Gockel auf dem Mist stand sie jetzt neben ihr, obwohl sie doch mit Abstand die Kleinste hier war.

Auf Sigruns Gesicht zeichnete sich ein amüsiertes Lächeln ab. »Sie weiß es wirklich noch nicht.«

»Was denn!«, zischte sie in Helgas Richtung, die noch immer keine Anstalten machte, mit der ach so gewichtigen Neuigkeit herauszurücken.

Wahrscheinlich hatte es einen der zwölf Neunzigjährigen erwischt, die sie hier im Dorf hatten. Traurig, jedoch kein Grund, ein solches Aufheben um die Sache zu machen. Letztlich war sie aber natürlich selbst schuld daran, weil sie es doch gewesen war, die damit angefangen hatte, wilde Spekulationen darüber anzustellen, wen sie als Nächstes hier oben zu Grabe tragen würden.

»Den Klaus haben sie heute Mittag gefunden.« Helga zeigte endlich Erbarmen. Gerda glaubte, den Anflug eines mitleidigen Lächelns auf ihrem Gesicht ausmachen zu können. Trotzdem schien sie den Augenblick ausgedehnt genießen zu wollen, denn sie hielt schon nach dem ersten Satz wieder inne und sprach erst dann weiter, als Gerda ihr mit einem bettelnden Augenaufschlag signalisierte, dass sie darauf brannte, von ihr ins Bild gesetzt zu werden. »Den Reifenberger. Er hat tot in seinem Auto gesessen. Mitten auf der Landstraße.«

»Ach Gott!« Gerda lenkte ihren Blick wieder in Richtung Friedhofstor. Der Trauergottesdienst war vorbei und die Angehörigen des Verstorbenen im Anmarsch. Der Günther führte sie zusammen mit seiner Frau an. Jetzt war es an der Zeit, Ruhe walten zu lassen. Sie hatte die Stille bitter nötig, um die rasenden Gedanken in ihrem Kopf zu sortieren.

33

Er steuerte seinen Wagen langsam durch die engen Gassen. Durch Rommersheim kam er jetzt zum zweiten Mal, oder war er hier zwischen den Fachwerkhäusern schon dreimal durchgefahren? Er wusste es nicht, und es spielte auch keine Rolle. Eigentlich müsste er daheim auf dem Friedhof stehen. Stattdessen drehte er hier seine Runden. Ohne Ziel und eine Vorstellung, wie lange das noch so weitergehen sollte. Armsheim, Wallertheim, Gau-Weinheim, Wolfsheim, St. Johann, Sprendlingen. Er setzte den Blinker zu einer neuen Runde um den Wißberg. Wenn er keine nervösen Drängler hinter sich hatte, die ihm fast an der Stoßstange klebten, würde er dafür wieder eine gute halbe Stunde brauchen. Der bekannte Weg, den sein Wagen fast von allein abfuhr. Kaum Verkehr auf den Straßen und selten jemand, der ihm hinterherschaute. Nur die beiden Alten in St. Johann auf ihrer Bank vor dem Haus. Die saßen den ganzen Tag da und begleiteten jedes Fahrzeug, das an ihnen vorbeifuhr, mit ihren Blicken so lange, bis es außer Sichtweite war. »Hast du den gekannt?« – »Der war nicht von hier.«

Diesmal würde er sie freundlich grüßen. Dann hatten sie etwas zum Grübeln.

In Sprendlingen konnte er nachher in Richtung Zotzenheim abbiegen und im großen Bogen über Horrweiler und Ober-Hilbersheim nach Hause fahren. Still daliegende Dörfer zwischen reichlich Rebland im herbstlich bunten Farbenspiel. Er brauchte diese Ruhe, um seine Gedanken zu ordnen. In seinem Kopf herrschte Chaos. Sobald er sich mit irgendetwas beschäftigte, schossen Bilder und Ideen quer, ohne dass sie in irgendeiner Weise dazu passten. Ein heilloses Durcheinander, das es ihm unmöglich machte, durchdachte Entscheidungen zu treffen. Alles geschah aus dem Bauch heraus.

Rechts oder links? Wallertheim. Oder Armsheim? Und wie danach weiter? Im Grunde war es vollkommen egal. Es stand niemand hinter ihm. Er konnte also auch noch gut ein paar Minuten weiter hier ausharren und den Blinker mal für die eine, mal für die andere Richtung setzen. Vielleicht erleichterte das eine Entscheidung.

Herrgott, was tat er hier? Zum Wißberg hatte er gewollt. Die wiederholte Runde auf schmalen Landstraßen, durch enge Gassen, also Wallertheim. Er funktionierte irgendwie, aber in seinem Kopf lief alles aus dem Ruder. Er schlug mehrmals fest mit der flachen Hand auf sein Lenkrad. Im Rückspiegel konnte er ein herannahendes Fahrzeug erkennen. Es war ein roter Traubenvollernter auf dem Weg zum nächsten Einsatz. Er setzte den Blinker und bog nach rechts ab. Der Traubenvollernter hatte ihn zur Entscheidung gedrängt, ansonsten stünde er noch immer dort, abwägend zwischen links und rechts.

Es war ein riesengroßer Fehler, hier herumzukurven. Das kam davon, wenn nicht der Verstand entschied. Der war seit heute Morgen auf Tauchstation gegangen. Würde er noch das Regiment über seinen Körper führen, säße er jetzt nicht hier in seinem Auto, sondern stünde daheim auf dem Friedhof. Er hatte dem Günther versprochen, dass er helfen würde, den Sarg zu tragen, als er mit ihm in den Keller hinabgestiegen war. Das gehörte sich so. Der Günther hatte darum gebeten, und ein Nein verbot sich in dieser Situation. Es war eine Bürde, die man gern auf sich nahm. Sie zeigte die Verbundenheit mit der Familie des Verstorbenen. Es würde daher erst recht auffallen, dass er bei der Beerdigung nicht anwesend war. Der halbe Friedhof wusste es jetzt, weil man flüsternd mit fragendem Blick nach ihm Ausschau gehalten hatte: »Der wollte doch mit anpacken, wo bleibt er denn?« – »In der Kirche war er auch nicht.« – »Hat ihn jemand gesehen?«

Er spürte zum ersten Mal ein flaues Gefühl in seinem Magen, das sich über den Rachen in seinen Mund drückte und gallig bitter schmeckte. Nach Angst. Doch es war nicht die Angst, entdeckt zu werden, die sich hier regte. Es war die Furcht, nicht zum Ende zu kommen. Das alles war nichts wert, wenn das letzte Steinchen fehlte.

Er hatte bei den Kleinen begonnen, um unentdeckt zu bleiben. Das hatte gut funktioniert. Nicht nur, weil er es so geplant hatte, sondern auch, weil ihm der Zufall bei seinem Tun ein treuer Geselle gewesen war. Heute hatte er ihn nicht in Anspruch nehmen müssen, obwohl er sich bereitwillig angedient hatte.

Dem Klaus war er schon ab der Ortsausfahrt gefolgt. Am letzten Feldweg vor dem engen Kreisel hatte er auf ihn gewartet, dort standen immer mal Autos von Spaziergängern, die durch die Weinberge liefen. Sein Wagen fiel dort gar nicht auf, und wirklich lange hatte er auch nicht ausharren müssen. Er war ihm bis nach Alzey gefolgt, mit gehörigem Abstand. Wenn er ihn aus den Augen verloren hätte, wäre das keine ernsthafte Gefahr für seinen Plan gewesen. Er wusste ja, wohin er wollte.

Dort angekommen, hatte der Klaus das Beladen seines neuen VW-Transporters kritisch beaufsichtigt, weil er wahrscheinlich fürchtete, dass sie ihm mit dem Stapler eine Macke in den Lack fahren könnten. Hinterher hatte er sofort zwei alte große Decken über die beiden Boxen gezogen und war dann für ein paar Minuten in der neuen Kellergeräteausstellung verschwunden. Genau das hatte er erwartet. Der Schauraum war erst vor ein paar Wochen eröffnet worden. Wer den Händler aufsuchte, ließ sich einen kurzen Abstecher in das moderne Gebäude daher nicht nehmen.

Das war sein Stichwort gewesen. Die paar Minuten reichten völlig aus. Es herrschte so viel Betrieb.

Niemandem war aufgefallen, dass er in den Transporter gestiegen war, um den Deckel der hinteren Box zu öffnen und ihn so zu verschieben, dass ausreichend Kohlenstoffdioxid entweichen konnte. Er hatte also den Zufall, der Klaus nach dessen Rückkehr gleich noch einmal zurück ins Büro geschickt hatte, um den Lieferschein für sein Trockeneis zu holen, gar nicht gebraucht.

Dass das Kohlenstoffdioxid so schnell wirken würde, hätte er aber nicht gedacht. In Richtung Autobahn hielt er gehörigen Abstand. Es wäre nicht gut gewesen, wenn ihn jemand erkannt und seine Anwesenheit mit dem zu erwartenden Unfall in Verbindung gebracht hätte. Schon am letzten Kreisel vor der Autobahnauffahrt merkte er, dass die Wirkung einzusetzen schien. Der Klaus hatte die Spur nicht halten können und bog zu früh ab. Statt auf die Autobahn steuerte er sein Gefährt auf die Landstraße in Richtung Schafhausen. Er war dicht hinter ihm geblieben, weil außer ihnen beiden ohnehin niemand dort entlangfuhr. Ohne auf die Gegenspur zu geraten, war der Transporter langsamer geworden und schließlich stehen geblieben. Er hatte gleichfalls abgebremst und sein Auto direkt dahinter zum Stehen gebracht. Vielleicht war ihm in diesem Moment ja doch noch der Zufall zu Hilfe gekommen. Es war jedenfalls gar nicht mehr nötig gewesen, den Klaus am Aussteigen zu hindern. Er starrte ihn aus großen Augen an, ohne dass er ihn noch zu erkennen schien. Seine Bewegungen wirkten gebremst und ziellos, bis sie gleich darauf erstarben.

Er hatte den Unfallort wieder verlassen, noch bevor ein anderes Fahrzeug dort entlanggekommen war. Besser hätte es nicht laufen können. Aber ohne den letzten großen Stein war das alles nichts wert.

Er warf einen Blick auf die Uhr seines Autos. Noch eine gute halbe Stunde musste er herumkurven, erst dann konnte er sicher sein, dass der Strom der Trauergäste durch das Dorf abgeebbt war.

34

Der August schien schon vergessen, obwohl das doch sein Leichenschmaus war. Die Gespräche drehten sich überall im Saal um die große Neuigkeit des heutigen Tages, dagegen war kein Ankommen.

Kurt-Otto hatte die am Grab ausgesprochene Einladung ins Wirtshaus gern angenommen. Er war auf dem Friedhof kurzfristig als Sargträger eingesprungen, weil sie einen zu wenig gehabt hatten und er relativ weit vorne stand. Als Kollegen trugen sie gemeinsam den größten Winzer des Dorfes zu Grabe. Eine eindrucksvolle Geste für einen, der das Geschehen hier über all die Jahrzehnte seit dem Krieg maßgeblich mitbestimmt hatte. Die Reden am Grab hatten die Zeit wieder lebendig gemacht. Das Auf und Ab im Weinbau, der Wechsel von fetten und dürren Jahrzehnten. Aber schon da hatte man spüren können, dass alle nur darauf warteten, das Pflichtprogramm hinter sich zu bringen, um sich dann, gedämpft zwar, aber ohne zwanghafte Rücksichtnahme, über die Neuigkeit herzumachen, die sich in der Menge wie ein Lauffeuer verbreitete.

Er hatte noch nie eine so unruhige Beerdigung miterlebt. Es gab immer mal welche, die selbst während der halben Stunde am Grab nicht still sein konnten. Aber diesmal hatte der Pfarrer die Trauergemeinde wie eine Klasse nervöser Siebtklässler mehrmals zur Ruhe ermahnen müssen, weil einzelne strafende Blicke längst nicht mehr ausgereicht hatten, um ein Mindestmaß an würdiger Traueratmosphäre zu erhalten.

»Schlimm, so mitten aus dem Leben gerissen zu werden.«

Kurt-Otto war am Tisch mit Gerda, Helga und Sigrun gestrandet. Trotz eifriger Suche war kein anderer Platz mehr frei gewesen. Der Rudi Dörrhof hatte ihn auf dem Weg vom Friedhof zum Wirtshaus in ein quälend langes Gespräch über die neueste EU-Weinmarktreform verwickelt, um ihn am Ende mit einem kameradschaftlichen Schulterklopfen und dem Hinweis auf die gute Freundschaft ihrer beider Großväter zu bitten, ihn bei der Verteilung seiner Weinberge in ein paar Jahren nicht zu vergessen. Bei seinem Eintritt in die zum Nachmittagskaffee gedeckte Gaststube waren danach nur noch bei Günther oder den drei Alten freie Stühle zu haben gewesen. Da er am Tisch der Trauerfamilie nichts verloren hatte und man dort ganz sicher nichts über den heutigen Unglücksfall erfahren würde, war ihm keine andere Wahl geblieben.

Letztlich war es eine gute Entscheidung gewesen. Da es die drei Damen vor allem auf den gedeckten Obststreusel abgesehen hatten, von dem sie sich bereits zum dritten Mal bringen ließen, blieb die großzügig bestückte Platte mit den liebevoll belegten Wurstbrötchen für ihn allein übrig. Das Wasser lief ihm im Mund zusammen, als er jetzt nach seinem zweiten Schinkenbrötchen langte. Der Albert, dem die Kneipe am Ort gehörte, schlachtete und räucherte selbst. Entsprechend gut waren seine Würste und eben auch der Schinken, den er für den heutigen Tag aufgeschnitten hatte.

»Aber er hat nicht lange leiden müssen.«

»Es soll ganz schnell gegangen sein.«

Alle drei Damen nickten mit geübt betroffenem Gesichtsausdruck.

»Wenn das so weitergeht, haben wir bald keine Winzer mehr im Dorf.«

Das war von Gerda gekommen, die dabei ihren Blick auf ihn gelenkt hatte. Helga und Sigrun taten es ihr nach.

Kurt-Otto war unwohl unter ihren Blicken. Wahrscheinlich wogen die drei gerade ab, ob sie demnächst bei seinem Leichenschmaus zu Gast sein würden, und wenn ja, ob dort ein ähnlich guter Obststreusel angeboten würde. Es war total bescheuert, aber ihm selbst war vorhin, als ihm vom Erstickungstod seines Kollegen berichtet worden war, etwas ganz Ähnliches in den Sinn gekommen.

Der August war über neunzig gewesen und schwer krank. Es war klar, dass er nicht mehr lange gehabt hätte. Aber dass ihm zwei weitere Kollegen gefolgt waren, die längst noch nicht an der Reihe gewesen waren, gab ihm doch zu denken. Es wunderte ihn nur, dass die drei Trauerdamen ihm gegenüber noch nicht auf das zu sprechen kamen, was sich ihm immer wieder aufdrängte: Es gab eine Verbindung zwischen zwei der drei Toten. Eine reichlich konstruierte zwar, die Jahrzehnte zurückreichte. Im Grunde glaubte er selbst nicht wirklich daran. Sein Gehirn schuf dennoch selbsttätig wirre Querverbindungen zwischen den Todesfällen, deren kurze Abfolge – objektiv betrachtet – aber lediglich dem Zufall geschuldet war.

Immer wenn hier im Dorf zwei starben, hatten die mal irgendwann etwas miteinander zu tun gehabt. Also auch diesmal, ganz normal. Und hier auf der Trauerfeier für den August waren solche Spekulationen auch nicht angebracht. Auf einem Leichenschmaus konnte geweint, getrunken, gesungen und getanzt werden. Das hatte er alles schon selbst miterlebt. Aber es verbot sich, an diesem Tag schlecht über den Verstorbenen zu reden.

»Wir würden drei Likörchen nehmen, ja?« Sigruns fragenden Blick in die Runde beantworteten die beiden anderen Damen mit einem dezenten, aber sehr entschlossenen Nicken. Kurt-Otto griff stattdessen nach einem der Tresterbrände, die der Albert ihm gerade auf einem Tablett direkt unter die Nase hielt. Still prostete er dem Günther, der zufällig in seine Richtung blickte, über mehrere Tische hinweg zu: Auf deinen Vater, der sie damals vom Hof gejagt hat.

Kurt-Otto erschrak über sich selbst. Ein prüfender Blick in Richtung der kauenden Obststreusel-Damen ließ ihn durchatmen. Der Satz war nur in seinem Kopf gewesen und hatte nicht den Weg nach draußen gefunden, obwohl er die Lippen bewegt hatte.

Das war sie, die Verbindung zwischen den Toten.

Er sah sich um. Im Saal herrschte mittlerweile eine ordentliche Lautstärke. Auf den meisten Tischen standen neben den Kaffeetassen auch geleerte Schnapsgläser. Man brauchte also nicht viel Phantasie, um zu erahnen, dass sich die Trauergäste inzwischen nur noch schwer zurückhalten konnten, zumindest die Älteren aus dem Dorf, die von alldem noch wussten und insgeheim ebenfalls ihre Schlüsse zogen. Da war er sich ganz sicher. Aber die alten Geschichten gehörten nicht an diesen Ort. Da hatten es all die, die nicht zum Leichenschmaus geladen waren, einfacher.

»Es graut einem fast ein bisschen davor, nachher allein heimgehen zu müssen.«

»Wir haben zum Glück nie Weinberge gehabt.«

Helgas Bemerkung führte zu einem stummen Ausbruch von Heiterkeit an Kurt-Ottos Tisch, zuckend lachten die drei Alten in sich hinein. Doch selbst wenn sie laut geprustet hätten, wäre das bei dem mittlerweile herrschenden Geräuschpegel kaum aufgefallen. Albert war mit einem neuen Tablett voller kleiner Gläschen unterwegs. Im Gegensatz zur ersten Runde kam er diesmal nicht über die ersten beiden Tische hinaus. Die Trauergemeinde kam in Stimmung. Es machte den Eindruck, als ob sich die Tanzkapelle im Nachbarraum bereits warmspielte und nur noch auf das Zeichen zum Aufmarsch wartete.

»Still ist er heute.« Helga starrte ihn herausfordernd an. »Das sind wir sonst nicht von ihm gewöhnt.«

»Dass das Eis so gefährlich sein kann.« Gerda schüttelte bedauernd den Kopf.

Die drei Obststreusel-Damen schienen nach wie vor zu erwarten, dass er sich an ihrem Gespräch beteiligte. Die in diesem Moment vom Wirt servierten Liköre hielten sie nicht davon ab, ihn weiter im Blick zu behalten. Das war nicht mehr auszuhalten.

»Ich muss mal verschwinden, der viele Kaffee drückt doch mächtig.« Kurt-Otto schob sich in die Höhe und griff im Vorbeilaufen zwei Trester ab, mit denen er sich auf den Weg zum Günther machte.

Der saß mittlerweile ganz allein an seinem Tisch und hantierte unbeholfen mit der Gabel an einem Stück Marmorkuchen herum.

»Du kannst sicher einen gebrauchen.« Er stellte ihm einen der beiden Trester hin und wartete darauf, dass Günther ihn aufforderte, sich niederzulassen, oder zumindest mit ihm anstieß.

»Wenn du auch mit dem alten Kram anfangen willst, kannst du gleich wieder abziehen.«

Kurt-Otto zog sich einen freien Stuhl heran. »Was für ein alter Kram denn?«

Günther stocherte für einen Moment genervt in den trockenen Bröseln seines Kuchens und hob dann wieder den Kopf. »*Du* bist doch sonst immer der, der am besten informiert ist.« Er schnaufte. Sein Atem ließ einen Teil der Kuchenkrümel quer über die weiße Tischdecke fliegen. »Also spiel hier nicht den Ahnungslosen. Das

nehme ich dir nicht ab, und du solltest mich nicht für blöde verkaufen.«
»Haben sie dich etwa bei der Beerdigung deines Vaters auf die alte Geschichte angesprochen?« Kurt-Otto bewegte den Kopf hin und her. »Manche kennen wirklich keinen Anstand mehr.«
»Da sagst du was. Eine von den drei Alten an deinem Tisch hat mir wirres Zeug zugeflüstert, als sie mir kondoliert hat. ›Sie ist zurück. Mal sehen, wen sie als Nächstes holen kommt.‹« Günther griff nach dem Trester und kippte ihn schwungvoll in den weit aufgerissenen Mund. »Die sind alle nicht ganz normal. Die Sache liegt fast fünfzig Jahre zurück, und nur weil sie sich nicht mehr hierhertraut, müssen sie mich doch nicht damit belästigen.« Wieder ließ er durch sein Schnaufen Krümel fliegen. Man musste mittlerweile fast brüllen, um sich in diesem Lärm notdürftig verständigen zu können.
»Ich war damals als Fünfzehnjähriger bei der Suche mit dabei. Wir hatten schulfrei bekommen, extra deswegen. Die Polizei brauchte Verstärkung. Das war für uns wie Klassenfahrt, aber mit dem schaudernden Gedanken, dass sie irgendwann direkt vor unseren Füßen liegen könnte. Wir haben ja alle geglaubt, ihr hättet sie umgebracht.«
»Währenddessen haben wir in Mainz im Untersuchungsgefängnis gesessen, weil ihre Mutter alle auf ihre Seite gezogen hatte. Die meisten im Dorf sowieso, die gönnten uns das von ganzem Herzen, aus Neid und Missgunst. Aber auch die Polizei hatte sie um den Finger gewickelt. Die haben uns erst gar nicht angehört, sondern immer nur gefragt, wo wir sie verscharrt haben. Das waren die schlimmsten Wochen meines Lebens. Zwischenzeitlich habe sogar ich in meinem Vater den Mörder gesehen.« Günther verstummte. Es war ihm anzumerken, dass er noch hatte weiterreden wollen. Etwas hielt ihn davon ab. In seinen Augen standen Tränen. »Und jetzt geht es wieder los, während wir ihn zu Grabe tragen. Das hat er nicht verdient, auch wenn er kein einfacher Mensch war.« Günther fuhr sich über die Augen. »Das weiß ich selbst am besten.«
Albert hatte sich jetzt bis zu ihnen durchgekämpft. Er sah reichlich verschwitzt aus. Sein Gesicht glänzte. Kurt-Otto konnte

ihm dennoch seine Zufriedenheit ansehen: endlich mal wieder ein Leichenschmaus, der seinem Ruf auch gerecht wurde.
»Den Trester haben sie mir schon weggeputzt. Ich habe aber noch reichlich Mirabelle.« Ohne auf eine Reaktion zu warten, stellte Albert ihnen zwei gut gefüllte Schnapsgläser zwischen die Kuchenkrümel und sammelte die leeren ein. »Die werden mir langsam knapp. Aber Kuchen ist noch genug da. Nach dem Schreck heute wollen die wenigsten etwas Süßes.«
Der Wirt setzte seinen Rundweg durch den Gastraum fort. Am Nachbartisch wurde er kommentarlos auch die letzten sechs Gläschen von seinem Tablett los. Die meisten dort merkten wahrscheinlich nicht einmal mehr, dass sie statt Trester jetzt Mirabellenbrand in sich hineinkippten.
Günther hatte sein Glas schon geleert. Kurt-Otto tat es ihm nach, auch wenn er die Wirkung des Alkohols mittlerweile deutlich spürte.
»Alles wieder auf Anfang. Nur weil der Klaus ausgerechnet an dem Tag stirbt, an dem wir meinen Vater beerdigen. Eine der beiden Trockeneisboxen war sogar für mich. Das wissen die hier alle noch gar nicht. Da bin ich am Ende wieder der zuallererst Verdächtigte.«
»Durch den Klaus seid ihr damals freigekommen.«
Günther schob den Kuchenteller von sich weg. »Er hat sie gesehen. An dem Abend, als sie verschwand. Am Bahnhof unten in Nieder-Olm stand sie am Gleis und hat auf den Zug gewartet. Der Klaus hatte damals eine Freundin in Alzey und ist die Strecke mehrmals in der Woche gefahren. Die hatten noch kein Auto.«
»Aber warum hat er das der Polizei erst Wochen, nachdem sie verschwunden war, gesagt?«
»Das waren keine Wochen.« Günther machte eine abwehrende Bewegung mit der rechten Hand. »Sechs oder sieben Tage danach war das. Er hatte es auch schon an dem Tag ausgesagt, als sie uns abgeholt haben. Da wollte es nur keiner hören. Passte nicht ins Bild, das die Mainzer Kripo von uns rückständigen Bauern hatte. Die Frauen, die wir nicht heiraten wollen, werden hier draußen auf dem Dorf eben einfach um die Ecke gebracht und verscharrt. Uneinigkeit herrschte eigentlich damals nur noch darin, wie wir es angestellt haben sollen.«

»Mit einigen hier geht auch heute einfach wieder die Phantasie durch, weil der Klaus und dein Vater so kurz nacheinander starben. Du wirst sehen, morgen sieht die Welt wieder anders aus.« Er klopfte dem Günther aufmunternd auf die Schulter. »Die sind alle aufgewühlt von den beiden tragischen Unfällen. So etwas hat es bei uns im Dorf noch nie gegeben, dass zwei gestandene Kollegen auf so schlimme Weise unmittelbar nacheinander zu Tode kommen. In ein paar Tagen hat sich das wieder gelegt.« Kurt-Otto hielt kurz inne, weil er den Faden verloren hatte. Der Schnaps war schuld, er wusste auf einmal nicht mehr so genau, was er überhaupt hatte sagen wollen. Dann fiel es ihm wieder ein. »Und außerdem hatte der Gerd mit der ganzen Sache doch gar nichts zu tun.«

»Richtig, und dass ein Fünfundneunzigjähriger, der von seinem letzten Schlaganfall schwer gezeichnet ist, irgendwann mal stirbt, ist beileibe kein Anlass für wilde Verschwörungstheorien.«

Günther fuchtelte hektisch mit seiner rechten Hand in der Luft herum, weil Albert mit dem Tablett wieder nicht bis zu ihnen durchkam. »Ich zahle den ganzen Kram hier und bekomme als Letzter. Das kann doch nicht wahr sein.« Er schob sich wankend in die Höhe. »He, Albert. Zwei Doppelte für den Kurt und mich. Ach, vergiss es. Bring die Flasche. Gläser haben wir noch.« Er setzte sich wieder und rückte mitsamt seinem Stuhl näher an Kurt-Otto heran. »Und jetzt reden wir mal darüber, was du mit deinen Weinbergen machst, wenn du in zwei Jahren in Rente gehst. Der Rudi Dörrhof hat mir gerade eben großspurig erzählt, ihr wärt euch schon einig. Dabei kann ich mir nicht vorstellen, dass du mich übergehen würdest. Ich will sie ja gar nicht alle. Aber dort, wo wir Weinberge direkt nebeneinander haben, musst du schon an mich denken.«

35

April 1965

»Ticket To Ride« von den Beatles bekamen sie fast ohne Rauschen rein. Er drehte den Lautstärkeregler bis zum Anschlag auf. Die Boxen im Heck des Wagens brummten dumpf. Klaus begann hektisch zu zucken und warf sich neben ihm auf dem Beifahrersitz wild in alle Richtungen. Ziemlich schräg, aber dafür umso lauter, fiel er in den Refrain ein: »She's got a ticket to ride, she's got a ticket to ride, she's got a ticket to ride, but she don't care!« Den weiteren Liedtext beherrschte er nicht ausreichend. Er verfiel daher ebenfalls in ruckartige Bewegungen und verlegte sich auf ein dunkles Mitsummen. Klaus rezitierte sicher den Text, ohne sich jedoch nur die geringste Mühe mit der Melodie zu geben.

Der Opel Rekord wankte sachte mit ihnen mit. Ob er das auch während der Fahrt machte und wie sich das wohl auf die Straßenlage auswirken würde? Das wollten sie gleich ausgiebig testen. Die Landstraße nach Elsheim hinunter hatte einen neuen Belag bekommen. Vom Feinsten. So glatt, dass der Wagen kaum hörbar lief. Feine Bogen und schön abschüssig. Genau richtig, um auf den gut zwei Kilometern bis zum Ortseingang ordentlich Tempo aufzunehmen. Eine rasende Schaukel auf Rädern.

Er spürte zuerst den kühlen Luftzug. »She's got a ticket to ride, but she don't care!« – Ihr heiseres Gebrüll klang plötzlich ganz anders, weil ein Teil des Lärms durch die aufgerissene Tür entwich. So wirkte das gar nicht mehr. Die dröhnende Fortsetzung der Musik bis tief in den Magen hinein war mit einem Schlag weg. Künstlich und blechern drang sie nun in sein Ohr.

Klaus vollführte weiter seine hektischen Zuckungen. Er hatte nicht gehört, dass die Fahrertür aufgezogen worden war, und der Luftzug hatte es noch nicht bis zu ihm hinübergeschafft.

Noch bevor er seinen Kopf zur Seite gedreht hatte, konnte er die Kraft bereits fühlen. Ihm war bewusst, dass der kalte Hauch das Ende ihrer ausgelassenen Tanzeinlage eingeläutet hatte. Mit dem drückenden Schmerz am Hals setzte die Panik ein, aus Angst vor der Luftnot. Dann erst traf er mit voller Wucht auf dem Kopfsteinpflaster des Hofes auf.

Seine Hände hatte er nicht mehr schützend vor die Brust bekommen, sie konnten den Aufprall daher nicht abfedern. Mit der linken Seite seines Schädels knallte er auf die harten Steine. Ein Knacken blieb jedoch aus. Den warmen Strom auf seiner linken Wange empfand er als wohltuend und begrüßte ihn mit einem zarten Hauch der Erleichterung. Es hätte in dieser Situation leicht Schlimmeres passieren können. Jetzt bekam er auch die Arme in die gewünschte Position. Schützend hielt er sie vor Brust und Gesicht. Der Tritt in den Magen traf ihn daher reichlich unvorbereitet. Wirklich fest konnte er aber nicht gewesen sein, er löste keine extreme Schmerzmeldung aus. Trotzdem krümmte er sich zusammen, mehr aus einem Schutzbedürfnis heraus. Es war ja vollkommen unklar, was noch folgen würde.

»My baby don't care! My baby don't care!« – Nachdem die letzten Takte verklungen waren, bemerkte auch Klaus, dass der Fahrersitz verwaist war und die Tür offen stand, und sprang aus dem Wagen, um ihm zu Hilfe zu kommen.

»Verpiss dich!« Sein Vater ließ von ihm ab und wies in Richtung Hoftor. »Das ist eine Angelegenheit zwischen mir und ihm. Es geht dich nichts an. Und wenn ich mitbekomme, dass du auch nur einem etwas davon erzählst, bist du als Nächstes dran!«

Für einen quälend langen Moment herrschte Stille. Dann entfernten sich Klaus' glatte Ledersohlen kaum hörbar auf den harten Steinen. Sein Vater packte ihn wieder am Hals und zerrte ihn in die Höhe. Hektisch rang er nach Luft, behielt aber Arme und Hände vor dem Gesicht. Der Alte wartete ja nur darauf, dass er die Deckung aufgab, um dann mit der freien Hand zuzuschlagen. Eine Zeit lang noch würde er auch ohne zu atmen auskommen.

Die Umklammerung ließ nach. Sein Vater trat einen Schritt zurück und strich sich das karierte Hemd glatt. Durch seine schützend erhobenen Finger hindurch konnte er sein Gesicht sehen. Er wirkte alt und schwach. Langsam ließ er die Arme sinken.

Sein Vater kramte mit der Rechten in der großen Hosentasche seiner abgewetzten Arbeitshose, ohne ihn anzusehen. »Hier sind zweitausend Mark. Du schaffst das aus der Welt, sonst jage ich dich vom Hof.«

Das Bündel traf ihn an der Brust und landete vor seinen Füßen.

36

Kurt-Otto stöhnte gequält und setzte die Ellbogen auf die Tischplatte, um den Kopf in die Hände zu stützen. Er konnte nicht mit Sicherheit sagen, ob die spitzen Stiche in seinem Schädel oder das Sodbrennen peinigender waren. Er konnte überhaupt keinen klaren Gedanken fassen. Seine Gehirnwindungen versuchten sich jetzt an einer einfachen mathematischen Gleichung. Das machte aber nicht wirklich Sinn. Ihm würde es ganz sicher nicht besser gehen, wenn er zusammenrechnete, wie viele Schnäpse er mit dem Günther getrunken hatte. Nach Lage der Dinge und angesichts seiner zerfransten Erinnerung würde das Wissen um die genaue Anzahl seinen derzeitigen Zustand wohl eher verschlechtern als verbessern. Es war also sinnvoller, weiter in dumpfem Dahinvegetieren seinem Körper Zeit zur Regeneration zu geben. Bloß keine Gedanken an den Alkoholkonsum des gestrigen Nachmittags verschwenden, der sich bis tief in den Abend gezogen hatte, bevor er in eine unruhige Nacht übergegangen war, die er im Pendelverkehr zwischen dem Klo und seinem sich in rasender Fahrt drehenden Bett verbracht hatte.

So weit passten die Erinnerungsfetzen recht stimmig aneinander. Günther und er waren die Letzten gewesen. Aber nur, weil Günther als Sohn des Verstorbenen ja dazu verpflichtet war, bis zum Schluss zu bleiben, und hinterher natürlich auch die Zeche zu zahlen hatte. Am Tresen hatten sie zusammen mit dem glücklichen Albert noch ein paar allerallerletzte Gläschen von dessen im Holzfass gereiftem Weinbrand genossen, den der nur für ganz besondere Gäste hervorzuholen pflegte. Der Heimweg lag im Dunkeln, wahrscheinlich deshalb, weil er ihn ganz allein bestritten hatte. Günther war plötzlich weg gewesen, nachdem sie sich noch zusammen an einer sicheren Halt bietenden Hauswand erleichtert hatten. Der sich rasant verdüsternden Erinnerung nach musste es die Hauswand von Sigrun gewesen sein. Sein Kopf antwortete auf diese Erkenntnis mit einem neuerlichen spitzen Schmerz, der ihn zusammenzucken ließ.

»Du siehst heute Morgen ja nicht gerade wie das blühende Leben aus.« Renate war mit geröteten Wangen und in ihren Laufklamotten in die Küche gekommen. Es lag ein amüsiertes Schmunzeln in ihrem Blick. Sie legte die Brötchentüte auf den Tisch und startete den Wasserkocher. Es gelang Kurt-Otto kaum, ihren schnellen Bewegungen mit den Augen zu folgen. Sie hetzten beständig hinterher, sodass er immer nur einen Rest von ihr aus seinem Sichtfeld huschen sah. Das Klappern des Geschirrs schmerzte sein geplagtes Gehör ebenso sehr wie das Rauschen des Wasserkochers.

»Hab gestern noch länger mit dem Günther zusammengesessen. Den hat das ganz schön mitgenommen.« Heiser zwar, aber recht gut verständlich waren die Worte aus ihm herausgekommen. Um den nun sicher folgenden Schmerz in seinem Kopf zu mildern, schloss er vorsichtshalber die Augen. Der Dunkelheit traute er eine beruhigende Wirkung zu.

»Kamille?«

Er nickte behutsam und schob ein leidendes »Danke« hinterher.

»Beim Bäcker haben sie mir erzählt, dass ihr Arm in Arm singend die Hauptstraße entlanggewankt seid.«

Kurt-Otto riss die gerade noch geschlossenen Augen weit auf. Diese hektische Bewegung ohne gehörige Rücksichtnahme auf seinen angeschlagenen Schädel verursachte einen dröhnenden Dauerschmerz direkt hinter den Augäpfeln.

»So ein Tag, so wunderschön wie heute.« Renate hatte dankenswerterweise auf die Melodie verzichtet und schmerzlindernd leise gesprochen. »Vielleicht das falsche Liedgut für einen Leichenschmaus, meinst du nicht auch?«

Er nickte vorsichtig und versuchte erst gar nicht, in den Tiefen seiner verschütteten Erinnerungen an die gestrige Nacht zu graben. Was beim Bäcker angelangt war, hatte den Weg durchs halbe Dorf schon hinter sich. Der Rest bekam es dann gratis zu den Frühstücksbrötchen dazu: »Hast du schon gehört, der Ecke-Kurt, keine Ehrfurcht mehr vor dem Tod. Dem ist nichts mehr heilig.«

Die nächsten beiden Tage würde er sich intensiv seiner Kellerarbeit widmen und keinen Fuß vor die Tür setzen. Aus eigener

Erfahrung wusste er, dass sich solche Geschichten zwar rasend schnell verbreiteten und für reichlich Gelächter sorgten, dann aber nach ein paar Tagen ebenso schnell wieder vergessen wurden.

Renate stellte ihm eine Tasse mit dampfend heißem Wasser und Teebeutel darin neben den Teller. »Auf dem Heimweg hat mich die Sigrun abgefangen. Sie muss mit dir reden und kommt in der Mittagszeit vorbei. Worum es geht, wollte sie mir nicht sagen. Das hätte sie ganz allein mit dir zu klären.«

Kurt-Otto drückte die Augen schnell wieder zu. Ein tiefer Seufzer entfuhr ihm. Dunkelheit war angenehmer als Licht. Wahrscheinlich tauchte er besser den gesamten nächsten Monat in seinen Keller ab. Dieser eine Abend im Vollrausch könnte ausreichen, um ihn auf Wochen hinaus zum Gespött zu machen. Womöglich bekam sein Spitzname dadurch eine ganz neue Bedeutung, die sich dann über Jahre hartnäckig verfestigte. Manch einer war so zu einem gehässigen Spitznamen gekommen, den er zeit seines Lebens nicht mehr loswurde. Zu den Kopfschmerzen gesellte sich jetzt ein Frösteln. Ein kühler Schauer, der langsam seinen Rücken hinunterkroch: »Da kommt der Ecke-Kurt, an jeder Ecke hebt der sein Bein und markiert sein Revier.«

Ein zarter Schimmer Hoffnung regte sich zwischen all dem Leid und Schmerz in seinem Schädel. Wenn die Sigrun seiner Frau die nächtlichen Reviermarkierungsversuche nicht umgehend unter die Nase gerieben hatte, bestand durchaus die Chance, dass er sich ihre Verschwiegenheit mit einigen Flaschen Weinbergspfirsichlikör erkaufen konnte. Das wäre nicht billig zu haben. Dafür kannte er die Sigrun zu gut. Aber im Gegensatz zu ihren beiden Freundinnen traute er ihr ein Einhalten der Verabredung zu. Und dass er bereit war, dafür fast alles zu zahlen, das wusste die ganz genau. Er musste es nur so arrangieren, dass Renate nichts mitbekam. Die hatte nämlich heute erst nachmittags Unterricht.

Angriff war die beste Verteidigung. Mit einer ersten Flasche bewaffnet, würde er sich noch heute Vormittag, sobald er wieder einigermaßen klar denken konnte, auf den Weg zu Sigrun machen. Selbst auf die Gefahr hin, dass sie ihm auf der Hauptstraße halblaut eine eingängige Melodie hinterherpfiffen: »So ein Tag, so wunderschön wie heute.«

Renate meinte es wirklich gut mit ihm. Mühsam versuchte er sich an einem dankbaren Lächeln, als sie ihm die beiden dünn mit Fitnessmargarine bestrichenen Hälften eines Dinkelbrötchens hinschob.

»Der Kopf?« Aus ihrer Miene sprachen Verständnis und Mitgefühl.

»Und der Magen.« Er stöhnte.

»Kein Wunder.« Vielsagend blickte sie ihn an.

Er nickte nur und langte nach der ersten Brötchenhälfte. Hunger hatte er keinen. Sein Magen schickte ihm sogar eindeutige Signale eines erbitterten Widerstandes gegen jegliche Form der Nahrungsaufnahme. Aber guten Willen musste er zumindest zeigen, wo sie sich solche Mühe gab. So war sie, seine Renate. Er empfand wärmende Geborgenheit, die sich in ihm ausbreitete und auch seinen Magen zu beruhigen schien. Er vermittelte ihm jetzt den Eindruck einer gewissen Kompromissbereitschaft, wenn auch nur in den engen Grenzen weniger kleiner Bissen vom Rande des harten Brötchens.

Renate machte sich ebenfalls an ihrem Frühstück zu schaffen. Kauend sah sie ihn an. Erst noch lächelnd, dann mit zunehmend besorgtem Blick.

»Mir scheint, wir hatten in der Nacht Einbrecher im Weingut«, sagte sie und starrte ihn weiter an. Sie wartete auf seine Reaktion.

Es gab Tage, an denen hatte er morgens schon genug und wollte nur noch zurück ins Bett.

Da er trotz schnappender Versuche keinen wirklich verständlichen Ton herausbrachte, fuhr sie mit unverändert ernster Miene fort: »Hinten in der Scheune brannte heute Morgen Licht. Die Kellertür stand weit offen. Ein einziges Chaos dort unten. Sogar ihr Einbruchswerkzeug haben sie verstreut liegen gelassen. Mir scheint, sie wurden aufgeschreckt.«

Renate hielt inne, um vom Brötchen abzubeißen. Selbst beim Kauen blieben ihre Gesichtszüge unverändert besorgt. Sein Kopf war jedoch noch zu sehr mit allem anderen beschäftigt. Sigruns Hauswand, die vielen Schnäpse, das nächtliche Straßenkonzert des A-cappella-Duos. Nahm das denn heute gar kein Ende?

»Sie hatten es wohl auf deinen Riesling abgesehen. Der

Schlauch hing noch oben im Fass. Die Dosenwurst für ihre Vesper hatten sie dafür selbst mitgebracht.« Renate grinste jetzt breit. Er quälte die harten Brötchenbrocken in seinem Mund ungekaut hinunter. Es war elend trocken dadrinnen.
»Hast du wirklich ernsthaft geglaubt, ich hätte das mit deiner Einkaufsfahrt zum Metzger in Stadecken nicht mitbekommen?« Sie lachte. »Hildegard wollte wissen, welcher Erwin sechzig wird, weil sie dich beim Einkauf getroffen hat. Ein Dosenwurststrauß.« Sie schüttelte lachend den Kopf. »Meine Reblaus! Komm bloß niemals auf die Idee, mich mit einem solchen Geschenk zu beglücken.« Sie strich ihm mit dem Handrücken über die blasse linke Wange und lächelte zufrieden. »Ich habe übrigens gerade die Manuela gesehen, Gerds Exfrau. Sie ist mit der Polizei bei ihm im Haus.«

37

Obwohl das Bild auf der Titelseite der Mainzer Allgemeinen Zeitung längst vergilbt war, hatte sie doch nichts von ihrer Schönheit verloren. Vorsichtig fuhr er mit den Fingerspitzen über das brüchige Papier. Ganz leicht nur berührte er die Oberfläche, um es nicht zu beschädigen. Es waren ihm nicht viele Bilder von Lale geblieben. *Gesucht wird. Die Polizei bittet um Mithilfe.* An dem Tag hatte er zum ersten Mal den Mut aufgebracht, die leidende Mutter zu besuchen. Im Halbdunkel der Dämmerung. Sie war sofort an der Tür gewesen, weil sie damals wie in all den Jahren danach glaubte, ihre Tochter hätte geklingelt. Eine alternde Frau, gezeichnet vom Leid und der Angst. Die Hoffnung hielt sie am Leben, obwohl sie an jenem Abend schon fest davon überzeugt war, dass die ihr etwas angetan hatten.

Am Tag ihres Verschwindens hatte Lale sich mit Günther treffen wollen. Die Mutter wusste von der Beziehung, über die im Dorf schon seit ein paar Monaten eifrig getratscht wurde. Zuerst hinter vorgehaltener Hand, dann ganz offen. Der Alte hatte den Günther deswegen nicht nur einmal böse verdroschen. An den blutunterlaufenen Malen, die er im Gesicht zur Schau tragen musste, sollten alle sehen, dass er bereit war, hart durchzugreifen. Alles andere hätte man ihm, dem Mächtigen im Dorf, als Schwäche ausgelegt. Er wäre nicht mehr der Leitwolf gewesen. Der, der die Richtung vorgab und zuschlug, wenn es gegen ihn lief.

Am nächsten Tag hatten sie den Alten und seinen Sohn verhaftet. Die Suche ging ohne Ergebnis weiter, bis der Klaus auftauchte, der Lale am Abend ihres Verschwindens am Nieder-Olmer Bahnhof gesehen haben wollte. Er konnte die Kleidung, die sie an diesem Tag getragen hatte, bis ins Detail beschreiben. Die große bunte Handtasche über dem Arm, die so vollbepackt war, dass es nach einer Flucht auf längere Zeit aussah. Der Alte und sein Sohn waren damit entlastet, keine Leiche, kein Mord. Kurz danach wurden sie freigelassen und fuhren hupend ins Dorf ein. Der Klaus hatte sie abgeholt und drehte mit dem dicken Opel mehrere Runden auf der Hauptstraße, vom einen zum anderen Ende, damit es auch der Letzte im Ort mitbekam. Frei, entlastet auf ganzer Linie, unschuldig. Weil Lale sich mit dem Geld aus dem Staub gemacht hatte, das ihr der Alte mit der Bedingung, sich auf reichlich Kilometer nicht mehr seinem Sohn zu nähern, großzügig untergeschoben hatte. Ein ehrenwerter Handel, den man dem reichen und selbstgerechten August gern abnahm. Die nicht standesgemäße Liaison des einzigen Sohnes auf elegante Weise gelöst.

Der August ließ gleich bei seiner Rückkehr durchblicken, dass er gegen jeden, der einen von ihnen weiterhin des Mordes bezichtigte, mit aller Härte und Entschlossenheit vorgehen würde. Das glaubte ihm jeder sofort, zumal er den nächsten Abend ausgiebig und lange im Wirtshaus verbrachte, zusammen mit einem Grauhaarigen im feinen Anzug, den er gut hörbar als seinen Advokaten vorstellte, um danach mit mehreren Saalrunden für eine freudige Wiedersehensstimmung zu sorgen.

Er strich noch einmal über Lales strahlend lächelnden Mund, die zarten Fältchen an ihren Augen und die glatten langen Haare, die auf dem Bild heller wirkten, als sie in Wirklichkeit gewesen waren. Der Vater, den es in ihrem Leben nicht mehr gab, weil er in den letzten sinnlosen Kriegstagen sein Leben für den längst toten Führer geopfert hatte, hatte die Musik von Lale Andersen geliebt. Ihr verdankte sie diesen wunderschönen Namen, der so gut zu ihr passte, weil sie sich nie darum geschert hatte, was die anderen sagten.

Die Mutter hatte sich an den Hoffnungsschimmer geklammert, den der August mit seiner Rede von der Ablöse aufleuchten ließ, obwohl sie tief in sich kaum daran glauben konnte. Die falsche Hoffnung wurde schließlich von der Vernunft zerquetscht. Es war für sie schlicht unvorstellbar, dass die Tochter noch lebte und sich nicht bei ihr meldete.

Er war in dieser Zeit fast täglich bei der Mutter gewesen, weil er doch selbst gewartet hatte. Auf eine Nachricht wenigstens, wenn es schon keine Rückkehr gab. Ein Lebenszeichen und einen Wink, ihr zu folgen. Damit hatte er fest gerechnet. Weil ihm doch von Anfang an klar gewesen war, dass es mit dem Günther und ihr nichts werden würde. Er und sie waren füreinander bestimmt, das würde sie schon noch erkennen, auch wenn er darauf warten musste.

Drei Jahre später kam die Nachricht. Der Gerd hatte sie in Hamburg getroffen und einen Brief mitgebracht. Einige wenige, schnell hingeschriebene Zeilen an die Mutter. Kein Wort an ihn. Keine Bitte, zu ihr zu kommen. Sie schien noch Zeit zu brauchen für diese Entscheidung. Die Mutter glaubte da schon nicht mehr daran, dass sie noch am Leben war. Sie hatte die Hoffnung aufgegeben, und der Brief war der letzte Beweis für sie. Wenn ihre Tochter wirklich noch lebte, wäre sie selbst gekommen und hätte nicht einen anderen geschickt.

Es war auch niemand mit dem Vornamen Lale in Hamburg gemeldet, aber was besagte das schon?

Die Mutter starb wenige Wochen danach, weil sie die Nahrungsaufnahme einstellte und am Ende auch nichts mehr trinken wollte.

Nur er erhielt die Zuversicht aufrecht. Für Lale lohnte es sich zu warten, selbst wenn es Jahre dauerte. Das gerahmte Bild hier in diesem Raum, den sonst noch keiner betreten hatte, und die Kerze davor, die er jeden Morgen erneuerte, zeugten davon. Lales Kerze, vor der er geweint und gefleht hatte. Sie war in all den Jahren noch nie erloschen.

Seit er den gerodeten Weinberg umgepflügt hatte, wusste er, dass sie nie weit von ihm entfernt gewesen war. Nicht in Hamburg, sondern ganz nah, in seinem eigenen Weinberg, ohne dass er etwas davon geahnt hatte. Verscharrt unter seinen Reben. In aller Eile gerade so tief vergraben, wie es nötig war, damit man sie beim Bepflanzen des Hanges in den folgenden Tagen nicht finden würde.

Daran hatte selbst er nicht gedacht. Dabei gab es kaum eine bessere Stelle, um eine Leiche für Jahrzehnte verschwinden zu lassen. In keinem bepflanzten Weinberg wurde jemals wieder tief gepflügt. Wegen der Flurbereinigung war der Boden in den Wochen zuvor allerdings gut aufgelockert worden. Krümelig leicht hatte er dagelegen, bereit für die Neubepflanzung des gesamten

Berges nach der großen Umlegung. Mit ein paar einfachen Spatenstichen war man in einem halben Meter Tiefe, und genau so spurlos war das Grab wieder gefüllt und glatt gestrichen.

Sie wussten doch alle nicht, was er für sie empfunden hatte.

38

Ganz vorsichtig schob Kurt-Otto zuerst das Türchen im großen Hoftor auf, um dann in Zeitlupe den Kopf nur so weit vorzustrecken, dass er einen knappen Blick in beide Richtungen werfen konnte. Davor hatte er schon ein paar Minuten hinter dem verschlossenen Türchen gelauscht, um sicherzugehen, dass sich niemand in unmittelbarer Nähe befand. Auf dem Pflaster des Bürgersteiges hörte man die Schritte gut, und gerade die Alten mussten doch meist recht laut miteinander reden, um sich zu verständigen.

Die Luft war rein. Niemand zu sehen und keine Gefahr für das kurze Stück auf der Hauptstraße entlang und nach rechts in die schmale Gasse. Wie es in der Seitenstraße aussah, konnte er von hier aus natürlich nicht beurteilen. Dort war die Gefahr, jemanden anzutreffen, zwar deutlich geringer, aber wenn, dann eindeutig folgenschwerer.

Der kürzeste Weg zu Sigrun führte Kurt-Otto bei Gerd und damit auch bei Helga und Gerda vorbei. Ein Spießrutenlauf, sollten die beiden neugierigen Alten zu Hause sein, der ihm aber einen ordentlichen Umweg und einen zusätzlichen Anstieg ersparen würde.

Er schluckte gegen die bitter schmeckende Angst an, die sich aus seinem arg gebeutelten Magen nach oben drückte. Beiden Freundinnen von Sigrun wollte er heute auf gar keinen Fall begegnen.

Mit einem mutigen Schritt wagte er sich aus seiner Deckung und trat auf den Bürgersteig. Leicht gebückt schlich er nah an der Hauswand die Straße entlang. Zum Glück sah ihn so keiner. Sonst hätte er seinen Ruf als Miss Marple von Essenheim weg. Dafür war er zwar zu groß, aber sein Körperbau ähnelte ihr doch irgendwie. Es fehlte lediglich die Handtasche. Wirrer Mist! Ein schneller Herzschlag begleitete ihn auf seinem Weg.

Renate stand nach ihrer täglichen Laufrunde durch den Ober-Olmer Wald unter der Dusche, und ihm war damit der übliche

Kommentar beim Blick auf seine Hausschuhe unter der Latzhose erspart geblieben: »Du willst doch nicht etwa so auf die Gasse gehen?« Ja, wie denn bitte sonst? Gestern hatte er schon den schwarzen Anzug angehabt, heute sicher nicht schon wieder. In den nächsten Tagen würden noch genug Beerdigungen anstehen. Da lohnte sich fast die Anschaffung eines zweiten Anzuges. Der von gestern spannte nämlich ganz gehörig vor dem Bauch. Wenn er kräftig ausatmete, drohten die ersten beiden Knöpfe abzuplatzen. Und das machte keinen guten Eindruck, ganz besonders dann nicht, wenn man als Sargträger quasi den Mittelpunkt der Veranstaltung zu stemmen hatte.

Kurt-Otto atmete erleichtert durch. Das Stück Hauptstraße hatte er geschafft, jetzt musste er nur noch den Berg hinauf.

»Ach, unser Hofsänger. Hat er wieder alle Sinne beisammen?«

Kurt-Otto fuhr erschrocken herum. Helga! Wo kam die denn jetzt so schnell her?

Fragend und mit bohrendem Blick starrte sie ihn an. »Unsere Gesellschaft hat ihm ja nicht sonderlich zugesagt gestern. Das Liedchen hätte ich aber auch hinbekommen. Du brauchst nicht zu glauben, dass wir nicht auch feiern und singen können. Aber an Fassenacht und nicht beim Leichenschmaus.«

»Ja, hm, war spät gestern.« Kurt-Otto setzte einen gequälten Gesichtsausdruck auf, der sein schlechtes Gewissen und reichlich Zerknirschtheit zeigen sollte. Das gut erkennbare Signal bereitwilliger Unterwerfung war angebracht, denn noch stand nicht fest, was Sigrun den Obststreusel-Damen schon brühwarm erzählt hatte. Vielleicht war er am Ende auf das Wohlwollen des gesamten Trios angewiesen. In dem Fall würde wahrscheinlich der größte Teil seines Bestandes an Weinbergspfirsichlikör draufgehen. Ein teurer Spaß für einmal pinkeln.

»Die Polizei war wieder da. Zusammen mit der Manuela. Die Tochter wird das Gehöft jetzt ja sicherlich erben. Wenn die Ukrainer nicht alles ausgeräumt haben. Ich habe die Polizei vor denen gewarnt, aber auf mich hört ja keiner. Umgebracht haben sie ihn. Von wegen Unfall.« Sie winkte ab, drehte sich weg und verschwand mit schnellen Schritten. Ihren Henkelkorb hielt sie dabei fest an sich gepresst.

Zumindest Helga schien also noch nichts von seinen nächtlichen Bemühungen der Reviermarkierung mitbekommen zu haben. Sie hätte sich sonst einen Kommentar kaum verkneifen können und ihn auch nicht so schnell wieder in Ruhe gelassen. Kurt-Otto atmete erleichtert durch, als er Gerds Haus erreichte. Der blickdichte Zaun war abgebaut. Am Boden zeichnete sich noch deutlich die Stelle ab, an der es passiert war. Es schien sich keiner die Mühe machen zu wollen, das eingetrocknete Blut auf dem hellen Schotter zu entfernen. Ob der alte Traktor mit dem großen Ackermulcher wieder an seinen Platz zurückgestellt werden würde, wenn die Untersuchung abgeschlossen war? Sicher würden sie den Fall in einer der nächsten Ausgaben der Berufsgenossenschaftszeitschrift aufgreifen, um eindringlich und mit drastischen, aber nachgestellten Fotos für eine ausreichende Absicherung zu werben, wenn man sich unter ein solches Gerät begab.

Er hatte sich ja auch mal für Manuela interessiert, lange vor Renate. Wahrscheinlich war es das, was ihn in diesem Moment anhalten und das Gehöft betreten ließ – und die zarte Neugier, ob durch sie etwas mehr über die Ermittlungen zu erfahren war. Zu Sigrun konnte er gleich danach weiter.

Vielleicht stellte die Polizei die gleichen Querverbindungen her wie gestern die älteren Trauergäste? Der August und der Klaus und die verschwundene Frau im Frühjahr 1965. So viele Jahre später traf es die damals – rein hypothetisch – Beteiligten.

Er hatte es ja schon immer gewusst, dem Zufall wohnte ein gewisser Zynismus inne. Es gab schließlich niemanden mehr, der nach all den Jahren an Rache interessiert sein könnte. Lales Mutter war nicht lange nach Lales Verschwinden gestorben. Er konnte sich noch an die Worte seiner Mutter erinnern, als sie davon erfuhr: »Endlich ist Ruhe. Die hat unser ganzes Dorf in Verruf gebracht.« So dachten damals viele: »Wenn die sie umgebracht hätten, dann wäre die Leiche doch längst gefunden worden.«

Außerdem gab es immer wieder welche, die sie gesehen haben wollten. Oben in Hamburg, dann in Bremen, im Vorbeilaufen, an einem Bahnsteig, am Fenster im Zug. Sie war wohl irgendwo im Norden gestrandet und hielt sich an das, was sie mit dem reichen

August vereinbart hatte. Wahrscheinlich zahlte der weiter für ihr Fernbleiben. Davon ging jeder im Dorf aus: »Kein schlechtes Leben, sich von ihm aushalten zu lassen.« – »Das geschieht dem Alten recht.«

Bei Gerd gab es keine Klingel. Vorsichtig drückte er die Haustür auf. Ein dunkler Flur, in dem es nach Altöl roch. Häufig war er nicht hier reingekommen. Den Gerd traf man immer draußen an. Entweder im Weinberg bei der Arbeit oder vor dem Haus an seinen Maschinen schraubend. Der alte Terrazzoboden war unter der dichten Schmutzschicht nur zu erahnen. An beiden Seiten standen kleine und größere Kartons mit öligen Ersatzteilen. Die Verlängerung seiner Werkstatt, die sich durch die offen stehenden Türen in den weiteren Zimmern noch fortzusetzen schien. Gleich links aus der Küche waren Geräusche zu hören. Sie musste dadrinnen sein.

Kurt-Otto spürte ein deutliches Grummeln in der Magengegend, das sich in diesem Fall nicht allein auf den übermäßigen Schnapskonsum des gestrigen Tages zurückführen ließ. Manuela war in seiner Klasse gewesen, und er hatte damals die zarte Hoffnung gehegt und gepflegt, dass sein Interesse von ihr erwidert werden würde. Das hatte sich aber relativ schnell von selbst erledigt, weil die älteren Jahrgänge um Günther und Gerd die aufblühende Schönheit für sich entdeckten. Da waren die viel zu jungen Klassenkameraden umgehend abgemeldet. Lange her, das alles, aber doch noch fest verankert, wenn auch nur als leichtes Ziehen unter der Bauchdecke.

»Du kannst dich ruhig hereintrauen, Kurt-Otto. Ich bin das und nicht die ukrainische Mafia, wie sie hier im Dorf anscheinend vermuten.«

Schnell durchquerte er den Ersatzteilflur und bog nach links ab. Manuela saß am Küchentisch und blickte in seine Richtung. Vor ihr lagen Berge an Papier wild durcheinander. Sie hatte noch immer die blonden dichten Locken, bei deren Farbe sie mittlerweile sicherlich nachhalf. Ihre Wangen waren gerötet, und an der Schwellung ihrer Augen konnte man deutlich ablesen, dass sie der tragische Unfalltod ihres Exmannes wohl doch nicht kaltließ. Sie war schwarz gekleidet.

»Das sind nur die Nachbarinnen hier in der Straße. Die glotzen zu viele schlechte Fernsehkrimis und versuchen, sich gegenseitig mit Schauerlichkeiten zu überbieten.« Kurt-Otto ging auf sie zu, unsicher, wie er sich verhalten sollte. Er hätte sich doch besser in andere Klamotten zwängen sollen. Latzhose und Pantoffeln. Er strich sich mit beiden Händen über den Bauch und hielt dann Manuela, die sich aufgerichtet hatte, die ausgestreckte Rechte entgegen. »Mein Beileid.«
Noch bevor er die beiden Worte ausgesprochen hatte, hing sie schon an ihm. Er zögerte einen Moment, platzierte dann aber doch recht unbeholfen und hölzern seine Hände auf ihrem Rücken. In sein rechtes Ohr drang ihr Schluchzen. Schweigend standen sie so einen langen Moment, bis sich Manuela wieder von ihm löste und nach der Packung Taschentücher griff, die zwischen dem Wust an Papier auf dem Küchentisch lag. »Ordnung konnte er noch nie halten. Ich versuche, den Papierkram erst mal nur zu sichten. Bankunterlagen, Versicherungen, Finanzamt. Das muss ja irgendwer regeln.«
Sein fragender Blick ließ sie weiterreden.
»Ich weiß nicht, was sie hier im Dorf erzählen, aber wir waren immer noch verheiratet.« Sie schnäuzte sich lautstark. »Vielleicht ist es besser, wenn das die alten Nachbarinnen nicht wissen, sonst bin ich ihre nächste Hauptverdächtige. Die mordende Exfrau, die ans Erbe will. Setz dich doch. Es ist schön, dass du gekommen bist.«
Kurt-Otto zog sich einen der Stühle heran. Dass die beiden nicht geschieden waren, hatte er nicht gewusst. Er schüttelte daher leicht den Kopf.
»Ja, und ich wusste auch, dass er mit der Ukrainerin zusammen war. Es war alles klar, aber er hat nie die Scheidung eingereicht und ich schon gar nicht.« Sie schluchzte und rieb sich mit dem zusammengeknüllten Taschentuch über die Augen.
»Warum? Du bist doch weg, und der Hass auf ihn ...«
Sie sah ihn erstaunt an. »Wer hat das erzählt? Die reimen sich alles so zusammen, wie es ihnen passt. Ich habe ihn also sitzen gelassen?«
»Deine Tochter hat das gesagt.«

Sie seufzte. »Das hat sich Corinna so überlegt als kleines Mädchen, und es ist bis heute fest in ihrem Kopf verankert. Die Mama hat den Papa verlassen, weil der sich nur noch um seine Maschinen gekümmert hat. Was hätte ich ihr denn auch sagen sollen?« Sie sah ihn fragend an. Kurt-Otto wusste nicht wirklich, was er darauf entgegnen sollte. Das passte alles nicht zusammen. Kein Hass auf den Gerd, keine Scheidung über all die Jahre.

»Wann bist du noch gleich hier weg?«

»Im Mai '71. Am dritten, wenn du es ganz genau wissen willst, um Viertel nach vier am Morgen.« Sie sah für einen Moment nach unten, nachdenklich mehr als mit den Tränen ringend. Kurz darauf hob sie den Kopf wieder und blickte ihm direkt in die Augen. Entschlossenheit sprach aus ihrem Blick. »Da war Corinna drei Monate alt. Ich kann dir die Situation noch aufmalen. Sogar der Geruch ist wieder in meiner Nase, wenn ich daran denke. Keine einfache Zeit. Sie hatte seit der Geburt jede Nacht durchgebrüllt. Nichts hat geholfen. Meine Anspannung hatte sich auf sie übertragen. Ich war zu der Zeit vollkommen fertig mit den Nerven, kurz vorm Durchdrehen. In der Flucht habe ich die einzige Rettung gesehen. Und es war richtig so. Schon in der ersten Nacht danach hat sie ruhig geschlafen.« Auf Manuelas Gesicht zeigten sich jetzt ernste Züge. Die Tränen waren weg, und neue schienen nicht nachkommen zu wollen. »Ich wollte nicht, dass mein Kind mit diesen Lügen aufwächst.«

Lügen? Er sah sie gespannt an.

»Einmal muss es ja raus.« Sie seufzte. »Gerd hat nie darüber geredet, aber ich bin nicht blind gewesen.« Sie schüttelte den Kopf. »Es ging los, als er von einer Weintour zurückkam. Wir haben damals doch auch versucht, Flaschenwein zu machen. Der Gerd hat ihn ausgefahren, quer durchs ganze Land. Hat sich nie gelohnt. Zu wenige und zu kleine Kunden, dazu die Kosten für Sprit und Übernachtungen. Aber irgendwie musste man ja anfangen. Das war drei Jahre nach ihrem Verschwinden. Der Gerd wollte sie in Hamburg getroffen haben, ganz zufällig. Er hat einen Brief mitgebracht, der angeblich von ihr stammte. Gesehen habe ich ihn nie, aber die Schmierzettel gefunden, auf denen er geübt hatte.«

Kurt-Otto sah Manuela überrascht an. »Irgendjemand muss doch dem Günther helfen. Die Polizei rührt wieder in den alten Geschichten, weil die Mutter keine Ruhe gibt. Die verkraftet es nicht, dass ihre Tochter sie nicht mehr sehen will. ›Sie lebt irgendwo im Norden. Der Alte schickt ihr sogar Geld.‹ Das war seine Antwort darauf.« Sie strich sich die Locken aus dem Gesicht. »Das hat er dann noch einmal gemacht, ohne Brief. Er hat erzählt, dass er sie bei der Weinauslieferung in Hamburg wiedergesehen hätte. Sie würde wohl ganz in der Nähe eines unserer Kunden wohnen. Da ich die Buchhaltung gemacht habe, wusste ich, dass wir gar keinen Kunden in Hamburg hatten. Gerd fuhr nach Kiel und Bremen, aber nicht nach Hamburg. Die Polizei hat das nie überprüft. Die waren froh, dass sie die Sache wieder zu den Akten legen konnten. Es gab schließlich immer noch keine Leiche. Die angeblich verschwundene Frau lebte und hatte sich gemeldet, aber das wollte ihre Mutter nun mal nicht sehen. Bald darauf ist sie ja auch gestorben. Danach hat er nie wieder erzählt, dass er ihr über den Weg gelaufen ist. Ich hatte das damals erfolgreich verdrängt, weil ich ihn liebte und doch meinen Mann nicht verraten konnte. Und selbst wenn er das nicht nur machte, um dem Günther mit der Wahrheit zu helfen, wenn Lale nicht mehr lebte, wenn sie sie *wirklich* umgebracht hatten, dann war doch mein Gerd nicht der Täter.«

Manuela atmete tief durch. »Als Corinna zwei Jahre später auf die Welt kam, wurde das anders. Als das eigene nackte Kind vor mir lag, bin ich nicht mehr klargekommen mit den Lügen. Sie hat nachts mein schlechtes Gewissen herausgebrüllt und so lange geschrien, bis ich es nicht mehr aushielt.« Sie bewegte den Kopf, als ob sie im Raum etwas suchte. »Ich bin nie wieder hier reingekommen. Wir haben nur miteinander gesprochen, wenn es nicht zu verhindern war. Aber beide haben wir nie die Scheidung eingereicht, weil unsere Liebe nicht gescheitert war. Es waren allein die Lügen, für die ihn der Alte bezahlt hat.« Sie zog verächtlich die Mundwinkel nach unten. »Der August hat ihn sich gekauft. Zugegeben hat Gerd es nie, aber wenn man urplötzlich das Geld für eine neue Kelter zusammenhat, für die es in den Jahren davor nicht reichte, dann ist das zumindest komisch.«

Kurt-Otto spürte, wie sich sein Magen krampfhaft zusammenzog. Die Nachwirkungen des gestrigen Tages, die durch das eben Gehörte zusätzlich verstärkt wurden. Er schluckte gut hörbar, obwohl es dafür keine Veranlassung gab. In seinem Mund herrschte große Trockenheit, während sich in seinem Schädel Hitze ausbreitete, weil alles unkontrolliert auf vollen Touren lief. Gestern noch hatte er sie wegen Gerd verwerfen können, die wilde Theorie, die sie im Dorf verbreiteten. Ein Hirngespinst, das offensichtliche Tatsachen nicht beachtete. Und jetzt passte der Gerd doch ins Bild. Oder nicht? Mit einem deutlichen Veto meldete sich in seinem angeschlagenen Schädel ein letztes Restchen klarer Verstand zu Wort. Es gab niemanden, der sie rächen könnte. Sie hatte keine Geschwister, und die Mutter war lange tot. Ihren auferstandenen Geist würden aber höchstens die drei Obststreusel-Damen bemühen, nachdem sie sich an einem guten Dutzend Flaschen seines Weinbergspfirsichlikörs, mit dem er sich ihre Verschwiegenheit erkaufen würde, gütlich getan hatten. Es blieb Zufall, sonst nichts. Und *wenn* es den großen unbekannten Rächer tatsächlich gäbe, dann hätte der doch zuallererst den Günther umbringen müssen.

Kurt-Otto spürte, wie sein Magen Bitteres nach oben schickte, das geschmacklich verdammte Ähnlichkeit mit dem im Holzfass gereiften Weinbrand des gestrigen Abends hatte. Er schluckte vehement dagegen an. Das war einfach alles ein wenig zu viel für den Folgetag eines ausgewachsenen Vollrausches.

Manuela sah ihn prüfend an. »Willst du einen Schnaps? Ich brauche jetzt einen. Zumindest den habe ich hier schon gefunden. Die Bankunterlagen dafür noch nicht.«

Kurt-Ottos Magen signalisierte unmissverständlich, dass er das für keine gute Idee hielt. Er musste hier raus und so schnell wie möglich Klarheit in seinen Kopf bringen.

April 1965

Er traute sich nicht, seine Hand auf ihren Rücken zu legen. Unbeholfen stand er da, während sie sich vor ihm nach unten beugte. Mit schnellen, hektischen Blicken kontrollierte er die Umgebung. Er war absichtlich an diese Stelle am Rhein gefahren, weil er wusste, dass sie hier allein sein würden.

Lale war schon seit einigen Tagen krankgeschrieben, weil es ihr schlecht ging. Auch jetzt würgte sie wieder und hielt sich die Haare aus dem Gesicht, um sie nicht vollzukotzen. Das Bündel in seiner Hosentasche erinnerte ihn daran, weshalb er an einem Vormittag, an dem er eigentlich in der Weinbauschule sein sollte, hier am Wasser spazieren ging. Vielleicht konnte er ja nachher, wenn er das alles hinter sich gebracht hatte, noch an den letzten beiden Stunden teilnehmen. Kellerwirtschaft war ohnehin das einzige Fach, das die Fahrt lohnte. Den Rest konnte man samt den Lehrern vergessen.

Kreidebleich sah sie ihn aus geröteten Augen an. »Hast du wenigstens ein Taschentuch für mich?«

An ihrer Unterlippe klebte ein schleimiger Faden, der sich bis zum Kinn fortsetzte und dort frei baumelte.

Sie blickte auf seine ausgebeulte Hosentasche, weil er nicht reagierte. »Mach schon!« Sie hatte ihn angezischt und stieß ihn zusätzlich noch mit der Rückseite ihrer rechten Hand. »Ich kotze mir hier die Seele aus dem Leib, und du stehst wie ein Idiot daneben.« Ruckartig warf sie sich erneut herum. Aus ihrem Mund schoss ein weiterer Schwall in das hoch stehende Gras am Wegesrand.

Er drehte sich weg, weil er deutlich die nun auch in ihm aufsteigende Übelkeit spürte. Hektisch versuchte er, mit seiner zitternden rechten Hand in seine Hosentasche zu kommen. Doch das Innere war verdreht und gewährte ihm keinen Zugang. Er drückte und schob, bis er das Bündel zu fassen bekam, dann riss er daran und zerrte es heraus. Sie stand noch immer gebeugt und von ihm abgewandt da. So konnte sie ihn nicht sehen und bekam nicht mit, was er hinter ihrem Rücken tat.

Ihr Würgen fand erneut den Weg in seine Ohren. Das Schnattern eines Entenpärchens auf dem Wasser, wenige Schritte entfernt, überlagerte es nur notdürftig. »Es geht nicht.«
War das überhaupt zu hören gewesen? Der schleimige Kloß in seinem Hals hatte die Worte verschluckt. Sie zeigte keine Reaktion, also hatte auch sie sie nicht verstanden.
»Es geht nicht.« Er brüllte es jetzt heraus.
Sie richtete sich auf. Von ihrem Kinn tropfte es, und auch in ihren Haaren hingen klebrige Reste. Aus roten Augen sah sie ihn fragend an. Suchte in seinem Gesicht nach einer Antwort und fand sie in seiner rechten Hand, in der er das dicke Bündel Scheine hielt.
Wie ein glühendes Stück Kohle, das er schnellstens abschieden wollte, drückte er ihr das Geld in die Hände, die noch immer auf ein Taschentuch warteten. »Es ist aus und vorbei. Nimm das und lass es wegmachen.«
Schnell drehte er sich um und rannte los. Neben ihm floss ruhig und langsam der Rhein in dieselbe Richtung. Er konnte sie schreien hören.
»Du glaubst doch nicht wirklich, dass du mich damit abschieben kannst? Es ist dein Kind, und ich werde es zur Welt bringen. Wenn du mich sitzen lässt, werde ich mit dem Kinderwagen jeden Tag an eurem Hof vorbeifahren und dich daran erinnern. Dein ganzes verdammtes Leben lang!«
Aus den Augenwinkeln konnte er erkennen, dass sie ihm das Bündel hinterherschleuderte. Die vielen bunten Scheine wirbelten durch die Luft.

40

Günther riss den Kopf herum und starrte an der langen Reihe der alten Holzfässer entlang in Richtung Tür. Deutlich waren die harten, schnellen Schläge in seiner Brust zu spüren. Sein Verstand meldete sich umgehend zu Wort. Es war niemand in seinem Keller außer ihm. Der Rest der Familie und die Polen waren zur Handlese draußen im Weinberg. Der Riesling im Hähnerklauer war heute dran. Durch die Beerdigung hatten sie einen halben Tag verloren. Den galt es jetzt wieder aufzuholen. Heute Abend würden sie mit den Lampen auf dem Kopf so lange weitermachen wie irgend möglich. Zwei Tage sollte es noch trocken bleiben, doch es hingen noch so viele Rieslinge draußen, dass sie die in der Zeit unmöglich alle vom Stock bekamen. Zumindest dann nicht, wenn sich Markus weiterhin weigerte, den Traubenvollernter zu rufen. Die Reben waren schon zweimal durchgelesen. Alle Blätter und alle schadhaften Trauben hatten sie dabei akribisch entfernt. Es gab also wirklich keinen Grund, warum man die Trauben nicht mit der Maschine holen sollte. Aber der Junge wollte es so und hatte lautstark erklärt, dass er sich auch von der idiotischen Idee mit den Stirnlampen nicht abbringen lassen würde. Ganz in der Tradition des Alten. Mit dem Kopf durch die Wand.

Er bestand darauf, weil er das mit den Stirnlampen in Südafrika genau so erlebt hatte. Die lasen zum Teil nachts, weil es am Tag zu heiß war für die Ernte. Heiß geerntete Trauben, vor allem solche für Weißwein, eigneten sich nicht für eine Maischestandzeit zur Extraktion der Aromen aus den Schalen. Dafür mussten die Trauben kalt sein, höchstens acht Grad, besser noch weniger. Deshalb kühlten sie die ja mit dem Trockeneis herunter. Sein Sohn hatte seine Rechnung nur ohne die Helfer gemacht. Von denen wusste noch keiner, dass sie heute von sieben in der Früh bis nach Mitternacht im Teufelspfad stehen sollten. Die Revolte war vorprogrammiert, oder sie passten nicht mehr richtig auf, was sie abschnitten. Am Ende landeten dann die Faulen im Eimer und die besten Beeren auf dem Boden.

Der Junge musste noch einiges lernen, und das ging anscheinend nur, indem er eigene Fehler machte. Sagen ließ er sich nämlich schon seit Langem nichts mehr. »Du mit deinen alten Ideen.« – »Alles überholt. Deine Zeit ist vorbei.« – »Du konntest die letzten dreißig Jahre bestimmen. Jetzt bin ich dran!« Keine Ahnung hatte er. Befohlen hatte in all den Jahren immer nur der August. Er war der, der die Anweisungen gehorsam auszuführen hatte. Und wehe, er hielt sich nicht daran. Wann hatte sein Vater ihm die letzten Schläge angedroht? Kurz vor seinem Schlaganfall oder sogar danach, als er längst schon reglos, aber immer noch stur und unerbittlich in seinem Sessel dahinvegetierte?

Das Geräusch riss ihn aus seinen Gedanken. Es war jetzt deutlich zu hören gewesen. Ein Scharren, wie ein nachgezogener Fuß auf einem Schotteruntergrund. Der große Unbekannte, der es nun auf ihn abgesehen hatte? Er griff nach dem Gärröhrchen, das er zwischen die beiden Fässer geklemmt hatte.

Da, schon wieder. Er schickte seinen Blick hektisch umher. Heiß und nass fühlte sich die Angst in seinem Gesicht an, eisig kalt auf seinem Rücken. Er versuchte sich an einem entschiedenen Kopfschütteln. Idiotisch war das und nur dem Stress der Weinlese geschuldet. Wozu Angst haben? Weil ein Fünfundneunzigjähriger von seinen Leiden erlöst worden war? Weil zwei Kollegen nicht aufgepasst hatten?

Die Arbeit mit großen Maschinen war nun mal gefährlich. Vor drei Jahren hatte er in einer schnellen Kurve den Traktor umgeworfen. Der Weinberg sollte noch fertig werden bis zum Abend, das Gras hatte schon angezogen, war glitschig und er zu schnell unterwegs. Dabei hätte er gut sein Leben lassen können. Wären sie dann auch auf den unbekannten Rächer verfallen?

Rache für Lale. Er fuhr sich mit der linken Hand über das nasse Gesicht, weil er in der rechten noch immer das geschwungene Gärröhrchen mit dem roten Gummistopfen hielt. Unschlüssig wie ein Praktikant am ersten Tag, der auf die Frage nach dem »Wohin damit?« keine Antwort wusste. Die lautete: Oben auf dem Fass in die kleine Öffnung, damit die Gärgase blubbernd entweichen, aber keine Fruchtfliegen hineinkonnten. Schnell sah er noch einmal hinter sich, mit schlagendem Herzen. Als er sich zurückdrehte und gleichzeitig den linken Fuß auf der Leiter eine Stufe nach oben setzte, blieb er mit dem Gärröhrchen am Fassrand hängen. Knackend zerbrach das Glas. Die Splitter tanzten auf dem glatten Kellerboden.

Zornig schleuderte er den Rest zwischen die alten Holzfässer. Früher waren die Dinger aus Plastik gewesen und hielten zwanzig Jahre. Die dekorativ geschwungenen aus Glas, die sein Sohn unbedingt hatte haben wollen, taugten nicht für die zitternden Hände eines ängstlichen alten Mannes, der um sein Leben fürchtete. Was, wenn die Unkenrufe Wahrheit bargen und nach dem Klaus nun er folgen sollte? Er stieg fröstelnd ganz langsam von der Leiter herunter.

Keiner der Kollegen, die er näher kannte, ging so umsichtig und durchdacht zu Werke wie der Klaus. Undenkbar daher, dass er die Transportbehälter für das Trockeneis nicht kontrolliert hatte. Der machte das in diesem Jahr allerdings zum ersten Mal. Davor hatte er die Trauben jahrzehntelang direkt vom Weinberg in die Kellerei gefahren und kaum einen selbst ausgebaut. Erst seit sein Sohn zur Weinbauschule ging, kelterte er einen Teil selbst. Der Klaus kannte die Gefahren also gar nicht. Er war blind in sein Verderben gerannt. Ein Unglück, sonst nichts.

Obwohl er sich dagegen zur Wehr setzte, bewegte sich sein Kopf langsam hin und her. Er glaubte seinen eigenen Gedanken nicht. Aber wer? Langsam sank er nach vornüber auf den kalten Betonboden seines Holzfasskellers. Er kauerte sich tief in die Lücke zwischen zwei großen alten Holzfässern und begann leise schluchzend zu weinen.

Er würde hier ausharren, bis sie nach Hause kamen, auch wenn er genau wusste, dass der Keller bei der heftigen Gärung kein gutes Versteck bedeutete. Doch hier unten war er aus der Welt, und niemand würde ihn finden.

41

»Meinst du nicht, ich sollte noch mal zum Günther gehen?« Kurt-Otto richtete seinen fragenden Blick auf Renate.
»Willst du jetzt von mir die Absolution für ein nächstes Besäufnis?« Sie schickte einen herausfordernden Augenaufschlag zurück.
»Vielleicht könnt ihr euer gesangliches Schaffen ja diesmal auf den schallgeschützten Innenbereich beschränken, damit ich morgen früh nicht wieder beim Bäcker angegangen werde. Außerdem steht am Vormittag die Beerdigung von Gerd an. Da erscheint mir ein freudiges ›So ein Tag, so wunderschön wie heute‹ in den frühen Morgenstunden ebenso wenig angebracht.«
»Stopp!« Er brüllte in ihre Richtung, obwohl das Fass noch gar nicht ganz voll war. Der Silvaner musste von der Hefe. Schon letzte Woche hatte er den heruntergekühlt und damit die Gärung so beendet, dass der Wein noch einen deutlich schmeckbaren Hauch Süße besaß. Nicht zu viel, aber gerade so, wie es ihm selbst am liebsten war.

Das Summen der Pumpe hallte im Gewölbe nach, obwohl jetzt Stille herrschte. Zumindest war mit seinem Schrei auch Renate verstummt, die ihm bis zum Unterrichtsbeginn als Kellergehilfin zur Seite stand. Keine Arbeit, die ihr Freude bereitete, weil sie seinen knappen Befehlen kommentarlos zu gehorchen hatte, weshalb sich ihre Stimmung bei dieser Tätigkeit stets verschlechterte. Dabei konnte aber nun mal nur einer das Sagen haben. Sonst liefen die Fässer über, und ein paar hundert Liter verschwanden im Abfluss.

»Du brauchst nicht so zu brüllen, wenn ich nur fünf Meter entfernt stehe. Noch höre ich gut.«

Er schaute genervt zur Seite und biss sich auf die Zunge. Manchmal war es besser, den Mund zu halten. Vielleicht lohnte sich die Investition in eine Pumpe mit Fernsteuerung ja doch. Dann könnte er in Zukunft den sich klärenden jungen Wein, in dem die nicht mehr aktiven Hefen langsam nach unten auf den Fassboden sanken, allein abziehen. Dieser erste Abstich war in den nächsten Wochen noch bei einigen weiteren Fässern notwendig. Gerade bei den Weinen, die eine natürliche Süße behielten, war es angeraten, die Hefe zu entfernen, um die Gefahr einer erneuten Gärung auszuschließen. Bei den übrigen Weinen machte er das erst im Winter, weil es den Trockenen gut stand, wenn sie noch ein paar Monate Aroma aus dem Hefedepot am Fassboden ziehen konnten. Das gab ihnen etwas mehr Volumen und Intensität. Bei den süßen barg es eher Gefahren, und die hefigen Aromen passten auch nicht wirklich zur fruchtigen Süße.

»Mach noch mal den ersten Gang für ein paar Minuten. Es ist noch Platz im Fass.«

Leise surrte die Pumpe an. Renate blieb gebeugt mit der Hand am Schalter danebenstehen, weil sie erwartete, dass der nächste scharfe Befehl in wenigen Momenten über sie kommen würde. Wieder gebrüllt, als ob die Anweisung einen ganzen Sportplatz zu überqueren hatte. Er leuchtete mit der Taschenlampe in die kleine Öffnung des Edelstahlfasses. Es würde noch etwas dauern. Da der junge Silvaner noch reichlich Gärungskohlensäure besaß, war es sinnvoll, im ersten Gang zu bleiben. Ansonsten schäumte der Wein zu sehr auf.

»Ich habe einfach kein gutes Gefühl dabei. Was nicht am gestrigen Schnapskonsum liegt.« Er warf einen weiteren Kontrollblick durch die kleine runde Öffnung und drehte sich dann auf der Leiter leicht in Renates Richtung. »Seit ich von Manuela weiß, dass der Gerd falsche Lebenszeichen von Lale geliefert hat, lässt mich das nicht mehr los. Auch wenn mir mein Verstand sagt, dass es nicht sein kann. Wer soll denn der angebliche Rächer sein, von dem sie im Dorf erzählen? Die Mutter ist tot, einen Vater hat es nie gegeben, keine Geschwister. Und außerdem ist das schon so lange her. Ich kann mir nicht einmal vorstellen, dass die ihr etwas angetan haben. Der Günther der Mörder oder sein Vater?« Er schüttelte den Kopf.

Renate starrte weiter vor sich auf den Kellerboden. Mit der Hand hielt sie den Drehknopf der Pumpe fest.

»Nein. Auf keinen Fall. Also ist das doch alles nur ein schlimmer Zufall.« Er blickte wieder fragend in ihre Richtung. In der Hoffnung, dass von ihr vielleicht die einleuchtende Begründung kam. Das Detail, das er nicht auszumachen vermochte und das die ganze Sache auflöste. Kein Racheakt. »Deine Eltern hätten es sich damals sicher auch einiges kosten lassen, um mich wieder vom Hof zu bekommen.«

Ihm fiel nichts ein, was die im gleichmäßigen Surren des Kellers schwebende Gewalt ihrer Worte hätte entschärfen können.

»Nur ging es bei dir von deiner Mutter aus. Wenn Blicke töten könnten. Als du mich das erste Mal mit nach Hause genommen hast, hätte sie mir am liebsten den Hals umgedreht. Da waren wir schon ein Dreivierteljahr zusammen.«

»Nicht ganz sieben Monate.« Ein zaghafter Einwurf, auf den sie nicht reagierte.

»Du hattest nämlich die Hosen voll vor diesem ersten Mal, weil du genau wusstest, was passieren würde. ›Aus welcher Familie stammen Sie denn?‹ Dabei hat sie mich von oben bis unten gemustert, als ob man meine Herkunft an meinen Klamotten ablesen könnte. Dabei wusste sie das alles längst. ›Kruse? Kein Name von hier. Nie gehört!‹« Renate schüttelte den Kopf und sah ihn auch weiterhin nicht an. »Sie hat auf der Stelle kehrtgemacht und ist abgezogen. Kein Händeschütteln, kein weiteres Wort. Und das zehn Jahre, nachdem das mit dem Mädchen passiert war, in den Siebzigern. Das kann man sich heute gar nicht mehr vorstellen. Deine Mutter war wie die anderen in ihren Standesdünkeln gefangen. Was bringt die Braut des einzigen Sohnes mit? Müssen wir uns mit ihr schämen? Kein großer Name, mit dem sich Staat machen ließe. Das passte schon längst nicht mehr in die Zeit, aber es hat unsere Elterngeneration weiter bestimmt.« Sie blickte für einen kurzen Moment in seine Richtung. »Ich wärme das nicht gern wieder auf. Du hast mir ja nie glauben wollen, was sie im Weggehen gesagt hat. Ich habe es aber deutlich gehört. Und sie wollte, dass ich es mitbekomme. Da bin ich mir heute noch so sicher wie damals. Deine Mutter wusste genau, was sie tat.«

»Renate, bitte nicht!« Er brachte es fast flehend über seine Lippen. Warum bloß hatte er damit angefangen? Sie war in einer Stunde weg zum Unterricht. Vier Nachmittagsstunden, in denen er problemlos und ohne dass sie es mitbekommen würde, beim

Günther hätte vorbeischleichen können.«Sie hätte das nie gesagt. Du hast dich damals verhört.«
»Dass ich nicht lache. Ich habe mir das ganz bestimmt nicht eingebildet. ›Sozis und Katholiken kommen uns nicht ins Haus.‹ Das hat sie im Weggehen gezischt. Weil ich aus Ober-Olm war, dem tief katholischen Nachbardorf neben der protestantischen Trutzburg, und weil mein Vater nur Landarbeiter war, bevor er zu Opel ans Band wechselte. Dort haben sie nämlich ordentlich bezahlt, während sie bei euresgleichen nur so viel bekommen haben, dass sie nicht verhungert sind. Und noch zwei Kohlköpfe und einen Sack Kartoffeln obendrauf, für den sie sich auch noch geduckt zu bedanken hatten.«
»Aber ihr habt euch doch später so gut verstanden, meine Mutter und du.«
»Natürlich haben wir das. Weil ich nichts gegen eine evangelische Heirat hatte und sie gemerkt hat, dass die Schwiegertochter als Lehrerin selbst Geld nach Hause bringt. Und letztlich war sie froh, dass ihr Sohn doch noch eine abbekommen hat. Du bist ja im Dorf schon als der ewige Junggeselle gehandelt worden. Fast dreißig und noch nicht unter der Haube, trotz der vielen Äcker und Weinberge. Eine gute Partie, auf der sie beinahe sitzen geblieben wäre.«
»Ach, Renate! Sei nicht ungerecht.«
»Genau, so hast du sie auch immer in Schutz genommen, wenn sie wieder mit mir ins Gericht ging. ›So könnt ihr das vielleicht drüben bei euch machen. Du hast es ja nie gelernt, kommst ja nicht aus einem großen Haushalt mit Personal.‹ Da waren sie dann wieder, die Dünkel. Der große Bauer und das dahergelaufene Mädchen armer Leute. Das war in den Siebzigern so, also kann ich mir lebhaft ausmalen, wie es in den Sechzigern war. Mainz ist nur zehn Kilometer entfernt, aber hier draußen auf dem Land war damals noch echte Hinterwelt. Vor allem im Denken.«

Mit rauschendem Getöse schoss der Silvaner aus der kleinen Öffnung. Ein ordentlicher Schwall traf Kurt-Otto genau in dem Moment im Gesicht, als er den Mund zu einer Erwiderung öffnete. Sie hatte die Pumpe aber schon abgestellt.

42

April 1965

»Ach Kind!« Ihre Mutter zog sie entschlossen an sich. Durch den groben Stoff ihres Kleides konnte sie ihren knochigen und von der Arbeit im Weinberg ausgezehrten Körper deutlich spüren. Sie streichelte ihr über den Kopf, über die dunklen glatten Haare. Bisher war es ihr gut gelungen, die Tränen und die heftigen Übelkeitsattacken vor der Mutter zu verheimlichen. Jetzt rannen ihr Erstere ungebremst über ihre Wangen. »Vergiss ihn. Er hat dich nicht verdient.«

Passend dazu gackerten die Hühner in dem kleinen Verschlag neben ihnen. Das taten sie immer, wenn die Mutter über den Hof kam, weil das meist die tägliche Ration Körner ankündigte.

Sie spürte, dass jetzt der rechte Moment war, die Geheimnistuerei zu beenden. Ihr Bauch, den sie in eine enge Hose zwängte und der doch sichtbar weiter wuchs, wäre in ein paar Wochen nicht mehr zu verstecken. Ihre Mutter war die Einzige, die ihr weiterhelfen konnte.

»Du wirst sehen, in ein paar Monaten hast du ihn vergessen, und nächstes Jahr im Frühling, wenn die ersten Weinfeste beginnen, schauen dir schon die anderen hinterher.« Sie strich weiter mit der Rechten über ihre Haare. Eine feine Wärme breitete sich von dort über ihren gesamten Körper aus. Wohlige Geborgenheit, die aber nicht ausreichte, um den Strom der Tränen versiegen zu lassen.

Sie seufzte ihrer Mutter zitternd ins Ohr und hätte sich gern fest an sie gepresst, aber etwas hielt sie noch immer davon ab. Vielleicht würde sie ihr doch nicht sofort, sondern erst in den nächsten Tagen alles erzählen. Die Furcht, ihr damit wehzutun, ließ sie weiter schweigen. Die Worte ihrer Mutter klangen in ihren Ohren: »Du sollst es einmal besser haben als ich. Dir steht die Zukunft offen, ein ganzes Leben.«

»Sei froh, dass er dir kein Kind gemacht hat. Das wäre eine Schande, die ich nicht überleben würde. Eine kurze Liebschaft ohne Folgen ist schnell vergessen, auch wenn sie jetzt schmerzt.«

Sie fühlte sich so schrecklich allein.

43

Er rannte heftig keuchend die Straße entlang. Schmerzende Stiche fuhren ihm in die Seite. Keine Ahnung, wann er das letzte Mal in einem solchen Tempo unterwegs gewesen war. Seine gewohnte Fortbewegung vollzog sich in langsamen, beobachtenden Schritten über schmale Bürgersteige. Es schadete dem Erkenntnisgewinn dabei auch nicht, wenn man immer mal wieder anhielt, verschnaufte und den Blick wandern ließ, um dann langsam seinen Weg fortzusetzen. Wer rannte, der sah nichts, der bekam nichts mit und hetzte an allem vorbei, was interessant sein könnte. Eile lehnte Kurt-Otto daher strikt ab, zumal sein Körperbau ausgedehnte Sprints nicht wirklich nahelegte. Das war Renates Revier. Er ging es gemütlicher an. Nur jetzt nicht, weil er blind gewesen war. Reichlich Zeit war nutzlos verstrichen. Zeit, die nun fehlte, wenn es nicht schon zu spät war. Warum nur hatte er so lange gewartet und immer die falschen Fragen gestellt? Gestern an den Günther und heute an sich selbst. Er schnappte japsend nach Luft und drosselte langsam das Tempo, weil er befürchtete, in dieser Geschwindigkeit beim schwungvollen Abbiegen nach rechts aus der Kurve getragen zu werden. Wahrscheinlich war es seine Lunge, die dieses Szenario nach oben gemeldet hatte, weil sie sich mit der zugeführten Luftmenge nicht mehr ausreichend versorgt fühlte.

Kurt-Otto bog im Laufschritt ab. Die Straße führte jetzt bergab. Einfache physikalische Grundgesetze beförderten ihn in ungeahnte Temporegionen. Reichlich Masse mal brauchbare Beschleunigung. Eine Kombination, die im Ernstfall nur schwerlich aufzuhalten war. Sollte er wirklich in der Lage sein, seine Schrittfolge der Frequenz seines hektischen Herzschlages anzupassen? Auch gegen den erklärten Willen der eigenen Lungenflügel, die nahe am Kollabieren waren? Klatschend trafen die glatten Sohlen seiner Hausschuhe in schneller Folge auf den Asphalt der Seitenstraße. Kaum das richtige Schuhwerk für einen Sprintwettbewerb, bei dem es um Leben und Tod ging. Egal. Den Abzweig in Günthers Hof meisterte er in vollem Tempo. In höchster Geschwindigkeit raste er über das Kopfsteinpflaster in Richtung Scheunentor. Es war kurz nach drei; wenn alles offen stand, musste er dort hinten in seinem Keller sein.

Ja, das Türchen im großen Holztor stand offen. Obwohl das Blut in seinen Ohren rauschte und eine Verstärkung durch den Luftzug erfuhr, konnte Kurt-Otto doch die Schreie dort drinnen hören. Wäre er nicht längst mit Lichtgeschwindigkeit unterwegs gewesen, hätte er jetzt auf den letzten Metern noch einmal deutlich nachgelegt. Mit einem gewagten Sprung passierte er quasi im Flug das schmale Türchen. Der Helligkeitsunterschied zum sonnigen Nachmittag draußen raubte ihm die Sicht. Er bremste daher augenblicklich ab. Prustend wie eine Dampflok kam er zum Stehen. Es fehlten nur noch der aus den Ohren aufsteigende schwarze Rauch und ein ohrenbetäubendes Pfeifen.

Mit seinem plötzlichen Erscheinen war das Gebrüll verstummt. Langsam gewöhnten sich seine Augen an die Dunkelheit, die keine war. Über ihm leuchteten mehrere Neonröhren und tauchten Günthers Scheune in brauchbares Arbeitslicht. Vater und Sohn starrten ihn verwundert an. Markus ließ von seinem Vater ab. Er hatte ihn geschüttelt, während er ihn anbrüllte. Anders war kaum zu erklären, was seine Hände am Küferkittel des Vaters zu suchen hatten. Markus' Stimme war es gewesen, die er eben gehört hatte.

Heftig hechelnd und um Luft ringend brachte Kurt-Otto kein Wort heraus. Günther strich sich den zerknüllten blauen Kittel über der Brust glatt. Auf Markus' Gesicht stellte sich ein amüsiertes Lächeln ein. »Der Kugelblitz.« Er musste über seinen eigenen Witz lachen. »Ich lass die alten Herren dann mal allein. In diesem Betrieb gibt es mehr als genug Arbeit. Es reicht, wenn einer sein Mittagsschläfchen unter dem Fass nahtlos in den Kaffeeklatsch übergehen lässt. Gegen achtzehn Uhr komme ich mit der nächsten Fuhre Riesling. Ich wäre dem Herrn Vater dankbar, wenn er mir bis dahin zwei Fässer frischmachen könnte.«

Ohne auf eine Antwort zu warten, drückte sich Markus an Kurt-Otto vorbei und verschwand auf den Hof. Wenig später war der startende Traktor zu hören.

»Wo habt ihr sie begraben?« Zwischen zwei schnellen Atemzügen hatte er das gut hörbar herausgepresst. Günther sah ihn aus geweiteten Augen an. »Was?«
»Wo habt ihr Lale begraben, nachdem ihr sie umgebracht habt?« Seine Lunge hatte erstaunlich schnell wieder zu einer gewissen Normalität gefunden. Die Worte kamen daher geradezu ruhig aus ihm heraus.
»Bist du jetzt total durchgedreht?« Günther schüttelte den Kopf. Sein Gesicht leuchtete rot bis weit über die kahle Stirn.
»Nichts anderes würde jemanden zu einem solchen Rachefeldzug antreiben als die Leiche, die er entdeckt hat. Nach so vielen Jahren, in denen alle glaubten, sie würde noch immer irgendwo leben.«
»Du spinnst!«
»Nur das kann es sein. Erst dein Vater, dann der Gerd und zuletzt der Klaus.« Er hielt einen kurzen Moment inne, um seine Worte wirken zu lassen. »Jedes Mal so, dass es den Anschein eines natürlichen Todes oder Unfalls hat. Bei deinem Vater ging doch jeder davon aus, dass er nicht mehr lange leben würde. Beim Gerd hat man schon mal dran gedacht, dass jemand nachgeholfen haben könnte, aber es wusste keiner, dass er den Brief gefälscht hatte. Das angebliche Lebenszeichen von ihr, das euch endgültig reinwusch. Er sorgte dafür, dass die Polizei keine neuen Ermittlungen anstellte und dass das Gerücht umging, sie würde froh und munter irgendwo im Norden leben. Danach wollten sie plötzlich noch ganz andere irgendwo gesehen haben. Es brauchte nur diesen Anstoß, für den ihn dein Vater bezahlte. Mit dem Klaus hat sich der Täter aus der Deckung gewagt. Bei ihm wusste jeder im Dorf sofort, in welcher Beziehung er zu dir und dem alten August stand und dass er für euch gelogen haben könnte. Seine Aussage damals, die euch aus dem Gefängnis holte. Der Täter hat nicht nur die Ausführung seiner Morde gut geplant, sondern auch die Reihenfolge.«
Er holte tief Luft und ließ eine kurze Kunstpause folgen. »Hast du mal darüber nachgedacht, dass es jetzt nur noch einen gibt, der ihm fehlt?«
»Du bist ja irre. Ein neugieriger Idiot. Wenn du nicht augen-

blicklich von hier verschwindest, jage ich dich eigenhändig mit der Mistgabel vom Hof. Hau ab!«, brüllte Günther ihn an.

»Ich will dir helfen.«

»Du, mir helfen?« Günther versuchte sich an einem aufgesetzten Lachen. »Du willst deine Sensation, damit du es allen auf der Straße erzählen kannst.« Er machte einen entschlossenen Schritt auf Kurt-Otto zu, hielt dann aber inne. »Du bist nicht anders als die alten Weiber. Nur hätten die sich einen solchen Auftritt nicht getraut. Diese Lügen und Beschuldigungen. Sei froh, dass der Alte tot ist. Der hätte dich dafür vor Gericht gezerrt. Aber erst, nachdem er dich krankenhausreif geschlagen hat.«

»Hinter ihm kannst du dich jetzt nicht mehr verstecken. Dafür ist es zu spät.« Ohne eine Reaktion abzuwarten, drehte sich Kurt-Otto weg und ging langsam auf die Scheunentür zu, durch die die helle Herbstsonne ihre wärmenden Strahlen schickte.

44

April 1965

Ihm wurde schlechter mit jedem Schritt, den er auf den weichen Weinbergsboden setzte. Krümelig aufgelockert und glatt lag alles da. Vorbereitet für das große Pflanzen, das in den nächsten Wochen anstand. Wenn es das Wetter gut mit ihnen meinte, würden noch in diesem Monat die ersten großen Parzellen fertig sein. Der milde Winter hatte ihnen in die Karten gespielt. Es hätte sonst nicht funktioniert. Das Roden, die Neuverteilung der Grundstücke, die behelfsmäßig gezogenen Feldwege und jetzt die Neupflanzung – die Zeit für jeden einzelnen Schritt war knapp bemessen.

Jedes Rad hatte ins nächste gegriffen, trotz aller Streitigkeiten und reichlich Misstrauen. Zuerst gegen die Flurbereinigung als solches. Warum brauchte man so etwas? Jahrhundertelang war es doch auch auf den kleinen Flächen gegangen. Die Kosten und der Ernteausfall, wenn es sich doch länger hinziehen würde. Die Investitionen für die neuen Reben, die Pfähle und die Drähte. Dann war das große Misstrauen gegeneinander gekommen. Die Angst, von den anderen über den Tisch gezogen zu werden, gute Stücke zu verlieren und mit schlechten Lagen abgespeist zu werden. Da sie alle mit einbezogen hatten, selbst die kleinsten, war es dennoch erstaunlich friedlich abgelaufen.

Etliche der ganz kleinen Weinbergsbesitzer, die in der Industrie meist besser verdienten, waren froh, ihre Weinberge jetzt noch schnell loszuwerden, bevor die Setzlinge bezahlt werden mussten. So hatten sie ein ordentliches Stück in bester Lage günstig dazukaufen können. Und sein Vater streckte weiter die Fühler aus: »Wer weiß, was noch dazukommt? Zeiten der Unsicherheit sind schon immer Kaufzeiten gewesen. Das war auch gleich nach dem Krieg so. Da wollte keiner, nur ich! Merk dir das, Junge.«

Mittlerweile klopfte er ihm dabei wieder aufmunternd auf die Schulter: »Jetzt kommen die goldenen Jahre. Endlich haben wir große Flächen. Modern angelegt, sodass man mit dem Traktor gut hindurchkommt. Ertragreiche Sorten, die ordentlich Menge bringen, und das bei guten

Preisen. In ein paar Jahren hat sich alles gerechnet. Mit Zins und Zinseszins.« Er schnalzte dabei stets mehrmals mit der Zunge und rieb sich die Hände. Zufrieden mit sich selbst und seiner Welt. Es war daher allerhöchste Zeit, auch die andere Sache zu regeln.

Die aufsteigende Übelkeit war wieder da. Für ein paar Meter seines Weges durch die Weinberge hatte er sie einfach vergessen. Jetzt kehrte sie umso heftiger zurück. Während er weiter über den weichen, tiefen Boden stapfte, ließ er seinen Blick kreisen. Es blieb mittlerweile länger hell, aber hier draußen war jetzt, im Halbdunkel, ganz sicher keiner mehr unterwegs. In einer guten halben Stunde würde es stockfinster sein. Auf dem Weg hierher hatte ihn keiner gesehen. Auf dem Heimweg würde es ähnlich werden.

Das alte Weinbergshäuschen zeichnete sich deutlich vor dem hellen Lößboden ab. Wenn die Straßen gepflastert waren, würden sie es durch ein neues mit einer Aussichtsplattform ersetzen. Man sollte auch aus der Ferne erkennen, dass hier die neue moderne Zeit Einzug gehalten hatte. Fortschritt gab es nicht nur in der Stadt.

Diesmal würde sie das Geld nehmen, und alles wäre bereinigt. Sie hatte sich nach dem hysterischen Geschrei unten am Rhein beruhigt und alles eingesehen. Jawohl. Er nickte sich selbst aufmunternd zu, während er das Weinbergshäuschen umrundete.

»Wartest du schon lange?«

Sie kauerte auf dem schmalen Bänkchen und schüttelte kaum erkennbar den Kopf. Zum Glück machte sie keine Anstalten, ihn umarmen zu wollen. Er hätte sie nicht wegstoßen können, trotz allem. Sie tat ihm leid, wie sie dasaß. Klein und zusammengesunken. So fern und fremd. Nicht mehr die, die er geliebt hatte. Eine gänzlich unbekannte Person, von der eine Distanz ausging, die es ihm ermöglichte, all das zu tun und zu sagen, was er sich für die nächsten Minuten vorgenommen hatte. Lange würde es nicht dauern, wenn sie ruhig blieb. Er hatte die Abläufe zu Hause mehrmals durchgespielt. Geprobte Posen halfen in schweren Situationen.

Schnell langte er in seine rechte Hosentasche und fingerte die dicke Rolle hervor. Sie war jetzt aufgestanden und kam ihm entgegen. Er wich so weit zurück, dass sie an ihm vorbei aus dem engen Schutzhäuschen heraustreten konnte. Sie hielt ihm die geöffnete Hand hin, in die er das gerollte Bündel Geld legte. »Für dich und für mich. So haben wir doch noch jeder eine Zukunft.«

Sie griff wortlos zu und ließ ihn stehen. Nach ein paar Metern drehte sie sich kurz um. Zum ersten Mal, seit er hier angekommen war, konnte er ihre Augen sehen. Die Augen, die er so sehr geliebt hatte. Sie blickte ihn gar nicht böse an und flüsterte kaum hörbar: »Ich werde unser Kind bekommen.«

Langsam ging sie weiter, zurück in Richtung Dorf. Er war sich nicht sicher, ob er ihr folgen sollte.

45

Es war ein genialer Plan, für den er sich in den letzten Minuten mehrmals überschwänglich selbst belobigt hatte. Wenn er das nicht tat, machte es ja keiner. Fehlte nur noch das Schulterklopfen. Kurt-Otto reckte sich in die Höhe und sog reichlich Luft ein. Mit stolz geschwellter Brust und deutlich eingezogenem Bauch drückte er seine Nase an der Fensterscheibe platt. Jetzt musste nur noch der Günther mitspielen.

Die beiden kleinen Bohrlöcher im Klappladen hatte er vor drei Jahren beim Streichen des Holzes so gesetzt, dass er mit einer kleinen Bewegung seines Kopfes auch am helllichten Tag ungesehen in beide Richtungen der Hauptstraße spähen konnte. Groß genutzt hatte er das bisher eigentlich nicht, weil er meist erst am Abend hinter Fenster und Gardine stand und dann im dunklen Raum sowieso nicht zu erkennen war. Durch die große Scheibe beobachtete es sich ja auch entspannter als mit zusammengekniffenen Augen hinter einem getarnten Guckloch. In der schmalen Hofeinfahrt stand Renates Kleinwagen startbereit. Er hatte sie aus Gründen der Tarnung dazu überredet, mit dem Kombi zu fahren, damit er ihren neuen mal testen konnte. Das Auto war erst ein paar Wochen alt und hatte sich noch nicht so sehr in das Bewusstsein der Dorfbewohner eingeprägt. Obwohl es aufgrund der grellen roten Farbe, die sich Renate ausgesucht hatte, für seine Zwecke eigentlich gar nicht geeignet war.

Vielleicht funktionierte es ja auch überhaupt nicht. Zarte Zweifel regten sich in ihm. Wenn er recht hatte, müsste der Günther doch längst reagieren.

Er löste sich aus seiner konzentrierten Beobachtungshaltung hinter dem geschlossenen Klappladen des Wohnzimmerfensters, um einen Blick auf seine Armbanduhr zu werfen. Zehn Minuten schon. Er spürte eine leichte Enttäuschung. Wenn er doch unten langgefahren war? Das machte er nicht, wegen der Baustelle. Die arbeiteten schon seit zwei Wochen am Übergang zum Neubaugebiet. Die Umleitung führte ihn daher automatisch hier hoch.

Wenn alles so lief, wie er es sich ausgerechnet und zurechtgelegt hatte, *musste* er hier vorbeikommen. Es sei denn, seine ganze Theorie passte nicht zusammen. Diesen zart keimenden Gedanken verdrängte er mit einem entschlossenen Kopfschütteln aus seinem Schädel. Er presste die Nase wieder gegen die Fensterscheibe. Noch bevor sein Oberstübchen die durch das kleine Bohrloch im Klappladen dringenden Bilder gänzlich erfasst und geordnet hatte, begann sein Puls zu rasen. Das war doch eben der Günther gewesen, in seinem alten Geländewagen. Hastig langte er nach dem Fernglas und hetzte nach draußen. Dort zwang er sich zur Ruhe. Der sollte ruhig ein wenig Vorsprung haben. Zur Not fuhr er im Dorf oder draußen auf den Feldern jeden Weg ab, bis er den Wagen gefunden hatte. Entwischen konnte er ihm nicht. Dazu war es hier zu übersichtlich. Wichtig war einzig und allein, dass der Günther ihn nicht bemerkte.

Aufgescheucht durch seine Anschuldigungen und voller Angst vor dem Rächer würde er ihn nämlich zu dem Ort führen, wo sie die Leiche hatten verschwinden lassen. Dass es genau so sein musste, hatte der Günther soeben durch sein Handeln bestätigt. Nur der Mörder wusste, wo sie lag, und nur der Mörder hatte jetzt plötzlich ein riesiges Interesse daran, zu überprüfen, ob ein anderer sie gefunden hatte.

Sein Herz hämmerte schon wieder so, als ob es einen erneuten Sprint durch das halbe Dorf bewältigen müsste. Er riss die Tür des Wagens auf und bewegte den Zündschlüssel schon, bevor er richtig im Sitz Platz genommen hatte. Mit quietschenden Reifen schoss Renates kleiner roter Flitzer aus der Hofeinfahrt auf die Hauptstraße. Auf dieses Geräusch hätte er gerne verzichtet, weil das die neugierigen Damen aus der Nachbarschaft sicher hinter die Gardine lockte. Ihm fehlte bei dem mickrigen Neuwagen aber noch das Gefühl für das richtige Spiel von Gas und Kupplung. Eingekeilt fühlte er sich außerdem, da sein Bauch in dieser Sitzposition gegen das Lenkrad drückte. Hektisch suchte er mit der Rechten unter dem Sitz nach einem Bügel, Hebel oder sonst irgendetwas, das ihm ein wenig mehr Bauchfreiheit bescheren würde. Da ihm dadurch die Möglichkeit zum Hochschalten fehlte, fuhr er mit Vollgas und dem im ersten Gang aufheulenden Motor auf der Hauptstraße entlang.

Da war er! Entschlossen zog er an der von seinen Fingern erfühlten Lasche, was auch den gewünschten Erfolg brachte. Durch den Druck, den sein rechter Fuß unvermindert auf das bereits bis aufs Bodenblech durchgetretene Gaspedal ausübte, schoss der Fahrersitz so schnell und so weit zurück, dass Kurt-Otto sich unwillkürlich fragte, ob der heulende Wagen den ihn quälenden Steuermann loszuwerden suchte. Durch die nun im Übermaß gewonnene Beinfreiheit kam er mit seinen Füßen nicht mehr an Gas, Bremse und Kupplung. Bisher im ersten Gang jenseits der Belastungsgrenze jaulend, bremste der Wagen jetzt heftig ab.

Da er in genau diesem unglücklichen Moment, in dem ganz natürliche Beschleunigungskräfte wirkten, weiterhin erschrocken die Lasche gezogen hielt, rauschte der Sitz mit ihm wieder nach vorne, bis er von Lenkrad und Bauch gebremst wurde. Diese Scheißkiste! Schon drehten sich die Ersten auf dem Bürgersteig interessiert zu ihm hin, also ließ er von der Lasche ab und schaltete stattdessen in den nächsthöheren Gang. Zwischen Rückenlehne und Lenkrad eingekeilt und dadurch gezwungenermaßen kerzengerade aufrecht sitzend steuerte er das rot leuchtende Fahrzeug durch die Straßen. Es sah sicher reichlich bescheuert aus, aber jeder weitere Versuch, den Sitz zu verstellen, barg die Gefahr eines ernsthaften Verkehrsunfalls. Dann doch besser so wie ein betagter Fahrschüler in seiner ersten praktischen Unterrichtsstunde.

In der nächsten Straße schon hatte er ihn eingeholt. Sie führte ein Stück weit den Hang hinauf und bog dann Richtung Ortsausgang ab. Er hielt großen Abstand. Der konnte ihm nicht mehr entwischen. Hinter dem Supermarkt an der Landstraße setzte Günther den Blinker und bog in die Weinberge ein. Jetzt musste er noch vorsichtiger und mit größerem Abstand zu Werke gehen. Der betonierte Hauptweg führte schnurgerade zwischen den Reben hindurch über das große Hochplateau, bevor er in Richtung Selztal abfiel. Im Rückspiegel würde Günther ihn noch aus großer Entfernung erkennen können. Kurt-Otto nutzte daher den Schutz der letzten Häuser im Ort für einen Moment des Abwartens. Mit zur Sicherheit angezogener Handbremse gelang es ihm endlich, den Sitz in eine seinen Körpermaßen entsprechende Position zu bringen. Er ächzte und vermutete, dass das Lenkrad auf seinem Bauch einen gut sichtbaren roten Bremsstreifen hinterlassen hatte. Langsam rollend, mit hochrotem Kopf und rasendem Puls, setzte er die Verfolgung fort. In den Abzweig auf den Betonweg über das Plateau tastete er sich in Zeitlupe vor. Er konnte gerade noch erkennen, dass Günther seinen Geländewagen nach rechts in einen der Feldwege direkt am Übergang zum Hang steuerte. Das musste der letzte Weg oben auf der Höhe sein, der recht ausgefahren bis zur Spitze des Höhenzuges führte. Die Weinberge dort gehörten aber schon zum Nachbardorf.

Kurt-Otto trat das Gaspedal voll durch und raste den löchrigen Betonweg entlang. Zum Glück konnte ihn Renate so nicht sehen. Sie baute stets eine fast freundschaftliche Beziehung zu ihren Autos auf, die sogar feste Kosenamen erhielten und entsprechend rücksichtsvoll und umsichtig gepflegt und gefahren wurden. Das hier entsprach ganz sicher nicht ihrer Vorstellung eines artgerechten Umgangs mit ihrem neuen Liebling. Das nächste Stück auf der staubigen Schotterpiste würde außerdem für eine zarte graue Tarnschicht sorgen, die er nachher schleunigst zu entfernen hatte, um einen größeren Streit zu vermeiden.

Nur noch ein feiner, sich langsam senkender Schleier verriet, dass hier eben gerade jemand entlanggefahren war. Wo wollte der Günther hin? Die ganze Zeit schon, seit ihrer Auseinandersetzung in der Scheune, stellte er sich diese Frage. Tagelang war damals mit Hunderten Menschen nach Lale gesucht worden. Polizei, Feuerwehr, Schulklassen und reichlich Freiwillige aus dem Dorf, die sich nur zu gern beteiligt hatten. Wenn hier schon mal etwas passierte, wollte man auch in erster Reihe dabei sein. Die Anspannung und den zarten Schauer genießen, wenn man darüber spekulierte, ob ihr Leichnam womöglich vor den eigenen Füßen auftauchen würde.

Kaum vorstellbar, dass es da noch einen Platz geben sollte, der ihnen entgangen war. An mehreren Tagen hatte die Polizei sogar eine eigens herbeigeschaffte Hundestaffel auf verschiedene Fährten angesetzt. Außer reichlich Wild hatten die aber nichts aufgestöbert.

Da stand der Geländewagen. Kurt-Otto trat auf die Bremse und kuppelte gegen Widerstand den Rückwärtsgang ein. Scheppernd flog der Schotter gegen den Fahrzeugboden und die Karosserie. Renate würde ihm das nie verzeihen. Winzige, aber in ihrer Masse doch gut erkennbare Macken auf dem eben noch glatten und strahlenden Lack. Der Gedanke daran schickte einen eisigen Schauer über seinen Rücken und generierte einen Gedankenblitz. Die Hütte!

Warum war er darauf nicht schon früher gekommen? Er hatte keine Weinberge hier oben auf dem Kalksteinplateau, das sie den Hiberg nannten, also kam er auch nur äußerst selten hierher. Dieser Teil lag außerhalb seiner Wahrnehmung, sonst hätte er sicher längst einen Gedanken an Günthers Hütte verschwendet. Anfangs war sie nicht viel mehr gewesen als ein Bretterverschlag, der den Arbeitern als Unterstand dienen sollte, wenn es regnete. Günther hatte die kleine Behausung nach der Flurbereinigung abgerissen und an derselben Stelle ein neues Weinbergshäuschen errichtet, das er über die Jahrzehnte nach und nach ausgebaut und erweitert hatte. Er musste sogar einen Ofen darin haben. Ein rostiges Rohr zeichnete sich kaum sichtbar zwischen dem Geäst der Bäume und Sträucher ab.

Kurt-Ottos Herz raste. Die aufsteigende Hitze in seinem Kopf verbrannte jeden sinnvollen Gedanken. Die Ruhe, als der Motor verstummte, half kaum. Vorsichtig drückte er die Tür auf und quälte sich aus dem viel zu tiefen Sitz heraus. Der Günther war sicher schon in der Hütte. Blind und taub für das, was um ihn herum passierte. Gehetzt und in panischer Angst.

Kurt-Otto musste schlucken. Stand die Hütte an der Stelle, an der sie die Lale verscharrt hatten?

Den Zugang durch das Dickicht hatte er jetzt erreicht. Er bemühte sich, möglichst flach zu atmen. Ein wirklich hörbarer Erfolg stellte sich aber nicht ein. Er schnaufte weiter vor sich hin, in seinem mächtigen Brustkorb pumpte sein Herz schubweise rauschendes Blut in seine Ohren. Ihm blieb die Hoffnung, dass dieser Geräuschpegel nur von ihm selbst wahrgenommen wurde, wenn ihm das aufgrund der Lautstärke auch kaum vorstellbar erschien.

Er folgte dem schmalen Pfad durch die Hecken hindurch und erreichte soeben die schwarz gestrichene Holzwand, als ein Scheppern an seine Ohren drang. Abrupt blieb er stehen. Starr in der Bewegung verharrend. Er versuchte, durch das Rauschen in seinen Ohren hindurch weitere Geräusche einzufangen. Was machte der Günther dadrinnen? Es gab kein Fenster auf dieser Seite der Hütte, durch das er einen Blick hätte werfen können. Wieder war etwas zu hören. Kurt-Otto kramte in seinem Kopf nach Bildern zu den Lauten. Grub er sich in die Erde? Ein metallisches Quietschen war zu hören, ein Riegel, der zugeschoben wurde. Der Zugang in ein unterirdisches Labyrinth? Die Hitze ließ seine Phantasie auf Hochtouren laufen, vor seinem inneren Auge sah er leuchtende Bilder aus dem Erdinneren, die er jetzt auch riechen konnte.

Der machte Feuer! Eindeutig verbrannt roch das, was den Weg in seine Nase fand. Vorsichtig schob er sich weiter voran. Auf der Rückseite musste ein Fenster sein und daneben die Tür. Er wollte sich gerade behutsam spähend um die Ecke schieben, als die Holztür krachend aufflog und Günther herausstürmte. Erschrocken hielt er inne. Für einen quälend langen Moment starrten sich die beiden reglos fragend in die Augen. Dann rannte Günther los, den Hang hinab in seinen Weinberg hinein. Kurt-Otto folgte ihm, obwohl er wusste, dass er ihn nicht einholen würde. Günther war zwar älter als er, aber drahtig geblieben. Weniger Masse, die auf dünnen Beinen schnell davonraste. Atemlos folgte er ihm in immer größer werdendem Abstand ein Stück in die Rebzeile hinein.

Günther hatte einen blauen Müllsack in der rechten Hand, der durch die schnellen Bewegungen seiner Arme im vollen Sprint wild hin und her schleuderte. Kurt-Otto überlegte gerade, ob der Umstand, dass er die gesamte abfallende Strecke durch den Weinberg später wieder hinauflaufen musste, ein ernst zu nehmendes Argument gegen eine Fortsetzung der sinnlosen Verfolgungsjagd war, als Günther vor ihm ins Straucheln geriet. Ein spitzer Schrei entfuhr ihm, während er seine Arme schützend nach vorne warf. Den Plastiksack hielt er dabei eisern fest.

Günther überschlug sich mehrmals und kam dann mitten in der Rebzeile zwischen den großen Disteln, die hier im Kalkstein in großer Zahl wuchsen, zu liegen. Heftig japsend hatte Kurt-Otto ihn gleich darauf eingeholt. Unter seinen Füßen konnte er die vom Regen frei gespülten Rebwurzeln spüren, die den Günther zur Strecke gebracht hatten. Stöhnend lag sein Kollege vor ihm auf dem Bauch und krümmte sich vor Schmerzen. Der Sack lag neben ihm. Im letzten Moment hatten sich seine Hände anscheinend doch noch für den vollständigen Einsatz zum Schutz des eigenen Körpers entschieden und die Last losgelassen.

Schnell beugte er sich hinunter und griff nach dem blauen Plastiksack. Vorsichtig suchte er die Öffnung und spähte gespannt hinein.

Knochen hatte er erwartet, einen Schädel vielleicht, ihre sterblichen Überreste nach fast fünfzig Jahren, die der Günther nun endgültig verschwinden lassen wollte. Das Gewicht des Sackes passte vielleicht dazu. Der Inhalt aber nicht. Schwer lag eine schwarze Pistole zwischen einem Durcheinander vergilbter Zeitungsausschnitte. Am Beutelrand konnte er ein Foto erkennen, verblichen zwar, doch es zeigte eindeutig Lale.

Ein Knacken hinter ihm zwang ihn, den Kopf zu drehen, und Kurt-Otto sah in die roten Flammen, die aus der offen stehenden Tür der Hütte schlugen.

46

Sie liefen Amok. Vorsichtig drückte er sich in seinem Sessel nach hinten, um die Fußstütze ausfahren zu lassen. Entspannt atmete er tief ein und hielt die Luft an. Dabei ließ er langsam die Augenlider sinken. Dunkelheit herrschte jetzt, wie draußen in ein paar Stunden auch. Eine Weile lauschte er seinen gleichmäßigen Atemzügen. Er hatte sie gehörig in Panik und Aufregung versetzt. Zuerst war es kaum zu spüren gewesen. Eine schwelende Anspannung, die schon wenig später nahezu greifbar schien. Das kaum hörbare Getuschel hinter vorgehaltener Hand. Weit aufgerissene Augen, die sich in Schrecken und Entsetzen zu überbieten suchten. Inzwischen grassierte bei einigen die pure Angst vor dem, was noch auf sie zukommen würde. Eine explosive Stimmung herrschte im Dorf. Der Günther war eben wie von Sinnen an ihm vorbeigerast. Er hatte nur seine Augen sehen müssen. Das reichte aus. Der wusste, was los war und dass er der Nächste sein würde. So viel Angst, jedoch niemanden, dem er sich anvertrauen konnte.

Zur Polizei würde er nicht gehen, weil er dann ja alles zugeben müsste. Seine Schuld, die er seit Jahrzehnten mit sich herumtrug und mit der er ganz gut zurechtgekommen war. Es hieß immer, die Bilder vergangener Schandtaten ließen einen nicht zur Ruhe kommen. Das schlechte Gewissen quälte einen in den langen, dunklen Nächten. Den Günther hatte nichts gequält und wach gehalten in all den Jahren. Ein ganz normales Leben hatte er geführt, so stinknormal mit Frau und Kindern, dass er am Ende selbst an seine Unschuld geglaubt hatte. Das war jetzt vorbei. Seine kurze, aber intensive Leidenszeit hatte begonnen. Es war beruhigend, das aus der Entfernung mitanzusehen. Wie er nicht mehr wusste, was er tat.

Es war so gesehen gut, noch ein wenig zu warten, auch wenn das nicht in seinem Ermessen gelegen hatte. Heute Nachmittag hätte alles schon zu Ende sein sollen. Eine Runde mit dem Traktor durch die Weinberge hatte ihm gezeigt, dass alle außer Günther im Einsatz waren. Beim kurzen Plausch mit dessen Sohn hatte er das problemlos überblicken können.

Schöne Trauben hatte der Markus hinbekommen. Ganz frei hingen sie. An einigen waren die ersten Ansätze einer Edelfäule zu erkennen. Neben der goldenen Farbe der Beeren ein deutliches Zeichen dafür, dass sie einen hohen Reifegrad erreicht hatten. Das Lob hatte er an den Jungen weitergegeben, der sich darüber zu freuen schien. Er war nicht wie der Alte, obwohl sie das im Dorf gern behaupteten. Der Junge war frei von Schuld. Das unterschied ihn vom August, der zu Recht deswegen hatte sterben müssen. Und es unterschied ihn von seinem Vater, den er vorhin nicht gefunden hatte.

Alle Türen hatten sperrangelweit offen gestanden. In der Scheune, die sie während der Weinlese als Kelterhaus nutzten, brannten alle Lichter. Auch unten im Gewölbekeller. Aber Günther war nirgends zu finden gewesen.

Als der Traktor auf den Hof gefahren kam, hatte er sich schnell nach hinten durch die Gärten aus dem Staub gemacht.

Er hatte keine Eile. Günthers Angst und die hektische Nervosität machte ihn rasend, das wollte er genießen. Heute Nacht würde er reichlich Ruhe und Erholung finden. Und spätestens Morgen war der Letzte an der Reihe.

47

»Bist du total bescheuert?« Günther drehte sich stöhnend auf den Rücken. »Ich hätte mir das Genick brechen können.« Mit schmerzverzerrtem Gesicht starrte er ihn an. Seine zitternde Rechte tastete Wangen und Stirn ab, auf der Suche nach größeren Schäden. Aus seiner Unterlippe rann Blut über Kinn und Hals. Bei seinem Sturz über die frei gespülten Wurzeln der fast fünfzig Jahre alten Rebstöcke hatte er sich anscheinend in die Lippe gebissen. Ein paar feine Kratzer auf seiner kahlen Stirn vervollständigten das Bild und verstärkten Kurt-Ottos ersten Eindruck, dass ihm nicht wirklich viel passiert war, trotz der filmreifen Überschläge.

»Liegt sie dort oben in deiner brennenden Hütte?«

»Scheiße!« Beide sahen jetzt nach oben auf Günthers gut ausgebauten Unterstand, aus dem die Flammen in die Höhe loderten. Schwarzer dichter Rauch quoll durch die Ritzen im Holz und stieg in den blauen Nachmittagshimmel. Unbeholfen bemühte sich Günther, auf die Beine zu kommen.

»Soll ich dir aufhelfen?« Kurt-Otto streckte ihm die Hand entgegen. Den Müllsack behielt er fest in der Linken. »Zu retten ist da sowieso nichts mehr. Brennt erstaunlich gut und schnell. Mit was hast du nachgeholfen?«

»Deine Hand brauche ich nicht! Wenn du nicht aufgetaucht wärst, hätte ich das Feuer in den Griff bekommen.« Er bedachte ihn mit einem feindseligen Blick.

»Danach sieht es aber nicht aus. Wenn du für deine Hütte eine Baugenehmigung hättest, würde ich jetzt auf eine hoch dotierte Versicherungsprämie tippen. Abgeschlossen vor einem guten Jahr. Der klassische warme Abriss. Da aber der Bau weder genehmigt noch versichert ist, gehe ich mal davon aus, dass du darin die letzten brauchbaren Beweise gegen dich mitsamt ihren Knochen in Rauch und Asche verwandelst. Gerade noch rechtzeitig für die Polizei, sollte sie wieder in der alten Geschichte rühren wollen, aber nicht ausreichend für den, der dir an den Kragen will.«

»Du bist ja vollkommen durchgedreht.« Er gab es auf, seine

schmerzenden Knochen in die Höhe zu hieven, und blieb auf dem Rücken ausgestreckt liegen. »Ich habe ein Feuer in meinem Ofen gemacht und alles verbrannt, was mich noch an sie erinnert hat. Die Fotos, die Zeitungsausschnitte, die Briefe. Das Gerede im Dorf ließ mir keine andere Wahl. Weil die Polizei jetzt vielleicht doch wieder anfängt, in den alten Geschichten zu stochern. Und wie sieht das dann aus, wenn ich hier draußen in meiner Hütte die Erinnerung an sie pflege? Ich habe sie nämlich nicht vergessen in all den Jahren wie der Rest im Dorf. Lale war meine große Liebe, die ich aufgeben musste, um unser Hab und Gut nicht aufs Spiel zu setzen. Und außer dem Bild in der Tüte und den Zeitungsausschnitten ist mir nichts mehr von ihr geblieben.«

Günther rollte sich zur Seite und stützte sich stöhnend auf die Ellbogen. Mühsam schob er seinen Körper in die Höhe, ohne nach Kurt-Ottos weiterhin ausgestreckter Hand zu greifen. Wankend stand er schließlich auf seinen Beinen und hielt sich am Draht der Rebzeile neben ihm fest. »Ich habe sie nicht umgebracht. Ob sie lebt und wo sie lebt, weiß ich nicht. Ich habe sie nie wieder gesehen.«

»Und wenn es dein Vater war? Du bist in Gefahr, versteh das doch endlich!«

»Der Alte ist tot. Und es gehört sich nicht, so über einen Verstorbenen zu sprechen, das gilt auch für ihn. Er wollte nie etwas mit ihr zu tun haben. Kein Wort hat er mit ihr gewechselt, weil sie unter seiner Würde war.« Mit der Linken deutete Günther auf die Plastiktüte. »Gib mir mein Eigentum zurück. Das geht dich nichts an. Ich will dem Verrückten, wenn er bei mir auftaucht, einen gebührenden Empfang bereiten.«

48

Unter der warmen Luft des Föhns wanderten die Wassertropfen auf seiner weißen Haut. Sie flüchteten ohne Aussicht auf Erfolg und wurden dabei immer kleiner. Der heiße Wind verzehrte sie. Er liebte es, sich nach dem Duschen trocken zu föhnen, statt das Handtuch zu benutzen. Die vielen kleinen Perlchen lösten sich in Nichts auf, während ihn die warme Luft sachte streichelte. An besonderen Tagen nahm er sich Zeit für diesen Luxus. Die höchste Stufe vollkommener Reinheit war nur so zu erzielen.

Bestimmt mehr als eine Stunde hatte er unter dem heißen Wasserstrahl ausgeharrt, mit geschlossenen Augen träumend. Eine schnelle Folge weich gezeichneter Bilder offenbarte erstaunliche Details. Es war der Film ihres gemeinsamen Lebens, der da vor seinem inneren Auge ablief und den er sich nicht zu unterbrechen getraut hatte. Hätte sie doch nur rechtzeitig zu ihm gefunden, sie wären glücklich gewesen bis zum heutigen Tag.

Vereint waren sie jetzt, wenigstens das. Er hatte sie in der Nacht zu sich geholt, auch wenn das eigentlich viel zu gefährlich war. Die Ausfahrt mit dem Auto in der Finsternis und das hastige Stochern mit dem Spaten im weichen Weinbergsboden hätten ihn verraten können, noch bevor alles geregelt war. Seine Einwände hatte er abgetan, und letztlich waren die Befürchtungen doch reichlich unbegründet gewesen. Nicht ein Fahrzeug war ihm im Dorf begegnet. Durch die Weinberge hatte er seinen Wagen problemlos ohne Licht gesteuert, obwohl sich der Himmel zugezogen und das für den heutigen Nachmittag vorausgesagte Regenband angekündigt hatte. Jetzt war sie endlich bei ihm, und keiner würde sie mehr trennen können. Der Kreis seines Lebens schloss sich nach fünfzig Jahren, in denen er sie weit entfernt glaubte, aber doch so nah bei ihr gewesen war. Diese Nähe hatte er unterbewusst gespürt, davon war er überzeugt. Sie hatte zu ihm gewollt in all den Jahren, jetzt war sie da. Und er hatte sein ganzes Leben lang auf sie gewartet.

Er griff nach dem weißen Hemd. Es war so rein, dass es direkt auf seine Haut durfte. Langsam knöpfte er es über seiner Brust zu. Die Ärmel schlug er um und steckte die silbernen Manschettenknöpfe durch die dafür vorgesehenen schmalen Löcher. Das musste heute sein, an ihrem Hochzeitstag. Mit dem Fusselroller fuhr er in schnellen Bewegungen über die Vorderseite seiner schwarzen Anzugjacke. Auf der klebrigen Oberfläche blieben einige kaum sichtbare kleine schwarze Flusen hängen. Er bearbeitete daher auch die schwarze Hose auf dem Bügel daneben noch einmal. Die Reinheit eines weißen Hemdes erreichte ein schwarzer Anzug nie, auch wenn er frisch aus der Reinigung kam. Dafür vermittelte der Geruch, den die Hose verströmte, als er sie nun vorsichtig vom Drahtbügel zog, chemische Sauberkeit. Konzentriert arrangierte er sein Hemd so, dass die gestärkte Brust beim Zuknöpfen der Hose keinen Schaden nahm, stellte vorsichtig den Kragen in die Höhe und legte sich die Krawatte um. Nicht ganz passend, das leuchtende Gold mit den zarten roten Fäden dazwischen. Jedoch sehr feierlich und daher für seinen Zweck geeignet. Die anderen würden das ohnehin nicht sehen, weil sein schwarzer Mantel bis zum Kragen geschlossen sein würde.

Ohne hinzusehen, band er die Krawatte und kontrollierte im Spiegel ihren Sitz, bevor er behutsam den Hemdkragen wieder umlegte. Zur Fliege hatte ihm der Mut gefehlt, was er jetzt ein wenig bedauerte. Die hatte beim Anprobieren in Mainz vielleicht doch noch feierlicher ausgesehen. Er verscheuchte den Gedanken. Es war perfekt so.

Mit ein paar schnellen Bewegungen rollerte er auch noch die Rückseite der Anzugjacke ab. Ein Blick auf die Uhr zeigte ihm, dass er jetzt zum Ende kommen musste. Mit zwei Fingern hielt er die Umschlagmanschetten fest, während er die Arme in die Ärmel der schwarzen Anzugjacke schob. Beim Zuknöpfen der Jacke bestätigte er seinem Spiegelbild mit einem kurzen Nicken den erwarteten perfekten Sitz und ging danach entschlossenen Schrittes nach unten zur Garderobe. Schuhe und Mantel erwarteten ihn fertig präpariert. Die eleganten schwarzen Schuhe waren maßgefertigt. Der Schuhmacher hatte sich die gebotene Eile mehr als fürstlich entlohnen lassen. Hochzeitsschuhe kaufte man nur einmal. Und die hier waren jeden Euro wert. Sie glänzten sogar im matten Licht der Stromsparbirne in seinem Flur. Mit dem langen Schuhlöffel behalf er sich beim Einstieg. Die gewachsten Schnürsenkel gaben spürbar guten Halt.

Er richtete sich auf und überprüfte sein Gesamterscheinungsbild im Garderobenspiegel. Der schwarze Mantel hing noch auf dem Metallbügel der Wäscherei. Die dünne Plastikfolie hatte er schon gestern abgenommen. Das feine schwarze Cashmere schmeichelte seiner Handinnenfläche, als er prüfend über den Kragen strich. Langsam schob er den rechten Arm hinein. Das seidene Innenfutter ließ den Anzug sauber hindurchgleiten, auch links. Mit der nun gebotenen Eile knöpfte er ihn von unten nach oben zu. Jetzt konnte keiner mehr die goldene Krawatte sehen. Der schwarze Borsalino aus Biberhaar lag ebenfalls bereit. Er drückte ihn vorsichtig auf seinen Kopf.

Wahrscheinlich hatte es schon angefangen zu regnen. Kurz hielt er abwägend inne und griff dann doch nach dem kleinen schwarzen Taschenschirm. Gestern bei den Vorbereitungen hatte er sich eigentlich dagegen entschieden. Bei den zu erwartenden Regenmengen erschien es ihm dennoch angeraten, ihn dabeizuhaben. Im Hinausgehen befühlte er mit der rechten Hand seine linke Brust. Das dünne Opinel-Klappmesser in der Innentasche seines Mantels, dessen lange Zwölf-Zentimeter-Klinge sich mit einem Handgriff feststellen ließ, hatte er frisch geschärft. Es war unter dem Anzugstoff kaum zu erahnen.

Jetzt musste er zusehen, dass er schnell auf den Friedhof kam, um dem Gerd die letzte Ehre zu erweisen, die dieser nicht wirklich verdient hatte.

49

»Dass die den so schnell freigegeben haben.« Gerda bewegte den Kopf hin und her und suchte in den Gesichtern ihrer beiden Stehplatznachbarinnen nach Bestätigung für ihre Einschätzung der Situation.

Sie standen schon sehr lange hier oben, hatten dafür aber einen trockenen Platz unter dem kleinen Vordach der Leichenhalle ergattern können. Bei dem Wetter machte es keinen Sinn, sich eine Lungenentzündung auf dem Feldherrenhügel zuzuziehen. Obwohl der Gerd kaum Familie hatte, war der Friedhof voll. Im Dorf nahm man eben Anteil, ganz besonders dann, wenn einer auf so tragische Weise umgekommen war wie er. Und außerdem verfügte die heutige Beerdigung über ganz besondere Spannungsmomente, die sie trocken und aus nächster Nähe mitbekommen wollten.

»Die Polizei wollte mir nicht glauben, dass die Ukrainerin dahintersteckt.« Helga reckte beleidigt den Kopf in die Höhe.

Es war gut, dass Sigrun trennend zwischen den beiden stand. Helga und Gerdas divergierende Meinungen zur Täterschaft im Fall Gerd hatten sich nämlich in den letzten beiden Tagen stark verhärtet. Unabhängig voneinander hatten sie beide mehrmals verschiedenen Beamten aufgelauert, die noch am Unfallort zu tun gehabt hatten, um diesen in schnellen Wortfolgen das eigene, wohldurchdachte Ermittlungsergebnis näherzubringen. Obwohl sie sich danach stets vollmundig damit brüsteten, dass man ihnen zustimmend Gehör geschenkt habe, tröstete sie das nur notdürftig über die Wahrheit hinweg. Die Polizisten hatten nämlich gar nicht zugehört und suchten mittlerweile sogar schnell das Weite, wenn sie eine von ihnen zu Gesicht bekamen.

Dass man den Gerd jetzt schon unter die Erde bringen konnte, entzog ihren unterschiedlichen Tätertheorien gleichermaßen den Boden. Wer glaubte denn jetzt noch an die ukrainische Mafia oder den dunklen Rächer des verschwundenen Mädchens? Zumindest fanden sie in ihrer Ablehnung der schlechten Polizeiarbeit argumentativ und kopfschüttelnd wieder zusammen.

»Ein vermeidbarer Unfall, weil er das schwere Gerät nicht mit ein paar Holzklötzen gesichert hatte. Die Irmgard hat mir das vorhin noch mal erklärt. Ihr Sohn ist doch bei der Zeitung, der hat einen direkten Draht zur Polizei.« Sigrun nickte wichtig.

Helga brummte ungehalten und drückte ihren Rollator mit leichtem Schwung dem Vordermann in die Hacken. Dadurch hoffte sie, sich ein wenig zusätzlichen Raum schaffen zu können, weil die hinter ihr gehörig schoben. Es waren immer dieselben. Auf den letzten Drücker kommen und dann noch unters Dach wollen.

»Es wird ein böses Erwachen geben«, orakelte Gerda für alle Umstehenden gut hörbar. »Wenn der Nächste drankommt.« Sie schwieg für einen kurzen Moment, um ihren Weissagungen gebührenden Raum zu verschaffen.

Jetzt herrschte die Stille um sie herum, die sie für den nächsten Satz als angebracht erachtete: »Erst schickt er Feuer, und dann holt er ihn.«

»Hat einer von euch die Chaussee-Margot gesehen?«, schaltete sich Helga ein, weil sie befürchtete, dass Gerda breite Zustimmung bekommen würde, da ja jeder hier schon wusste, bei wem es gestern gebrannt hatte. »Es ist nämlich nicht nur das Wasser in den Beinen.« Sie schickte einen vielsagenden Blick in die Runde. »Sie soll's auch mit dem Herzen haben.«

»Seit der Beerdigung vom August war sie nicht mehr draußen.« Sigrun sah von der einen zur anderen. Für einen Moment herrschte Stille. Es war nur das Rauschen des kräftigen Regens zu hören. Kein gutes Wetter für eine Beerdigung. Abhalten würde das aber kaum jemanden. Raunend fügte sie hinzu: »Die Ukrainerin soll sogar mit in der Kirche sein.« Ganz bewusst hatte sie diese Neuigkeit bis jetzt für sich behalten.

Der Rudi Dörrhof war nämlich vorhin mit der Ukrainerin auf dem Beifahrersitz an Sigrun vorbeigefahren, er schon im schwarzen Anzug. Dass er sie zwar dabeihatte, aber in die falsche Richtung fuhr, nämlich aus dem Dorf hinaus und nicht zum Friedhof, mussten die anderen ja nicht unbedingt wissen. Bei dem Andrang hier oben, eingezwängt unter dem viel zu kleinen Dach, bekam man sowieso keinen brauchbaren Überblick, wer alles nicht da war.

»Der Ecke-Kurt ist anscheinend wieder als Träger eingeplant«, mutmaßte Gerda. Anders war es kaum zu erklären, dass der sich so unverschämt nach vorne durchzwängte. »Ist ja bald kein anderer mehr da. Wenn das mit dem Winzersterben so weitergeht, müssen wir demnächst noch selbst ran.« Sigrun kicherte viel zu laut, und Helga warf ihr einen strafenden Blick zu. Wenigstens eine musste für Haltung und gute Manieren Sorge tragen.

Sie waren eigentlich alle bester Laune, weil Sigrun ihnen vorhin auf dem mühsamen Weg hier herauf die freudige Kunde übermittelt hatte: Der Kurt-Otto wollte sie mit einer ordentlichen Menge Weinbergspfirsichlikör beglücken. Sie hatten mehrmals nachgefragt und immer die gleiche unglaubwürdige Zahl genannt bekommen. Ein paar Kistchen, einfach so. Über das Warum schwieg sich Sigrun bedeutungsvoll aus.

Der Ecke-Kurt war sonst ein ausgesprochener Knauserer. Von dem bekam man nichts, aber auch wirklich gar nichts geschenkt. Wenn er sich also plötzlich so spendabel gerierte, musste das einen handfesten Grund haben. Entweder waren die Flaschen allesamt vergiftet, weil er die drei lästigen Konkurrentinnen um die besten Neuigkeiten im Dorf aus dem Weg schaffen wollte. Oder der Ecke-Kurt hatte etwas ausgefressen, die Sigrun ihn dabei beobachtet und sich ihr Schweigen danach fürstlich entlohnen lassen.

Da die erste Begründung recht unwahrscheinlich war, würden sie die Sigrun eben nachher bei ihrem ganz privaten Leichenschmaus mit ein paar Gläschen Likör zum Reden bringen müssen.

50

Am liebsten hätte er den Günther in seinem eigenen Keller versteckt und die Tür fest verriegelt. Dort würde ihn niemand vermuten und keiner finden können. Die Frage, ob Günther seinem Vorschlag gegenüber zugänglich gewesen wäre, hatte sich nicht wirklich gestellt. Draußen im Weinberg hatte der ihm gestern sogar unverhohlen damit gedroht, ihn wegen des Feuers in seiner Hütte in Mithaftung zu nehmen. Weil er durch ihn an der schnellen Löschung gehindert worden wäre. Die Spiritusflasche, mit deren Inhalt er dem schwächelnden Feuer nachzuhelfen versucht hatte, sei ihm aus der Hand gefallen und sofort in Flammen aufgegangen. Wirklich glauben konnte er ihm das nicht. Ihre sterblichen Überreste mussten all die Jahre dort gelegen haben, und nun war jegliche Spur rauchend in den Himmel aufgestiegen oder von den hungrigen Flammen verzehrt worden. Eine andere Erklärung gab es nicht für das, was gestern passiert war.

Einen kurzen Moment lang hatte er am Abend mit dem Gedanken gespielt, sich der Polizei anzuvertrauen. Ein Anruf bei Manuela, die nicht bereit war, ihren verstorbenen Mann nachträglich zu belasten, und die Tatsache, dass die Polizei selbst keine Anzeichen für einen Mord entdeckt hatte, weder beim Gerd noch beim Klaus, hatten ihn davon abgehalten. War der Günther womöglich doch nicht in Gefahr? Gerds Leichnam war schon zur Beerdigung freigegeben, und Manuela hatte ihn gebeten, für ausreichend Träger zu sorgen.

Er hatte kein Auge zugetan in der Nacht. Stunden verbrachte er hinter der Gardine, die Hauptstraße im Blick und jedem mit den Augen folgend, der vorbeikam. Taugte der als Täter, traute er dem drei Morde zu? Wer im Dorf hatte engen Kontakt zu Lale oder ihrer Mutter gehabt? Nach fünfzig Jahren eine kaum zu vollbringende Gedächtnisleistung, die ihn jedes Mal, wenn er beschloss, doch ins Bett zu gehen, gequält hatte. Das nächste laute Auto hatte ihn dann umgehend zurück ans Fenster getrieben. Oder sollte er sich anziehen und vor Günthers Haus Wache halten? Der Täter, wenn es denn einen gab und das Ganze kein Hirngespinst war, würde sich nicht an ihn rantrauen, wenn die gesamte Familie daheim war, so glaubte er. Sicher war er aber nicht.

Seine Erleichterung war daher riesig gewesen, als er ihn heute Morgen unter dem guten Vorwand der Sargträgerfrage aufgesucht hatte und der Günther ihm lebend gegenübergetreten war. Er war bereit gewesen zu helfen, obwohl auch er so aussah, als hätte er in der Nacht kein Auge zubekommen. Ob er mit der Pistole aus dem blauen Müllsack im Anschlag im Bett gesessen hatte? Wahrscheinlich war er bei jedem Knarren der Holzdielen im Haus zusammengezuckt.

Mit einem Nicken gab Kurt-Otto den anderen das Zeichen zum Anheben. Es war beruhigend, den Günther direkt neben sich zu haben. Im Gleichschritt trugen sie den Gerd in seinem dunklen Holzsarg durch den strömenden Regen. Reinhold, Harry, Holger und Jochen halfen mit. Alles Winzerkollegen, denen der Gerd über viele Jahre treu und ohne große Worte immer wieder geholfen hatte. Sie alle hatten daher bei seinem kleinen Rundgang heute Morgen sogleich eingewilligt, dem Gerd diese letzte Ehre zu erweisen.

Die anderen hatten es richtig gemacht. Das musste er sich schon bei den ersten Schritten mit dem schweren Sarg eingestehen. Er hatte sich zwar gestern von Renate ein etwas bequemeres schwarzes Sakko aus der Stadt mitbringen lassen und sogar an den dunklen Mantel gedacht. Aber im Gegensatz zu den fünf anderen war er der Einzige, der keinen Hut aufhatte. Daher rannen ihm schon nach wenigen Metern kleine Ströme über Kopf, Wangen, Hals und von da unter Mantel, Sakko und Hemd. Prima! Sicher würde er, noch bevor sie die Grabstelle erreicht hatten, klitschnass sein. Dann durfte er triefend und mit der Gewissheit am Grab stehen, dass er die nächsten Tage mit einer heftigen Erkältung im Bett verbringen würde. Fieber, Kopfschmerzen, schleimiger Husten.

Beim Abbiegen vom Hauptweg in den Pfad zum Familiengrab konnte er feststellen, dass sich ihnen nur ein kleiner Teil der Trauergemeinde angeschlossen hatte. Am Pfarrer klebte der schwarze

Talar wie eine zweite Haut. Der Stoff schien den Regen noch bereitwilliger aufzusaugen als seine eigene Kleidung unter dem Mantel, in den es weiter munter von oben hineinfloss. Die Nässe war mittlerweile bis an seine Beine vorgedrungen und arbeitete sich, den Gesetzen der Schwerkraft folgend, weiter nach unten vor. In Kürze wäre es ein stetiger Durchfluss. Oben hinein und wenig später unten wieder hinaus.

Manuela und Corinna folgten dem Pfarrer mit ein paar Verwandten, entfernte Cousins und Cousinen, die aber nicht oder nicht mehr hier im Ort wohnten. Der Rest der Trauergemeinde hatte es vorgezogen, unter dem schützenden Dach der Leichenhalle auszuharren. Selbst mit einem Regenschirm blieb man bei dieser Witterung nicht lange trocken, zumal jetzt auch noch heftige Windböen dafür sorgten, dass sich der Regen nicht nur von oben, sondern auch von der Seite seine Opfer suchte.

Das Grab hatten sie gleich erreicht. Gerds Eltern und Großeltern lagen auch schon hier, direkt an der dichten immergrünen Hecke, die den Friedhof vom angrenzenden Parkplatz trennte. Kurt-Otto suchte Günthers Blick. Mit einem kurzen Nicken hatte er ihm gleich anzuzeigen, wann sie nach rechts abdrehen mussten, damit sie parallel zur Grube zum Stehen kamen. In dem Moment konnte er es sehen. Die dunklen Wolken und der Regen hatten für Dämmerlicht gesorgt. Der kleine leuchtend rote Punkt auf Günthers Brust war daher deutlich zu erkennen.

Heiß schoss ihm das Blut in den Kopf. Mit der Rechten hielt er krampfhaft den metallenen Griff des Sarges, während sein linker Arm samt Oberkörper herumfuhr. Er riss den Mund weit auf und brüllte in Günthers Richtung: »Achtung! Deckung, er schießt!«

Durch die ruckartige Bewegung am Kopf des Zuges kamen alle sechs Sargträger ins Straucheln und in eine gefährliche Seitenlage. Jochen und Harry gingen hinter ihm in die Knie. Reinhold und Holger hinter Günther erging es ebenso. Jochen, der Letzte in der Reihe, konnte sich mit der rechten Hand gerade noch an einem Grabstein abstützen. Ihm war es zu verdanken, dass sie nicht mit dem Sarg umfielen.

Ein spitzer Schrei drang an Kurt-Ottos Ohren, während er die gesamte Szene wie in Zeitlupe einfing. Er wartete mit entsetzt aufgerissenen Augen auf die Kugel, die in Günthers Oberkörper einschlagen würde. In kurzer Folge blitzte es mehrmals hintereinander. Er warf den Kopf herum und suchte mit irrem Blick nach dem Ausgangspunkt der Schüsse, die Licht, aber keinen Lärm produzierten. Schützend riss er dabei beide Hände in die Höhe. Der Sarg, den die anderen unter diesen Umständen nun auch nicht mehr halten konnten, fiel krachend zu Boden.

In dem Moment entdeckte Kurt-Otto den Fotografen. Direkt vor ihnen stand er, hinter der Hecke auf dem Parkplatz, um die Trauergemeinde abzulichten.

Töne blanken Entsetzens verließen die Münder der Trauergäste unter dem Dach und schmerzten in Kurt-Ottos Ohren. Ganz nahe bei ihnen standen zwei ältere Damen unter einem großen Regenschirm. »Das ist die erste Beerdigung, bei der sie den Sarg fallen gelassen haben«, stieß die eine laut hervor.

Günthers erschrockener Blick holte ihn zurück in die Wirklichkeit. Die anderen hatten sich wieder aufgerichtet.

»Ich bin gestolpert. Es ist alles so glitschig hier auf meiner Seite«, lamentierte Kurt-Otto schwach und versuchte sich an einem entschuldigenden Blick. Zusammen gingen sie in die Knie und hievten den gefallenen Gerd wieder in die Höhe. Am liebsten wäre er augenblicklich im Erdboden versunken.

»Ist bei euch alles okay?« Manuela stand mit besorgtem Gesichtsausdruck neben ihm. Mehr als ein Nicken bekam er als Antwort nicht hin. Durch den Regenschleier vor seinen Augen nahm er seine Umgebung nur noch verschwommen wahr.

Mit einem zitternden ersten Schritt brachte er den Tross wieder in Bewegung. Wenige Meter noch bis zur Ruhestätte. Dort angekommen, setzten sie den Sarg, von dem das Blumenbukett reichlich malträtiert und ziemlich schief herabhing, unfallfrei über der Grube auf den bereitliegenden Brettern ab. Mechanisch vollführte sein Körper die erforderlichen Bewegungen. Das dicke Tau in seiner Hand spürte Kurt-Otto kaum. Langsam ließen sie ihn hinab, verbeugten sich, nahmen neben dem Grab Aufstellung und warteten im strömenden Regen, bis das endlose Defilee vorbeigezogen war. Ein paar hundert Menschen, die alle nach und nach unter dem schützenden Dach hervorkamen, um ihr Schäufelchen Sand auf den armen Gerd zu werfen. Kurt-Otto bemerkte, dass in seinem Augenwinkel etwas fehlte, und schaute zur Seite. Hektisch drehte er seinen klatschnassen Schädel in alle Richtungen.

Verdammt, wo war der Günther?

51

Endlich war er raus aus diesem Alptraum. Sein schwarzer Hut klebte an seinem Kopf, wie auch der Rest seiner Kleidung mittlerweile eine feste Verbindung mit seinem Körper eingegangen war. Es schüttete weiter wie aus Kübeln. Ihm war das jetzt egal. Den Ecke-Kurt würden sie demnächst in die Geschlossene einweisen. Zur Not würde er selbst mithelfen, ihn einzufangen. Von den anderen hatte es keiner bemerkt, nur er: Der schmale Weg zum Grab war nicht glitschig gewesen. Kurt-Otto hatte sich vor dem Fotografen dermaßen erschrocken, dass sie alle, inklusive des toten Gerd in seinem Sarg, in die Knie gegangen waren. Diese Geschichte würde sie so lange begleiten, bis sie selbst getragen wurden. »War der nicht auch dabei, damals, als sie an einem Regentag versucht haben, den Sarg vom Hauptweg aus ins Grab zu werfen, nur weil sie sich die blank polierten Schuhe nicht schmutzig machen wollten?«, würden sie zu hören bekommen, wann immer einer von ihnen auf einer Beerdigung auftauchte. Er schüttelte verärgert den Kopf. Feine Tropfen flogen umher, während er weiter durch das hohe Gras stapfte. In seinen Schuhen stand ohnehin schon das Wasser. Es quatschte bei jedem Schritt. Daher machte es ihm nichts aus, hintenherum durch die Gärten nach Hause zu schleichen. Das war eine brauchbare Abkürzung, die es ihm ermöglichte, der Trauergemeinde aus dem Weg zu gehen. Wenn er eines nicht gebrauchen konnte, dann weitere dumme Kommentare darüber, wie man einen Sarg zu tragen hatte.

Günther tastete nach dem schweren Gegenstand in seiner rechten Manteltasche. Seit er das Ding nach Hause geholt hatte, war seine innere Ruhe zurückgekehrt. Ob ihr die viele Feuchtigkeit etwas ausmachte? Vorsichtig führte er seine Hand in die Tasche und tastete nach dem kühlen Metall. Dort drinnen war es trocken. Die Pistole hatte nicht einen Tropfen abbekommen.

»Günther! Warte!«

Sein Herzschlag setzte für einen Moment aus. Seine Hand

umschloss den Griff der Waffe. Damit das nicht zu komisch aussah, schob er auch seine Linke in die Manteltasche, bevor er sich umdrehte. Es war ja auch wirklich ungemütlich hier draußen. Nass bis auf die Knochen. Gleich darauf wunderte er sich über sich selbst. Im Grunde unterschied er sich jetzt nicht viel vom nervösen Kurt-Otto, mit dem die Phantasie durchgegangen war. Der blitzende Fotograf der Lokalzeitung, der ihnen nach dem Leben getrachtet hatte. Seine Hand um den Pistolengriff lockerte sich wie von allein.

»Ach, du bist es, Harry«, sagte er und wartete, bis sein Kollege ihn erreicht hatte.

»Peinliche Veranstaltung heute, an der wir beide da beteiligt waren, was? Ich konnte ihn einfach nicht mehr halten, als der Ecke-Kurt weggerutscht ist.« Sie trotteten nebeneinander durch den Regen. Auch Harrys Garten war über den schmalen Fußweg vom Friedhof erreichbar. Ein Stück konnten sie zusammen laufen, bevor sich der Pfad gabelte.

Harry war schon ein paar Jahre im Ruhestand. Keine Frau, keine Kinder. Wenn man ihn mal draußen mit dem Traktor sah, werkelte er meist so vor sich hin. Seine Weinberge hatte er dem Rudi Dörrhof verpachtet, dem er gelegentlich half.

»Von wegen gerutscht.« Günther bewegte den Kopf, weil die Hände in den Manteltaschen steckten. »Der hat sich vor dem Fotoheini erschrocken. Er dachte, da schießt einer auf uns.«

»Auf uns?«

»Er ist besessen von dem Gedanken, dass hier einer umgeht, der sie alle auf dem Gewissen hat. Meinen Vater, den Gerd und den Klaus. Und ich soll der Nächste sein. Wegen der alten Geschichte mit Lale, die von den Tratschtanten im Dorf gerade wieder aufgewärmt wird. Der Kurt ist der Schlimmste von allen. Er glaubt sogar, dass ich sie oben in meiner Hütte auf dem Hiberg vergraben und deshalb gestern den Bretterverschlag angezündet habe.« Er konnte Harry neben sich lachen hören.

»Der hat doch gar keine Ahnung. Du hast sie in meinem Weinberg im Teufelspfad vergraben.«

Noch bevor sein unterkühltes Gehirn diese Information verarbeiten konnte, landete Harrys rechte Faust auf seiner Brust. Es war gar kein so fester Schlag, gedämpft zudem durch den dicken Stoff seines Mantels, die Anzugjacke, das weiße Hemd und das gerippte Unterhemd darunter. Einen spitzen Schmerz löste er dennoch aus, ein Stechen, das ihm heiß in alle Glieder fuhr und einen dumpfen Ton aus seinem Rachen beförderte. Glühend breitete sich eine verzehrende Hitze von dem Punkt auf seiner Brust aus, auf dem Harrys geballte Faust noch immer ruhte. Er verglühte von innen heraus.

Günther hörte sich selbst brüllen, als Harry die Hand weg- und das Messer aus ihm rausriss. Tiefschwarze Nacht hüllte ihn ein, während er vornüberfiel. Seine Knie bremsten seinen Fall nur für einen kurzen Moment. Den Aufprall ins nasse und weiche Gras spürte er kaum noch.

52

Er rannte umher, ohne Ziel. Zumindest kam es ihm so vor. Mit rasendem Herzen und nass bis auf die Knochen hetzte Kurt-Otto über den Friedhof. Die Trauergemeinde befand sich in schneller Auflösung. Wegen des unbarmherzigen Wetters und der Tatsache, dass Gerds Exfrau keine Lust auf einen Leichenschmaus gehabt hatte. Mit der letzten Schippe Sand war die Veranstaltung für alle beendet, und jeder suchte hastig das Weite, obwohl die Ereignisse durchaus den einen oder anderen Plausch wert gewesen wären. Ob die Träger den Sarg jemals zuvor fallen gelassen hatten, war nicht überliefert.

Die glatten Sohlen seiner schwarzen Schuhe klatschten rhythmisch auf den nassen Asphalt der schmalen Straße, die sich vom Friedhof hinunter zur Kirche und weiter bis zum Dorfplatz wand. Die eng stehenden Häuser warfen den Schall zurück. Mitten in der Bewegung stoppte er, doch sein Körper drängte, stark beschleunigt, weiter. Er brauchte ein paar Schritte zum Anhalten. Ansonsten hätte er sich hier auf der Straße überschlagen. Da sich noch reichlich versprengte Trauergäste in den Straßen befanden, hätte das sicher für weitere Kommentare gesorgt, von denen er aber beim besten Willen keine mehr brauchen konnte. Die, die er auf seiner gehetzten Suche nach Günther bisher eingefangen hatte, reichten ihm vollkommen aus. »Demnächst rennt der noch mit seiner Renn-ate zusammen. Ob er sich dann auch in die engen Laufhosen quetscht?«

Der Günther war noch immer nirgendwo zu sehen. Weit konnte er aber eigentlich nicht gekommen sein. Bei dem Wetter ging der doch wohl nicht hintenherum nach Hause, durch die Gärten und über den schmalen Trampelpfad? Noch bevor Kurt-Otto zu einem Ergebnis gekommen war, hatten seine Füße bereits entschieden. Entschlossen brachte er seinen Körper in Bewegung, die Straße zurück und den Anstieg hinauf. Er bog in einen engen, grasigen Pfad ein, der zwischen verwilderten Gärten hindurchführte. Die Hühner begrüßten ihn wild gackernd und stoben kreischend auseinander, als er direkt an ihnen vorbeischoss. Zu schnell für den, der ihr tägliches Futter brachte. Er brüllte gegen den feinen Regenschleier an, der sein Rufen zu schlucken schien.

Machte er sich gerade ebenso lächerlich wie vorhin auf dem Friedhof? Günthers verhinderter Bodyguard, der auf der Suche nach seinem verlorenen Schützling ziellos umherirrt. Und was, wenn er ihn gefunden hatte? Sollte er sich mit ihm im Badezimmer abtrocknen und dann für den Rest des Tages und der Nacht seine Hand halten? Schwachsinnig war das. Er hatte sich da in etwas hineingesteigert, das über seine Kräfte ging. Die Polizei musste ran, egal wie. Nur die konnten für Günthers Sicherheit sorgen, das heißt, wenn er sie von der Gefahr überzeugt bekam, und genau da lag das Problem.

Wenn sie die verbrannten Reste der Hütte auf dem Hiberg auf den Kopf stellten, mussten sie aber doch etwas finden. Ein paar Knochen von ihr, die er in der Eile nicht mehr herausbekommen hatte. Einen winzigen Anhaltspunkt für seine Theorie, dass der Günther die Lale umgebracht und dort oben verscharrt hatte. Und damit den Ansatz dafür, dass es jemanden gab, der nach fast fünfzig Jahren Rache an den Beteiligten von damals nahm. Wahrscheinlich würde er die Geschichte auch niemandem abnehmen. Ein mordender Rentner musste das sein, in Günthers Alter, also um die siebzig. Und nur Günther konnte wissen, wer es war. Aber der hatte zu viel Angst, dass sie ihn für seinen Mord von damals belangten. Also würde er weiter lügen.

Oder aber er sagte die Wahrheit, schon die ganze Zeit, weil er wirklich nichts davon wusste. Der Alte hatte sie auf dem Gewissen.

Kurt-Otto wischte sich im Laufen das Wasser aus dem Gesicht, den Schleier, der die klare Sicht verhinderte.

In jeder Theorie passte irgendein Detail nicht zu den anderen. Das kleine Steinchen, das verhinderte, dass das mühsam errichtete Konstrukt stabil stehen blieb. Warum dann das Feuer in der Hütte? Hatte Günther tatsächlich nur ein paar Fotos, Briefe und Zeitungsausschnitte verbrennen wollen? Und die Pistole, war das die Tatwaffe von damals? Warum hatte er sie dann nicht auch entsorgt? Er brauchte Ruhe, um das alles zu sortieren, und auch dann würde es nicht zusammenpassen.

Kurt-Otto bog aus dem schmalen Trampelpfad auf die große Wiese mit den beiden windschiefen Fußballtoren ab. Über die musste Günther gegangen sein, weil sich hier die Wege vom Friedhof und zu den hinter den Häusern gelegenen Gärten trafen. Kein Mensch war zu sehen. Nur eine durchnässte Vogelscheuche stand im kniehohen Gras. Günther musste längst zu Hause sein. Wahrscheinlich hatte er, gleich nachdem sie Gerd hinabgelassen hatten, das Weite gesucht. Es wäre ihm nicht zu verübeln, da sein Vater gerade erst gestorben war und sich der eine oder andere Trauergast einen halblauten Kommentar am Grab erlaubt hatte. »Wen er als Nächstes holen wird? Lale ist zurück. Sie wird sie alle mitnehmen!«

In diesem Moment fingen seine Augen das schwarze Bündel ein, das sich nur schwach zwischen den gebeugten Halmen abzeichnete. Wenige Meter von ihm entfernt lag er.

Obwohl Kurt-Otto ein kleines Maß an Hoffnung aus seinem Inneren hervorquälte, war ihm doch gleich klar, dass er zu spät kam.

53

Das Gewicht der vielen Tropfen, die seine Kleidung aufgesogen hatte, verlangsamte seine Bewegungen. Sein Tun wirkte ruhig und gemächlich, auch deshalb, weil alles gut vorbereitet gewesen war. Hetzen mussten nur die, die von den Ereignissen getrieben wurden. Überrascht und aufs Reagieren beschränkt waren die anderen. Er gab den Rhythmus vor, den Takt und das Tempo. Sollten sie sehen, wie sie hinterherkamen.

Die vergangenen Tage hatten ihm reichlich Zeit zum Nachdenken geboten. Er war in das alles unschuldig hineingestolpert. Der Fund ihrer sterblichen Überreste beim Roden seines eigenen Weinberges hatte seine zarten Hoffnungen zerstört. Trotzdem war beim August im Wohnzimmer noch nichts entschieden gewesen. Es hatte sich erst dort wie von selbst ineinandergefügt. Das Kissen auf dem Sofa. Die Tatsache, dass er es nach all den Jahren weiter leugnete, obwohl doch alles klar auf der Hand lag. Ihre Knochen, die bewiesen, dass sie gelogen hatten.

Aus dem ersten Mord hatte sich jeder weitere ganz zwangsläufig ergeben. Ohne den hinterhältigen Mord an ihr hätte der August weiter reglos auf seinem Sessel gethront. Auch jetzt noch. Der Gerd würde noch leben, ebenso der Klaus und der Günther. Und er selbst würde heute Abend einmal mehr die Kerze vor ihrem Bild austauschen, auf dass sie nie erlösche. Gestern Abend hatte er sie ausgeblasen. Auf dem Tisch in ihrem Zimmer stand die hölzerne Weinkiste mit dem, was noch von ihr übrig war. Ein paar Knochen, ihr zerbrochener Schädel mit den Zähnen und die Fetzen der starren Zeltplane, in der sie sie verscharrt hatten. Für ihn war ohne Bedeutung, wer sie letztlich umgebracht und vergraben hatte. Schuld trugen sie allesamt reichlich.

Alle sollten es wissen und erfahren, warum er Rache genommen hatte. Neben der Weinkiste auf dem Tisch in ihrem Zimmer lag daher seine Geschichte, die auch die Geschichte ihres Leidensweges war. Vergebung erwartete er nicht, doch sie sollten auf keinen Fall nachträglich durch Mitleid einen unverdienten

Lohn erhalten. Sie trugen die Schuld an allem, was passiert war. Das würde jeder einsehen, der seine Zeilen mit Bedacht las.

Er selbst war jetzt frei für den Weg zu ihr. Ein leichter Weg, nur ein einziger, letzter Schritt war nötig. Freudig fast und ohne Angst legte er sich die harte Schlinge um den Hals.

Mein Schatz, ich komme!

Epilog

Sie biss freudig in die Brötchenhälfte und schloss für einen Moment genießerisch die Augen. Es gab nichts Besseres zum Frühstück neben einer Tasse frisch gebrühten Kaffees. Ein helles Brötchen, dünn mit salziger Butter bestrichen, und darauf reichlich Mirabellenmarmelade. Die aus dem vorigen Jahr war ihr besonders gut gelungen, weil sie zu den Mirabellen nicht nur einen kräftigen Schuss Mirabellenbrand, sondern auch noch eine ganze Vanilleschote gegeben hatte. Das vollreife Obst aus ihrem Garten hatte ihr die Verfeinerung gedankt. Nicht zu verstehen, warum ihr Mann Mett zum Frühstück brauchte, wenn es so viel aromatischere Alternativen gab. Heute Morgen musste sie ihm zumindest einmal nicht dabei zusehen, wie er sich mühsam und unbeholfen dicke Zwiebelscheiben abschnitt, um damit sein Mettbrötchen reich zu dekorieren. Knut war schon mit dem Hund draußen, weil der die halbe Nacht nicht zur Ruhe gekommen war. Rambo, ihr schwarzer betagter Labrador, für dessen Namen die Kinder verantwortlich zeichneten, wurde im Alter zum Frühaufsteher mit reduzierter Rücksichtnahme auf ihre Schlafbedürfnisse. Daher war Knut in letzter Zeit oft schon sehr früh mit ihm unterwegs, und sie genoss die entspannte Ruhe allein am Frühstückstisch und ohne Mettbrötchen ihr gegenüber.

Sie biss noch einmal mit geschlossenen Augen in die Mirabelle, der die salzige Butter eine zarte Bühne für die eigene Darstellung bot. Dann zog sie die Zeitung zu sich heran. Krach in der Koalition, der HSV tief im Abstiegskampf, neue Rekorde bei den Strompreisen. Sie verdrehte genervt die Augen und schlug die Zeitung komplett um. Aus aller Welt. Irgendwo musste ja eine erfreuliche Nachricht zu finden sein. Und wenn sie bloß aus einem der überflüssigen europäischen Königshäuser stammte.

Der Kirchturm im nichtssagenden Meer der roten Dächer fing ihren Blick ein – und ihr Foto, das sie schon jahrzehntelang nicht mehr in der Zeitung gesehen hatte. Damals noch mit den langen glatten Haaren, die sie nie wieder hatte wachsen lassen. Bis heute färbte sie sie so gewissenhaft, dass niemals ein Ansatz entstand, der verraten konnte, dass sie gar nicht mittelblond, sondern schwarz waren. Sie kaute weiter und überflog mit klopfendem Herzen den Text.

Serienmord aus Rache: Täter richtet sich selbst

Nach dem Fund von Knochen in einem Acker hat ein 69-Jähriger in dem kleinen Dorf Essenheim in Rheinhessen drei Menschen ermordet, die er für die Mörder seiner ehemaligen Geliebten hielt. Bei den sterblichen Überresten handelte es sich aber nicht um die 1965 spurlos verschwundene Lale Janker, sondern um die Knochen einer etwa vierzig Jahre alten Frau, die wahrscheinlich in den letzten Kriegswochen des Zweiten Weltkriegs auf der Flucht verstorben und von anderen Ost-Flüchtlingen am Wegesrand begraben worden war. Nach Aussagen der Polizei wird die Identität der Frau kaum zu klären sein.

Sie hatte, ohne es zu merken, den Atem angehalten und holte jetzt pfeifend Luft. Das war alles so lange her und stand ihr doch plötzlich wieder vor Augen, als wäre es gestern gewesen. Dieses Dorf, in dem ihre Mutter begraben lag, der sie bis zu ihrem Tod nie hatte verzeihen können, dass sie so dachte wie die anderen auch. Nur einmal hatte sie an ihrem Grab gestanden, bis zur Unkenntlichkeit verkleidet, weil sie befürchten musste, von irgendjemandem erkannt zu werden. Das war aber schon Jahre später, als längst keine Rede mehr davon war, dass sie von ihnen ermordet worden war. Trotzdem hatte sie nichts mit denen zu tun haben wollen und auch stillgehalten, als nach ihrem Umzug nach Hamburg die jährlichen Briefe an ihr angemietetes Postfach ausblieben. Der Alte hatte lange genug brav dafür bezahlt, dass sie diesem Ort fernblieb. Sie hatte ihren Teil dazu beigetragen und dafür gesorgt, dass man sie nicht finden konnte. Hatte den Namen ihres Mannes angenommen und ihren Vornamen leicht abgeändert. Durch seine vielen berufsbedingten Umzüge war ihr Weg kaum nachvollziehbar, und es war ihr nach dem Verlust ihres Personalausweises sogar gelungen, in den neuen die Lotte als zweiten Vornamen eingetragen zu bekommen.

Ihre älteste Tochter wusste nicht, wer ihr Vater war. Günther hatte sie nicht gewollt, warum das Kind damit belasten? Da ihr Mann dem Günther ähnlich sah, hatte nie jemand Verdacht geschöpft. Die Kinder ähnelten sowieso alle eher ihr, weil es drei Mädchen geworden waren. Mit diesem Teil der Zeitung würde sie gleich den Kamin anzünden. Das musste Knut nicht unbedingt zu Gesicht bekommen. Sonst fing er am Ende noch an, sie wieder mit bohrenden Fragen zu ihrer Vergangenheit zu nerven. Sie hatte ihm nie erzählt, wo sie wirklich herkam. Er wusste nur, dass es irgendwo in der Gegend sein musste, die man Rheinhessen nannte.

Sie biss noch einmal von ihrem Brötchen ab und zerknüllte die letzte Seite der Zeitung vorsichtshalber umgehend. Ihre Vergangenheit sollte bloß weiterruhen, wie sie es die letzten fünfzig Jahre auch schon getan hatte.